2021 겨울호를 펴내며

세상의 편견에 맞서 싸워온
여성 작가들과 캐릭터에 대한 응원

글쓰기, 소설가가 되고자 하는 꿈은 언제나 내밀한 것이었습니다. 집안의 장남이 작가가 되고자 한다는 것은, 마치 아버지의 알코올 중독처럼 쉬쉬하고 감춰야 하는 치부 같은 것이었습니다. 그것은 가족을 책임져야 하는 의무를 내팽개치겠다고 선언하는 것이었고, 정상적인 생활을 포기하겠다고 말하는 것이었습니다. 하지만 그 열망은 숯불을 삼키는 것 같아서 온몸을 활활 태우고 온 집안을 불사르고 나서야 멈출 수 있었습니다. 그리고 마침내 이름 앞에 작가란 두 글자를 앞세울 수 있게 되었습니다.

얼마 전 어슐러 K. 르 귄의 〈여자 어부의 딸〉이라는 에세이를 읽었습니다. 여성 작가들이 글을 쓴다는 것을 인정받고 직업으로 삼기 위해 얼마나 고군분투했는지 담담한 문장으로 쓴 것이었습니다. 특히 저도 사랑해 마지않는, 그래서 어린 시절 십수 번은 읽었던《작은 아씨들》의 조 마치가, 글 쓰는 소녀에서 아이를 키우는 어머니이자 작가가 되기 위해 겪어야 했던 고난을 그린 내용에서 울컥했습니다. 르 귄의 에세이를 읽기 전까지 한 번도 의식하지 못했던 내용이었기 때문입니다. 이번 겨울호의 특집은 세상의 편견에 맞서 싸워온 여성 작가들과 캐릭터에 바치는 아주 작은 격려의 마음을 담았습니다.

먼저 듀나의 글에서는 지금까지 미스터리 소설과 영화에서 여성 캐릭터가 어떻게 다뤄졌는지를 살펴보았습니다. 에드거 앨런 포가《모르그 거리의 살인 사건》으로 추리소설을 창시하면서부터, 이 장르가 어떻게 여자들을 죽여야 하는 이유를 끈질기게 찾아냈는지를 보여줍니다.

특집 두 번째 글에서는 추리소설의 꽃인 탐정 캐릭터를 어떻게 매력적으로 만들 것인지, 그리고 왜 지금 과거의 전형성에서 벗어나야 하고 절실하게 여성 캐릭터를 리부트할 필요가 있는지 다루고 있습니다.

이번 겨울호에는 세 편의 신작 단편과 한 편의 특별 초청작, 그리고 기쁜 마음으로 한 편의 신인상 수상작을 실었습니다. 먼저 홍선주의 〈자라지 않는 아이〉는 여성의 심리를 섬세하게 묘사한 작품으로 마지막 문장에서는 눈물을 떨구게 하는 힘이 있습니다. 김유철의 〈산〉은 절제된 문장으로 임진왜란 당시의 비극을 그리는 역사 미스터리입니다. 김세화의 〈두껍아 두껍아 헌 집 줄게 새 집 다오〉는 자본이 잠식한 사회가 어떻게 인간성을 철저하게 망가뜨리는지를 보여줍니다. 특별 초청작인 류성희의 〈인간을 해부하다〉는 평론가의 극찬을 받았던 작품으로서, 이상 심리의 극한을 섬뜩하게 표현하고 있는 작품입니다.

이번 호 신인상은 김형규의 〈대림동 이야기〉가 뽑혔습니다. 신인답지 않은 내공 있는 필력으로 이방인들의 거리가 된 대림동 거주자들과 그들을 바라보는 화자의 심리를 섬세하게 그려냈습니다. 설레는 마음으로 앞으로의 작품 활동을 기대하게 되는 신인상 수상작입니다.

올해는 김형규 당선자까지 네 명의 작가가 《계간 미스터리》 신인상을 통해 추리소설가로 등단하게 되었습니다. 적지 않은 수이지만 진정한 한국 추리소설의 리부트를 위해서는 더 많은 신인 작가, 더 수준 높은 작품이 절실히 필요합니다. 이러한 절박한 필요 때문에 내년에는 소수정예로 운영되는 '미스터리 아카데미'를 시작하려고 준비 중입니다. 계획대로 진행되어 2022 봄호에는 구체적인 말씀을 드릴 수 있도록 하겠습니다.

단편 작품들 외에도 문학평론가 박인성은 〈미스터리란 무엇인가〉 두 번째 연재에서 미스터리의 하위 장르인 첩보 소설이 어떻게 현대인의 불안한 내면과 닮아 있는지를 꼼꼼하게 분석했고, 공원국은 〈신화인류학자가 말하는 이야기의 힘〉에서 움베르토 에코의 《장미의 이름》을 해석하면서, 추리소설이 어떻게 미신과 이성이 힘을 겨루고 종교와 과학이 충돌할 때, 한 줄기 희망이 될 수 있는지를 보여줍니다. 또 미스터리 커뮤니티 중에서 가장 활발한 활동을 벌이고 있는 '러니의 스릴러 월드' 탐방과 인천 근대문학관에서 열리는 '한국의 탐정들: 한국 근대추리소설 특별전' 이야기도 담겨 있습니다.

르 귄의 에세이 마지막 부분에 이런 글이 나옵니다. "작가에게 꼭 있어야 하는 한 가지는 배짱이나 불알이 아니야. 아이가 없는 공간도 아니고, 엄밀히 말하면 자기만의 방조차 아니지. 자기 방이 있으면 대단히 도움이 되긴 하겠지만, 반대쪽 성별의 선의와 협조도 도움이 되겠지만, 아니 남성 전체는 아니더라도 집안에 있는 남성 대표 하나만이라도 그러면 도움이 되겠지만, 꼭 그게 있어야 할 필요는 없어. 작가에게 꼭 있어야 하는 한 가지는 연필과 종이야. 그러면 충분해. 그 연필에 대한 책임은 오직 작가 본인에게만 있고, 그 종이에 쓰는 내용도 오직 작가 본인 책임이라는 점만 알면 돼. 다시 말해서, 자신이 자유롭다는 것만 알면 돼."

　　지금도 아이를 재우려 누운 침대에서 스마트폰으로 글을 쓰고 있는, 아이가 덫이 아니라 닻이라는 사실을 되뇌며 한두 시간의 자유를 위해 잰걸음을 놀리고 있는 여성 작가들과, 지난 세기의 정형화된 여성이 아니라 새로운 시대의 여성 캐릭터를 창조해내기 위해 뜬눈으로 새벽을 맞는 모든 이야기꾼들에게 따뜻한 응원의 박수를 보냅니다.

《계간 미스터리》 편집장 한이

특집/여성 캐릭터 리부트

죽어야 하는 여자들
추리소설의 여성 캐릭터를 어떻게 창조할 것인가

죽어야 하는 여자들

듀나

1990년대 초, 하이텔 과학소설 동호회에 짧은 단편들을 올리면서 활동을 시작했고, 영화 관련 글과 SF를 쓰고 있다. 1994년에 《사이버펑크》에 몇몇 하이텔 단편이 실렸고, 이후 《나비전쟁》, 《태평양 횡단 특급》, 《대리전》, 《브로콜리 평원의 혈투》, 《아직은 신이 아니야》, 《민트의 세계》 등 을 발표했다.

추리문학 역사상 최초의 살인 사건 피해자는 프랑스 파리 생로슈 지역의 모르그 거리 저택에서 살해당한 레스파니예 모녀다. 이 살인 사건을 저지른 범인은 탈출한 오랑우탄으로 밝혀지지만, 추리문학에서 진짜 살인범은 언제나 작가 자신이다. 그러니까 에드거 앨런 포는 〈모르그 거리의 살인 사건〉을 쓰면서 장르 역사상 최초의 살인을 저지른 것이다.

〈모르그 거리의 살인 사건〉의 속편 〈마리 로제의 수수께끼〉에서 포는 두 번째 '추리소설' 살인을 저질렀다. 이번의 희생자는 제목에 이름이 소개된 마리 로제다. 단지 철저한 상상력의 산물이었던 〈모르그 거리의 살인 사건〉 때와는 달리 이 사건은 뉴욕에서 일어난 메리 시실리아 로저스의 살인 사건에서 직접적인 영향을 받았으므로 창작자로서의 책임은 상대적으로 적다. 포의 마지막 추리소설인 〈네가 범인이다〉에서 희생자는 셔틀워디라는 이름의 남자인데, 이 사람을 기억하는 독자는 별로 없을 것이라 생각한다. 일단 그렇게까지 인기 있는 편이 아니고, 포 자신도 이에 별 관심이 없었기 때문이다. 〈네가 범인이다〉에서 셔틀워디는 희생자의 역할보다는 복화술 인형의 역할이 더 크다.

포가 자신의 첫 추리소설에서 희생자를 여성으로 삼은 것에 대해서는 여러 가설을 세울 수 있다. 일단 작가의 네크로필리아 성향이다. 포는 젊고 아름다운 여자의 죽음을 탐미적으로 그리는 것에 집착한 작가였고, 이 성향이 추리소설에도 반영되었다고 할 수 있다. 단지 〈모르그 거리의 살인 사건〉에서 포가 묘사한 레스파니예 모녀의 살인은 그로테스크한 잔인무도함에 더 초점이 맞추어져 있어서 포의 〈모렐라〉나 〈리지아〉와 같은 판타지 호러 작품과 구분된다. 작가가 자신의 성향과 상관없이 '오랑우탄이 살인을 저지른다'라는 설정에 맞추어 여성 희생자를 골랐을 가능성도 높다. 물론 이 잔혹한 묘사에서 탐미적 성향과 성적 관심이 아주 반영되지 않는다고 믿는다면 순진한 것이다. 모르그 거리에서 포가 저지른 무참한 살인은 이후 수많은 호러 소설과 영화에 미학적 원형을 제공한다.

〈마리 로제의 수수께끼〉에서 포의 관심은 아름다운 젊은 여자의 죽음과 관련된 대중의 선정적인 관심과 거의 일치한다. 포는 실제 살인 사건의 재료들을 모아 논리적인 추리물의 형식을 구축하지만, 그 기반에는 불운한 죽음을 맞은 여자의 이미지가 깔려 있다. 〈마리 로제의 수수께끼〉는 〈모르그 거리의 살인 사건〉만큼 재미있는 소설이 아니지만 살해당한 마리 로제는 레스파니예 모녀와는 달리 은근히 선명한 이미지를 남긴다. 이 캐릭터에 대한 포의 멜로드라마적 관심이 〈모르그 거리의 살인 사건〉과는 다른 방향으로 또 하나의 전통을 성립했다는 건 말할 필요도 없다.

포의 문학적 실험은 윌키 콜린스와 아서 코난 도일을 거쳐 추리문학이라는 장르로 완성된다. 이 장르의 독자들은 이제 꾸준한 속도로 다양한 살인을 공급받게 되었다. 단지 이 살인의 대부분은 퍼즐 미스터리 우주라고 하는, 실제 현실로부터 분리된 신기한 세계에서 벌어진다. 이곳에서는 아마추어 탐정들이 경찰 수사에 당연한 듯 참견하고, 사람들은 탐정이나 탐정 조수가 쓴 회고록을 읽으며, 범인들은 쓸데없이 복잡한 살인을 저지른다. 그리고 그 살인 상당수는 이미 저질러진 살인 사건의 수사 과정 중간에 벌어진다. 여러분이 이 세계 자체에 의심을 품으면 독서 자체가 불가능해진다.

　퍼즐 미스터리의 살인은 범인, 희생자, 탐정으로 구성된다. 여기서 재미있는 성비의 변화가 일어난다. 탐정은 이 서브장르의 절정이 지날 때까지 대부분 남자였다. 하지만 범인과 희생자의 경우는 융통성이 생겼다. 어떤 사람들도 죽을 수 있고 모두가 용의자가 될 수 있기 때문에 아무리 잔인무도한 연쇄살인이라고 해도 여자가 범인일 가능성을 지울 수 없게 되었다. 그 결과 퍼즐 미스터리의 세계에서는 여자 살인자가 만만치 않게 많은데 이는 실제 세계와 큰 차이가 있다. 이는 살인 자체가 게임화되었고, 그 게임에 누구든지 참여할 수 있게 되었기 때문이다.

　퍼즐 미스터리 살인의 선정성은 그렇게 강한 편이 아니다. 이 장르의 거장들이 가장 중요시한 것은 논리적인 추리게임이었고 지나친 선정성과 사실성은 이 게임에 방해가 되었다. 종종 극단적으로 잔인한 살인 사건이 일어나긴 했지만, 이는 오히려 비현실성을 강조할 뿐이었다. 크리스티의 고전 《그리고 아무도 없었다》를 보자. 소설이 진행되는 동안 열 명의 사람들이 다양한 방식으로 죽지만, 작가는 그 다양성과 빈도에만 주목할 뿐 구체적으로 잔인한 묘사 자체엔 큰 관심이 없다. 살인은 대부분 시야 바깥에서 일어나고 과정의 묘사는 거의 없다. 그리고 적어도 그 소설에서는 그런 절제가 어울린다. 이 절제된 세계에서 폭력의 여성 혐오는 상대적으로 흐릿하다. 특히 이 장르에서 폭력과 섹스가 결합되는 경우는 상대적으로 드물다.

　이 절제는 장르 외곽에서 조금씩 깨지기 시작한다. 여

기서 주목할 것은 하드보일드 소설의 부흥이다. 1930년대부터 시작되어 1940~50년대에 1차 절정을 맞았고, 그 시기에 필름 누아르 영화의 재료를 제공한 이 서브장르는 다양한 특성을 갖고 있었지만, 그중 가장 두드러지는 것은 여성 혐오였다. 이 여성 혐오는 이들 장르가 주인공으로 삼은 터프한 남성 사립탐정 캐릭터의 자기도취와 대응되었다. 여성 폭력에는 감정이 들어갔고, 그와 별도로 위험한 여성 살인자들도 늘어났다. 레이먼드 챈들러의 필립 말로 장편소설을 보면 살인자가 여자가 아닌 경우는 한 작품밖에 없는데, 이들 대부분이 갱단과 터프가이들이 바글거리는 내용이라는 걸 생각하면 이는 기괴하게 느껴진다. 툭하면 등장해 탐정을 두들겨 패는 터프가이들은 알고 보면 별 죄가 없는 것이다.

여기서 가장 두드러진 작가는 마이크 해머 시리즈로 유명한 미키 스필레인이다. 스필레인의 폭력 묘사의 강도 자체는 지금 보면 그렇게 두드러질 것도 없지만 여성 대상의 몇몇 폭력 묘사는 지극히 혐오스러운데, 주인공 탐정이 자신의 남성성을 과시하는 방식으로 여자를 죽이는 것처럼 보이는 장면들이 있기 때문이다. 해머를 포함한 스필레인 소설 속 주인공에게 여자를 죽이면서 감정적 동요가 없는 것은 남성성의 증거다. 시나리오 작가 패디 차예프스키는 아카데미 수상작인 〈마티〉에서 미키 스필레인을 끊임없이 언급하는 조라는 이름의 남자를 등장시켜 이 인물의 일상적인 여성 혐오를 강조한다. 이 남자에게 남성성은 여자들에 대한 경멸 없이는 성립될 수 없고 스필레인의 책은 그 경멸에 화력을 제공한다.

1960년 여성 폭력 묘사에 결정적인 영향을 끼친 작품이 등장한다. 로버트 블록의 1959년작 동명 소설을 각색한 알프레드 히치콕의 영화 〈싸이코〉다. 블록의 소설과 히치콕의 영화는 지금은 일상화된 두 가지를 세상에 소개했다. 정신병적 연쇄살인마와 스펙터클화된 여성 살인이다. 후자는 히치콕의 역할이 크다. 소설에서 블록의 묘사는 이미 장르 문학에서 일상화된 폭력의 영역 안에 있었다. 하지만 히치콕은 그 재료로 20세기 영화사에서 결코 지울 수 없는 불멸의 이미지를 만들었다.

　　영화사들이 아직도 헤이즈 규약을 준수하던 시절에 만들어졌기 때문에 〈싸이코〉의 유명한 샤워신 살인 장면은 사람들이 생각하는 것만큼 자극적으로 묘사되지는 않는다. 가슴이나 성기 노출은 당연히 없고 미치광이 살인마가 휘두르는 칼은 단 한 번도 배우의 몸에 닿지 않는다. 하지만 그렇다고 해서 영화가 덜 폭력적으로 보이는 것은 아니며, 이를 넘어서는 묘사를 하는 영화들이 등장하는 건 시간문제였다. 곧 여자들의 시체는 다양한 모양으로 전시되기 시작했고, 이를 장식하는 피의 양도 늘어났다.

　　1960년대부터 연쇄살인의 시대가 열린다. 영화 이야기를 하자면 마리오 바바의 〈죽은 신경의 경련〉과 〈피와 검은 레이스〉를 언급하지 않을 수 없다. 이들은 이탈리아어권 바깥에서는 거의 읽히지 않지만 각색되거나 영향을 받은 이탈리아 영화들을 통해 전 세계에 결정적인 영향을 끼친 지알로라는 장르에 속해 있다. 지알로는 '노란색'을 뜻하는 이탈리아어로, 이들 소설의 노란색 표지를 가리킨다. 논리적으로는 빈약하지만, 섹스와 폭력이 결합된 난폭한 장면의 연속으로 독자를 자극하는 장르다. 위에 언급한 두 편은 현란한 살인 장면의 연속으로 이루어져 있지만 아직까지는 살인의 동기가 비교적 정상적이며 각각의 살인범이 맡은 살인의 횟수도 상대적으로 적은 편이다. 하지만 다리오 아르젠토가 〈서스페리아〉, 〈딥 레드〉 같은 영화를 내놓기 시작하면서 최소한의 절제가 깨어진다. 이제 스토리는 연달아 이어지는 현란한 살인 묘사의 핑계일 뿐이다. 그리고 이 영향을 받은 미국 슬래셔 영화감독들이 〈할로윈〉, 〈13일의 금요일〉, 〈나이트메어〉 시리즈와 같은 시체 생산 영화들을 내놓기 시작한다. 이들의 이야기는 종종 위에 언급한 《그리고 아무도 없었다》와 유사하지만 이 소설의 절제 따위는 찾아볼 수 없다.

이들 영화의 성비는 어떻게 되는가. 여자들이 많은 영화도 있지만, 상당수는 반반 정도다. 〈13일의 금요일〉의 경우, 대사와 이름이 있는 등장인물들이 한 명만 남고 모두 살해당한 뒤에야 끝나기 때문에 남자들도 만만치 않게 많이 죽는다. 다리오 아르젠토의 영화에서는 살인자가 여자인 경우가 많다. 하지만 같은 분량과 같은 잔혹도로 그리더라도 사람들의 기억에 남는 건 살해당한 여자와 살아남은 여자다. 관객은 직관적으로 이 장르가 여자에 대한 폭력 영화라는 것을 인식한다. 이런 폭력적인 이미지의 전시에서 각본이 지정하는 범인의 정체는 그렇게까지 중요하지 않다. 다시 아르젠토 이야기를 꺼낸다면, 그의 영화 속에서 칼질을 하는 검은 장갑을 낀 손은 늘 감독 자신의 것이다. 각본상 범인이 누구이건, 결국 카메라가 담고 있는 건 남성에 의한 폭력이다.

그러는 동안 장르는 여자들을 죽여야 하는 이유를 끈

질기게 찾아낸다. 제임스 본드 또는 그 아류인 주인공과 섹스를 한 여자들은 목숨이 위험하다. 그 이유로 처벌될 가능성이 만만치 않기 때문이다. 종종 그 사람들은 살아 있을 때보다도 시체의 모습으로 더 기억된다. 〈골드핑거〉에서 금가루를 뒤집어쓰고 죽은 질 매스터슨 캐릭터를 보라. 관객들은 그 선정성을 즐기느라 그들이 보고 있는 것이 살해된 시체라는 사실을 대충 무시한다. 지금 생각해보면 끔찍한 일이고, 대니얼 크레이그 시절 〈퀀텀 오브 솔러스〉에서 오마주로 비슷한 살인 장면을 그렸을 때 관객들의 반응은 그냥 나빴다. 시대가 달라졌던 것이다.

다른 하나는 1999년에 미국 코믹북 작가 게일 시몬에 의해 '냉장고 속의 여자'라는 별명이 붙었다. 이는 주변의 여성 캐릭터가 남자 주인공의 스토리에 영향을 주기 위해 살해당하거나 강간당하거나 부상당하는 클리셰를 가리킨다. '냉장고 속의 여자'라는 이름은 그린 랜턴이 악당에게 살해당한 여자 친구의 시체를 냉장고에서 발견하는 장면에서 따왔다. 이 예는 무궁무진하고 특히 코믹북에 특화되어 있는데, 소설에서는 트래비스 맥기 시리즈의 존 D. 맥도널드가 맥기의 험난한 스토리를 만들기 위해 주변 여자들을 꾸준히 죽여왔다는 걸 언급하고 싶다.

소설 속 여성 피살자들이 점점 늘어나고 있는 이유 중 하나는 연쇄살인자 이야기의 증가와 연관되어 있다. 대부분 연쇄살인자는 남자이며 여자를 희생자로 고른다. 그렇다면 이건 현실의 반영인가? 그렇지는 않다. 현실 세계에서 연쇄살인자는 소설이나 영화에서처럼 많지 않기 때문에. 이들의 숫자는 퍼즐 미스터리의 밀실 살인 숫자만큼 비현실적이다.

아무리 진지하게 그린다고 해도 연쇄살인물은 그 장르 자체가 수상쩍은 선정성을 품는다.

그렇다면 현실을 반영하는 폭력의 묘사는 어떤가? 어떻게 보면 이 역시 여성 피살자의 증가와 관련되어 있다. 퍼즐 미스터리의 중립적인 게임 세계, 초창기 하드보일드 소설의 억울함에 쩌는 남성들의 여성 혐오를 거친 뒤 현실 세계의 폭력을 똑바로 바라보는 작품들이 늘어나기 시작했다. 이를 피하기 위해 남자들만의 폭력 세계로 도피하는 방법도 있다. 하지만 이런 폭력을 그리는 것에 진지한 의미를 부여하는 창작자들이 늘어나고 있다. 추리물은 여성 작가들의 비중이 꾸준히 늘어나고 있는 장르이고, 이들의 이야기에서 여성에 대한 폭력은 남성 작가들의 평균보다 큰 비중을 차지한다.

'현실을 그린다'라는 말로 모든 게 교통 정리될 수 있을까? 유감스럽게도 아니다. 몇 년 전 개봉한 〈한공주〉 이야기를 들겠다. 성폭행 피해자가 사건 이후 어떤 끔찍한 일들을 겪는지 보여주는 진지한 작품이다. 주인공의 고통을 보여주기 위해 영화는 긴 성폭행 장면을 넣었는데, 바로 여기서 영화의 진지한 의도가 실제 감상과 갈라진다. 수많은 관객들이 이 장면을 포르노로 소비했던 것이다. 영화 개봉 직후 인터넷에서는 '〈한공주〉 엑기스' 파일이 떠돌았다. 이 파일을 소비한 사람들 대부분은 여기에 어떤 죄의식도 느끼지 않았을 것이다.

내가 직접 체험한 비슷한 예를 하나 더 들겠다. 〈악마를 보았다〉의 중반엔 간호사 대상의 끔찍한 폭행 장면이 나온다. 서사 안에서는 범죄자의 잔악함을 드러내는 장면이다.

그런데 내가 운영하는 영화 게시판에서 어떤 회원이 이 장면과 간호사 역의 여자 배우의 외모를 품평하기 시작했다. 그 사람에게 이 강간은 그냥 섹스였고, 폭행 장면은 그냥 포르노였으며, 일반 영화 게시판에서 이런 이야기를 하는 것이 잘못일 수도 있다는 생각이 전혀 들지 않았던 것이다. 다른 회원들의 반격을 받고 그 게시물은 삭제되었는데, 아마 그러는 동안에도 그 사람은 자기가 무슨 잘못을 저질렀는지 몰랐을 거라는 생각이 든다.

영화에서 성폭행을 직접적으로 묘사하는 것은 이런 남자들에게 먹잇감을 던져주는 것밖에 되지 않는다. 예전에 나는 이야기를 위해서라면 아무리 고통스럽다고 해도 어떤 내용도 가능하다고 믿었다. 지금의 나는 그때의 내가 순진했다고 생각한다. 아무리 폭력 장면이 스토리의 내적 논리에 충실하다고 해도 저런 자들에게 먹이를 공급하는 순간 영화는 포르노가 된다.

그렇다고 폭력을 그리는 이야기를 쓰면서 문제가 되는 장면들을 모두 제거하고 무해하게 그리는 것이 답일까? 추리물은 태생적으로 선정물이고 대부분이 폭력과 범죄에 대한 공포와 매혹에 바탕을 둔다. 완벽하게 무해한 이야기를 하려고 한다면 이 장르를 포기하는 수밖에 없다.

가장 좋은 방법은 역시 주체적인 주인공을 여성으로 삼는 것이다. 그것만으로도 이야기는 균형이 잡힌다. 남자 주인공은 이 이야기에서 아무리 선량하고 올곧은 인물이라고 해도 시혜적인 존재로 머무를 수밖에 없다. 여자들을 대상으로 한 폭력이 여자들에 의해 이야기를 마무리 짓게 하는 것은 고정된 서사 안에서 균형을 잡기 가장 손쉬운 방법이지만, 이 역시 만만치는 않다. 1980년대 슬래셔 영화의 마지막 생존자는 대부분 여성(이들에게는 '파이널 걸'이라는 별명이 붙는다)이지만 이것만으로는 장르의 여성 혐오가 해결되지 않는다. 이들에게 여분의 가치와 드라마와 힘을 부여해야 하는 것이다. 오리지널 〈13일의 금요일〉과 최근에 넷플릭스에서 화제가 된 〈피어 스트리트〉 3부작을 비교해보라. 〈피어 스트리트〉는 여성에 대한 폭력 묘사가 만만치 않은 작품이지만, 죽더라도 결코 만만한 희생자로 머물지 않는 생생한 캐릭터들에 의해 슬래셔 영화의 관습에 갇히지 않는다.

그다음은 폭력의 의미를 정확히 읽고 올바른 방식으로 표현하는 것이다. 하지만 여기엔 한계가 있다. 아무리 정치적으로 정교하게 주제를 묘사에 반영한다고 해도 분명 이를 포르노적으로 소비하는 독자들이 있다. 이들을 피할 수는 없다. 하지만 그렇다고 해서 이들 앞에서 포기하는 것도 무의미한 일이다. 결국 우리는 매 순간마다 불완전한 선택을 하며 균형을 잡을 수밖에 없다.

이 주제에 대한 흥미로운 레퍼런스로 제시하고 싶은 작품은 JTBC 드라마 〈구경이〉다. 이 글을 쓰고 있는 지금, 아직 4회까지밖에 나오지 않아 이후의 스토리 전개를 확신할 수는 없지만, 현재까지 나온 에피소드만으로도 꽤 길게 이야기를 풀 수 있다.

여성 연쇄살인마 케이를 추적하는 경찰 출신 여성 보험조사원 구경이의 활약 이야기다. 그런데 케이는 죽어도 싼, 죄가 있는 사람들만을 희생자로 삼으며, 무고한 사람이 죄를 뒤집어쓰지 않도록 최선을 다한다. 거의 19세기 프랑스 소설에 나올 법한 환상적인 인물이며 케이가 이 드라마에서 가하는 폭력은 대부분 비현실적이다. 재미있는 점은 케이의 범죄가 이어지는 동안, 케이에게 처벌되는 사람들의 현실적인 범죄가 하나씩 드러나고 여기서 죽은 사람들이 저지른 범죄 자체의 선정성을 찾아 소비하는 것은 거의 불가능하다는 것이다. 한마디로 먹잇감을 주지 않으면서 범죄와 부조리에 대해 신나게 이야기하는 드라마다. 그리고 〈구경이〉가 이 딜레마를 해결한 유일한 작품은 아닐 것이다.

추리소설의 여성 캐릭터를 어떻게 창조할 것인가

(이 글은 2021년 12월 4일 추리소설 작가 지망생 및 독자들을 대상으로 한 강연 내용을 토대로 정리한 것이다.)

한이

만여 권의 책을 읽고서야 아는 것이 없다는 것을 깨달은 둔재(鈍才). 많은 직업을 거쳐서 작가가 되었고, 여러 부캐로 다양한 글을 쓰고 있다. 2017년 〈귀양다리〉로 '한국추리문학상 황금펜상'을 수상했고, 2019년부터 제8대 한국추리작가협회 회장으로 활동하고 있다.

안녕하세요? 추리소설을 쓰는 한이입니다. 저는 본명 외에 몇 가지 필명으로 추리소설도 쓰고, 판타지나 역사소설도 쓰고, 이런저런 다양한 글을 써왔습니다. 오늘은 추리소설, 아니 모든 소설의 핵심이라고 할 수 있는 등장인물, 즉 캐릭터에 대해 이야기를 나눠보고자 합니다.

최근에 마이클 코넬리의 대표적인 추리소설 시리즈를 리뉴얼하면서 출판사에서는 표지 전면에 주인공 이름 '해리 보슈'를 내세우고 있습니다. 이것은 무엇을 의미할까요? 독자들이 추리소설을 집어들 때 주인공이 누구인가에 따라 작품을 선택하는 경우가 많다는 것입니다. 이렇게 주인공 캐릭터가 인기를 얻으면, 작가는 작품을 시리즈로 만들 수 있는 가능성이 생기고, 고정 독자층을 확보할 수 있습니다. 마이클 코넬리는 해리 보슈 이외에도 이복동생인 악당 전문 변호사 미키 할러, 살인 사건 전문 기자 잭 매커보이 등의 캐릭터로 시리즈를 이어가고 있습니다.

이렇게 추리소설의 필수불가결한 요소 중 하나가 주인공, 특히 탐정 역을 하는 캐릭터입니다. 사실 탐정 캐릭터가 얼마나 매력적인가에 따라서 작품의 성패가 결정된다고 할 수 있을 정도로 중요한 문제입니다. 추리소설 캐릭터 중에서 가장 기억에 남는 인물이 누구인가요? 코난, 김전일을 꼽는 분도 있지만 역시 가장 많은 분들이 '셜록 홈스'를 말합니다. 사실 작가인 코난 도일보다 캐릭터가 더 유명한 경우지요. 홈스가 지겨워진 작가가 모리아티 교수와 함께 라이헨바흐 폭포에 떨어뜨려 죽였다가, 독자들의 항의로 결국 다시 살려내고 만 것은 유명한 일화입니다. 이처럼 끈질긴 생명력을 가진 셜록 홈스라는 캐릭터는 지금까지도 수많은 패스티시, 패러디, 벌레스크 작품을 양산하고 있고, 만화, 드라마, 연극, 영화, 뮤지컬 등으로 끊임없이 변주되고 있습니다. 코난 도일이 지금 시대에 산다면, 캐릭터에서 나오는 저작권만으로도 엄청난 부를 축적했을 겁니다.

그 외에도 대표적인 탐정 캐릭터에는 누가 있을까요? 안락의자형 탐정에 애거사 크리스티의 에르큘 포와로, 제인 마플, 렉스 스타우트가 창조한 네로 울프, 프레데릭 대니와 맨프레드 리 콤비의 엘러리 퀸, 일본의 국민 탐정이 된 요코미조 세이시의 긴다이치 고스케 등이 떠오릅니다. 하드보일드로 넘어오면 샘 스페이드, 필립 말로, 루 아처가 생각나는군요. 모두 한 시대를 풍미했고, 지금까지도 끈질긴 생명력을 보여주고 있는 캐릭터들입니다.

워너북스의 출판법인 편집부장을 지낸 사라 앤 프리드는 미스터리 소설 원고를 검토할 때 관심을 갖는 것이 무엇인가 묻는 질문에 이렇게 대답했습니다.

"내가 항상 관심을 갖는 것은 개성이 강한 등장인물과 배경이다. 나는 토니 힐러먼의 책을 항상 좋아한다. 엘리스 피터스가 지은 중세 캐드펠 형제에 대한 책도 좋아한다. 나는 등장인물들 가운데서 퍼즐(puzzle)이 나온다고 생각한다. 나는 사람들이 왜 그렇게 행동하며 왜 범죄를 저지르는지에 대해서 관심을 갖는다. 직접적인 퍼즐 도서(puzzle book)는 내게 그런 관심을 충족시켜주지 않는다."

그렇다면 어떻게 독자와 편집자를 모두 만족시킬 매력적인 주인공 캐릭터를 창조할 수 있을까요?

첫 번째는 '능력'입니다. 유머 미스터리나 순문학이라면 무능한 주인공도 허용될지 모르지만, 추리소설에서는 사건을 능동적으로 해결할 수 있는 능력이 필요합니다. 그래서 많은 추리소설에서는 형사나 검사, 프로파일러처럼 법 집행과 관련된 직업을 가진 인물을 주인공으로 선택합니다. 아마추어라고 해도 과학 지식이나 신체적 능력, 추리력, 관찰력과 같은 부분에서 특출한 능력이 있는 것으로 설정하는 경우가 많습니다.

아마추어 탐정을 설정한다면 사건에 개입하는 것에 무리가 없도록 배경 설정을 세밀하게 할 필요가 있습니다. 예를 들어 앞에 잠깐 언급한 마이클 코넬리의 잭 매커보이는 덴버의 범죄 사건 담당 기자이기 때문에 수사 자료를 손에 넣거나 관련자들을 만나 질문하는 것이 전혀 어색하지 않습니다. 그는 기자로서 자신이 가진 능력을 사용해서 진실에 접근해갑니다. 원예사가 아마추어 탐정 역을 맡는다면, 원예와 관련된 지식을 활용할 수 있는 사건을 해결하는 것이 국제적 음모를 해결하는 것보다 설득력이 있을 것입니다.

두 번째는 '용기'입니다. 주인공은 비록 처음에는 사건에서 벗어나려고 하더라도 문제를 회피하기만 해선 안 됩니다. 〈아메리칸 울트라〉라는 영화를 본 적이 있는데요, 기억을 잃은 주인공 마이크는 자신이 CIA 일급 기밀 프로젝트로 만들어진 최정예 스파이라는 것을 각성합니다만, 영화 내내 살인자들을 피해 도망 다니고 집에 숨기 바쁩니다. 액션의 모양새를 떠나 바보스러운 주인공 때문에 아무런 재미도 느낄 수 없었습니다. 이런 인물을 주인공으로 설정한다면 출간 가능성은 대기권 밖으로 한없이 멀어지리라고 봅니다.

주인공 캐릭터는 인간적인 두려움을 느낄 순 있겠지만, 사건의 중심으로 뛰어드는 최소한의 용기를 갖춘 인물이어야 할 것입니다.

세 번째는 '약점'입니다. 마샤 탤리는 이것을 "완벽한 인물은 완벽하게 지루하다"라는 말로 멋지게 표현했습니다. 슈퍼맨조차도 크립토나이트라는 약점이 있지 않느냐면서요. 주인공 캐릭터는 도덕심이나 용기, 신념, 끈기와 같은 강점도 필요하지만, 우리가 인간적인 매력을 느낄 수 있는 약점도 필요합니다.

TV 드라마 〈명탐정 몽크〉의 (저는 이 드라마의 주인공인 에이드리언 몽크가 콜롬보 이후 최고의 드라마 캐릭터라고 생각합니다) 경우를 보면 주인공 몽크는 온갖 강박증과 결벽증에 시달리는 인물인데, 거미와 우유를 포함해 무려 312가지의 공포증을 갖고 있습니다. 하지만 그 약점이 천재적인 추리력의 원천이 되어 스스로도 '천부적인 재능이자 저주'라고 표현하고 있습니다. 스티브 해밀턴의 《록 아티스트》의 주인공 마이클은 어떤 자물쇠도 열 수 있는 재능이 있지만, 실어증을 겪고 있습니다. 마크 해던의 《한밤중에 개에게 일어난 의문의 사건》의 주인공은 자폐증을 앓고 있습니다. 데이비드 발다치의 에이머스 데커는 과잉기억증후군 때문에 계속해서 아내와 딸의 피살 장면을 끊임없이 되새기는 형벌을 받고 있죠.

신체적 장애를 겪는 탐정의 리스트 역시 아주 깁니다. 엘러리 퀸의 드루리 레인은 청각을 잃었고, 헤닝 만켈의 발란더는 고혈당에 아내와 별거 중이고 치매에 걸린 아버지를 돌보고 있습니다. 이것을 끝까지 밀고 나간 캐릭터라면 제

프리 디버의 링컨 라임을 들 수 있을 것입니다. 무려 전신마비 환자입니다.

우리가 창조한 탐정 캐릭터가 인간적인 매력과 강점을 고루 갖고 있다면 독자들의 사랑을 듬뿍 받을 수 있을 것입니다.

캐릭터와 관련해서 우리 시대의 중요한 논점 가운데 하나는 여성 캐릭터를 어떻게 창조하고 묘사할 것인가 하는 점입니다. 이미지의 재생산이 사회적 힘을 갖는다는 측면에서 보면, 추리소설이나 스릴러 영화에서 피해자 캐릭터의 성별이 여성인 경우가 대부분이고, 그것도 과잉 살상의 대상인 때가 많다는 것은 생각해보아야 할 점입니다. 또 여성이 가해자일 경우에는 다양한 동기에 의해 추동되는 남성들과는 달리, 영화 〈세븐 데이즈〉의 경우처럼 모성애에 국한될 때가 많다는 것도 여성을 임신과 출산의 프레임에 가두고 있는 것이 아닌가 하는 의문을 제기합니다.

이에 대해 켈리 스탠리는 이렇게 말합니다. "여기서 우리가 탐정으로서, 피해자로서, 살인자로서 여성의 역할에 대해 다시 고찰해야 하는 이유는 무엇인가? 여성이 남성과 똑같은 일을 할 수 있게 되리라는 희망을 품은 지가 고작 반세기밖에 되지 않았기 때문이다." 그렇다면 우리 시대의 작가들은 여성 캐릭터를 창조하기 위해 무엇을 해야 할까요? 가장 먼저 해야 할 일은 상투적으로 남용되는 여성 캐릭터가 무엇인지 세밀하게 파악하는 것입니다. 그래야만 지금까지 반복되어온 식상한 캐릭터를 피할 수 있을 것입니다.

먼저 여성 범죄 소설 작가들의 단체인 '시스터스 인 크라임(Sisters in Crime)'의 창설자인 사라 파레츠키가 V. I. 위쇼스키라는 터프한 여성 탐정을 창조할 당시의 고민을 들어보는 것이 유용할 것 같습니다. 그는 《침묵의 시대에 글을 쓴다는 것》에서 이렇게 말합니다.

"나는 범죄 소설을 쓰고 싶었다. 문학과 사회에서 여성을 바라보는 지배적인 관점을 뒤엎어버리는 여성 주인공을 창조하고 싶었다. 책을 읽으면 읽을수록 여성의 도덕성은 섹슈얼리티에 의해 결정된다는 점을 여실히 깨닫게 되었다. 즉, 순결한 여성은 선하지만 무력하고 행동력이 없었다. 성 경험이 있는 여성이라면, 행동에 나설 수는 있지만 오로지 악행만을 저지를 수 있었다. … 첫 번째 소설 《제한 보상》을 쓰기 시작했을 때는 천사나 괴물이 아니라 한 사람인 여성을 만들어내려 심혈을 기울였다. 하지만 … 탐정을 어떤 인물로 만들기 싫은지는 인지하고 있었지만, 어떤 인물이어야 하는지는 알 수 없었다. 그 결과, 여성 탐정이 어떤 특별한 역할을 해낼 수 있을지 생각해보는 대신 주인공을 하드보일드 형식의 전형적인 인물로 표현했다. 고아에다 스미스 앤드 웨슨 권총을 차고, 위스키를 마시는."

전통적으로 추리소설에서 여성이 가장 많이 맡는 역할이라면 '팜므 파탈'을 들 수 있을 것입니다. 팜므 파탈은 거부할 수 없는 성적 매력을 사용해서 남자 주인공을 나락으로 떨어뜨리는 '악녀'입니다. 악녀의 반대는 '성녀'의 모습으로 드러나는데, 이것은 흔히 성적 서비스를 제공하는 '매춘부'와 결혼할 대상인 순결한 '아내'의 이분법적인 형태로 가

부장적인 이데올로기를 은연중에 드러내고 있습니다.

한국 추리소설의 전성기라고 일컬어지는 1980~90년
대의 소설들을 보면 여성을 지나치게 성적으로 타자화하는
것을 볼 수 있습니다. 이것이 그 후 오랜 세월, 한국 추리소
설은 저급하고 선정적이라는 인식을 심어준 원인이기도 했
죠. 이런 소설들이 양산된 이유 중 하나는 수많은 추리소설
이 스포츠신문에 연재되었다는 점을 들 수 있을 것입니다.
신문 연재소설이다 보니 매회 자극적인 소재와 스토리를 진
행할 수밖에 없었고, 가장 쉬운 방법이 스토리 전개와 상관
없이 성적인 요소를 집어넣는 것이었습니다.

또 한 가지 이유는 일제강점기에 형성된 여성에 대한
부정적인 시각이 산업화와 도시화를 거치면서 1980년대까
지 이어진 결과라고 볼 수 있을 것입니다. 일제강점기에 등
장한 신여성들에 대해 느낀 지식인들의 불안감은, 여성을
성적 욕망과 물질적 욕망 때문에 사회에서 받아들일 수 없
는 대상으로 비난하는 것으로 표출되었습니다. 이것이 국가
가 주도한 1970년대의 개발 과정을 거치면서 중산층의 전
업주부와 하층민으로 구분된 여성의 역할을, 허위의식에 가
득 찬 중산층 여성과 몸으로 먹고 사는 빈민 매춘부로 묘사
하는 것으로 발전됐고, 이러한 여성상이 자연스럽게 남성
작가들의 의식 속에 고정된 것입니다.

긴 세월 동안 이어진 여성에 대한 가부장적인 시각은
남편을 두고 바람을 피우는 주부나 돈이나 권력층을 이용하
기 위해 성을 사용하는 요부의 이미지를 구현해냈고, 도덕
적으로 타락했기 때문에 '죽어 마땅한 여자'라는 프레임을

만들어낸 것입니다. 그리고 그러한 캐릭터를 가장 적극적으로 수용한 것이 한국의 추리소설이었습니다. 물론 이 당시에도 이러한 프레임에 갇히지 않은 추리소설들이 있었지만, 대중적 영향력을 획득하지 못하고 미약한 목소리에 그치고 말았습니다. 지금 한국 추리소설의 여성 캐릭터 리부트가 절실히 필요한 이유이기도 합니다.

그뿐 아니라, 피해자로서 여성의 역할도 많은 추리소설과 영화에서 일종의 클리셰로 작동합니다. 그다지 머리가 좋지 못한 여성이 누가 봐도 빤히 보이는 함정에 아무런 무기도 없이 터덜거리며 들어가거나, 인질이 되어 주인공 남성을 곤란하게 하는 역할을 맡곤 합니다. 여성이 탐정 캐릭터를 맡는다고 해도 전형성은 존재합니다. 사건 여기저기 간섭하는 미스 마플 같은 나이 많은 할머니, 남성과 성만 바뀐 듯한 터프한 사설 탐정은 이제 너무 많이 창조되어서 참신한 변화가 필요합니다.

정치적 올바름을 위해서 단순히 성이나 인종을 바꾸는 것만으로는 진정한 캐릭터 창조라고 할 수 없습니다. 영화 〈더 이퀄라이저〉를 드라마로 리부트하면서, 덴젤 워싱턴 역할을 퀸 라티파로 바꾸고 10대 싱글맘의 역할을 맡겼다고 해서 엉망인 스토리와 조악한 캐릭터가 살아나지는 않습니다. 각각의 장르와 스토리에 꼭 필요한 캐릭터를 창조하려는 전방위적인 노력이 필요합니다. 그저 윤리적 도그마에 갇혀 독자를 설득하려는 것은, 장르 자체의 고유한 특성을 파괴하는 결과를 가져올 뿐입니다.

1982년 세상에 나온 V. I. 워쇼스키는 수십 년의 세월을 거치면서 변화를 겪습니다. 하드보일드 추리소설의 전형적인 고독한 탐정에서, 로티 허셜을 비롯한 많은 캐릭터들과 교감하고 성장하는 모습으로요. 이와 같은 변화는 워쇼스키만 겪은 것은 아닙니다. 수 그래프턴의 킨지 밀혼, 퍼트리샤 콘웰의 케이 스카페타, 마샤 뮐러의 샤론 매콘, 앤 클리브스의 베라 스탠호프와 같은 여성 주인공들은 남성들의 세계에서 기죽지 않으며, 주체적으로 자신들의 정의를 관철해나갑니다.

지금 독자는 작가의 성별이나, 캐릭터의 성이 무엇인지 중요하지 않습니다. 한쪽에 치우친 편협한 시각이 아니라, 다양한 관점을 보여주는 입체적인 인물을 창조해내기를 바라고 있는 것입니다. 장르가 갖고 있는 고유한 특성을 해치지 않으면서, 더욱더 자유롭고 풍성한 인물들을 창조할 때, 우리 시대의 추리소설은 윤리적 도그마에 얽매이지 않는 새로운 가치를 창조하게 될 것입니다.

참고도서
• 사라 파레츠키, 김원희 옮김, 《침묵의 시대에 글을 쓴다는 것》, 북스피어, 2021
• 루이즈 페니 외, 지여울 옮김, 《장르 글쓰기3》, 다른, 2015
• 낸시 크레스, 박미낭 옮김, 《소설 쓰기의 모든 것3》, 다른, 2011

논문
• 배유리, 〈한국 스릴러 영화의 여성 캐릭터 분석〉, 국민대학교, 2016
• 문지숙, 〈팜므 파탈 :성과 권력의 문제〉, 원광대학교 교육대학원, 2005
• 장국행, 〈한국 현대소설에 나타난 팜므 파탈 유형연구〉, 중앙대학교 대학원, 2005

신인상

수상작
대림동 이야기

심사평

수상소감

수상작

대림동 이야기

김형규

순찰차는 양꼬치집 앞에서 멈춰 섰다. 간판에는 '王串店'이라고만 적혀 있었다. 가운데 글자는 생긴 것으로 봐서 꼬치를 뜻하는 듯했지만 어떻게 읽어야 할지 짐작조차 가지 않았다. 여자 사장이 우리를 보더니 반색하며 식당 안으로 들였다. 식당 안은 손님들이 떠들어대는 중국말로 정신을 차리기 어려울 만큼 시끄러웠다.

사장이 가리키는 쪽을 보니 만취한 남자가 혼자 테이블에 비스듬히 기대 앉아서 술을 따르고 있었다. 꽃봉오리 세 개 경장 계급장을 단 K가 가보라는 눈짓을 했다.

K는 평소처럼 말이 없었다. 출동을 함께 나오면서도 뭘 어떻게 하라는 조언 한마

디 해주지 않았다. 며칠 전 내가 처음 출근한 날에도 신입이 들어왔다고 온갖 질문을 퍼부어대는 다른 선배들과 달리 관심조차 보이지 않았다.

K가 나를 시험한다고 생각했다. 심호흡을 크게 했다. 수십 번 연습했던 대사를 마침내 써먹을 때가 온 것이다. 남자 앞에 허리를 꼿꼿이 세우고 서서 최대한 단호한 말투로 말했다.

"경찰입니다. 신분증 좀 보여주십시오."

남자는 돌아보지도 않았다. 대신 주변의 시선들만 나를 향했다. 여자 경찰관이 신기하게 보이는 모양이었다. 남자의 손등은 검붉었고 울퉁불퉁한 군살이 잡혀 있었다.

이제 뭐라고 해야 하나. 나는 인터넷으로 수강하고 있는 중국어 회화의 기억을 헤집었다.

"워시징차. 칭추시닌더쉔펑쩡."

중국말에는 반응이 있었다. 남자는 새빨갛게 충혈된 눈으로 나를 몇 초 동안 노려보더니 자리에서 벌떡 일어섰다. 나는 엉겁결에 물러서다가 뒤에 앉은 사람의 등에 부딪히면서 균형을 잃고 주저앉았다. 남자가 뭐라 중얼거리며 다가왔다. 손을 내밀려는 것도 같았다. 그때 K가 남자의 팔을 뒤로 꺾어 바닥에 쓰러뜨린 다음 무릎으로 등을, 손으로 뒤통수를 짓눌렀다.

남자는 거칠게 저항하며 빠져나가려고 했다. K가 가까스로 수갑을 채우는 동안 나는 엉덩이를 털고 일어나 남자가 알아듣지도 못할 미란다 원칙을 읊었다.

"지원 요청!"

K가 소리쳤다. 하마터면 주머니에서 스마트폰을 꺼낼 뻔했다. 간신히 정신머리

를 붙들고 가슴에 매달린 무전기를 손에 쥐었다.

땅딸막한 키에 다부진 어깨를 가진 남자는 수갑을 뒤로 찬 상태에서 어깨 힘만으로 K를 밀쳐내고 식당 밖으로 도망치려 했다. K는 바닥에 엎드린 채 남자의 한쪽 다리를 겨우 붙잡고 있었다.

경찰 승합차 한 대와 순찰차 한 대가 길 양쪽에서 거의 동시에 사이렌을 울리며 달려왔다. 경찰관 셋이 더 달려들어 남자를 제압했다. 남자는 뭐가 그리도 분한지 연신 씩씩거리며 승합차에 올라탔다.

양꼬치집 앞에는 부근의 다른 술집이나 식당에 있던 사람들과 길을 지나던 사람들까지 잔뜩 몰려들어 있었다. 몇은 스마트폰을 들고 우리의 일거수일투족을 촬영했다. 그러나 순찰차 한 대가 먼저 현장을 떠나고 남자를 태운 승합차가 뒤따라 출발하려 하자 그들은 더는 구경꾼으로 남아 있지 않았다.

"대한민국 경찰은 술 먹고 돈 좀 안 냈다고 사람을 수갑 채워서 잡아갑니까?"

중국 동포 말투의 젊은 남자가 소리쳤다.

"조선족은 사람이 아니오? 한국 사람한테도 이렇게 할 거요?"

중년 여자의 억센 목소리가 가세했다. 사람들은 승합차를 포위하듯 한 걸음 한 걸음 다가왔다. K와 내가 탄 순찰차는 승합차 바로 뒤에 서 있었다. 얼굴이 사색이 된 양꼬치집 사장이 승합차로 달려갔다. 사장은 승합차의 경찰관에게 수갑을 풀어 주면 안 되겠냐고 사정하는 것 같았다. 경찰관은 단호하게 거절했다. 사장은 당장이라도 울먹일 것 같은 표정이 됐다.

"동포 여러분, 뒤로 물러나십시오. 물러나지 않으면 공무집행 방해죄로 처벌받을 수 있습니다."

승합차의 경찰관이 경고 방송을 했다. 하지만 아무도 물러나지 않았다.

"말만 동포라고 하면서 차별하지 마시오."

한 노인이 칼칼한 목소리로 외쳤다.

"옳소, 차별하지 마시오."

"맞는 말이다. 풀어줘라."

사람들은 저마다 한마디씩 거들었다. 급기야는 승합차에 달라붙어서 하나, 둘, 하나, 둘, 박자를 맞춰 흔들기 시작했다. 당황한 승합차는 무전으로 서에 상황을 보고하고 대책을 상의했다.

"저기 사장이 한국 여자네!"

박자 맞추는 소리 사이로 적의에 가득 찬 목소리가 튀어나왔다. 사람들의 시선이 일제히 양꼬치집 입구에 서 있는 사장을 향했다.

"맞네, 저년이 경찰을 부른 거네."

"저런 집은 확 불을 질러버려야 해."

남자 몇이 양꼬치집 쪽으로 성큼 걸음을 옮겼다.

마침 다시 무전이 울렸다. 서의 책임자는 승합차에게 수갑을 풀어주고 충돌을 피하라고 지시했다.

"동포 여러분, 지금 수갑을 풀어주겠습니다. 진정하십시오."

승합차는 서둘러 방송했다. 창문을 열어 수갑을 풀어준 것을 확인시켜주기까지 했다. 사람들이 서서히 길을 열어줬고 승합차는 도망치듯 골목을 빠져나갔다.

K는 지구대로 돌아와서도 한동안 순찰차에서 내리지 않고 운전대에 머리를 기댄 채 엎드려 있었다. 불현듯 요의를 느꼈지만 나도 K가 일어날 때까지 시동이 꺼

진 순찰차의 깜깜한 조수석에 가만히 앉아 있었다.

대림동에 배치됐다는 소식을 처음 들은 순간의 절망감은 말로 표현할 수 없었다. 조선족만 산다는 가난하고 지저분하고 위험한 동네. 누구나 칼 하나쯤 품고 다닌다는 곳. 누군지 모를 배치권자가 진심으로 원망스러웠다. 하지만 정면 돌파하는 것 말고는 방법이 없었다. 전세자금 대출을 받아서 보란 듯이 대림역 5번 출구 부근에 있는 낙원원룸에 방을 얻었다.

상점이나 식당의 간판은 죄다 중국어로 적혀 있었다. 사람이 많이 다니는 길에는 '주취폭력은 범죄이고 범죄를 저지르면 추방될 수 있습니다' 혹은 '쓰레기 투기 금지 벌금 100만 원' 같은 글귀가 중국어와 한국어로 나란히 적힌 현수막이 걸려 있었다.

중국말이 한국말보다 열 배는 자주 들렸다. 놀이터의 대여섯 살 먹은 아이들도 중국말로 떠들며 깡충거렸다. 나이 든 남자들은 심심찮게 웃통을 벗어젖히고 자랑하듯 배를 내밀고 다녔고 젊은 남자들은 팔이나 다리에 비슷비슷한 모양의 천연색 문신을 하고 있었다. 중년 여자들의 옷차림은 장날 읍내 구경을 나온 시골 아주머니처럼 소박하고 단정했다. 젊은 여자들만 한국 여자와 차이가 없었다.

대림역 근처에는 직업소개소가 모여 있었다. A4 용지에 출력하거나 매직펜으로 적은 구인 공고가 게시판마다 빼곡히 붙어 있었다. 〈펜션부부〉 50대 월급 340 1년 내내 일함 겨울엔 곶감 말림 전주. 〈철근공〉 남 55세까지 초보 조공 기공 대림동 출발 10~24만 원 일이 많음. 〈주방보조〉 야채탕 끓임 전 부침 남 25~50세 H2 F4 합법비자 월4휴 240~260만 원. 〈비닐하우스 설치〉 일당 10만 원 월급제 숙식 제공 경기도 이천 비자 무관. 〈여간병〉 65세 이하 7.7 요양병원….

그리고 커피호프와 노래방이 있었다. 커피호프는 과장을 조금 보태면 건물마다 하나씩 있었다. 낮에 커피를 팔고 밤에 호프를 판다는 뜻인 것 같은데 이렇게 많아서야 어떻게 장사가 되는지 모를 일이었다. 커피호프 옆에는 반드시 노래방이 있었다.

혐오스러웠다. 촌스러움과 지저분함과 소란스러움도, 길거리의 담배 연기와 버려진 꽁초들도, 골목마다 무질서하게 쌓여 있는 쓰레기더미도 끔찍이 싫었다. 강남 같은 곳에 배치되길 기대했다. 세련되고 깨끗하고 부유한 냄새가 좋았다. 대림동은 더럽고 무서웠다. 창피했다.

어릴 적 우리 식구는 난곡에 살았다. 신림동 산기슭에 있는 서울에서 가장 큰 달동네였다. 신림역에서 버스를 타고 구불구불한 산길을 이삼십 분은 더 들어가야 했다. 버스 종점에서 산꼭대기까지 슬레이트 지붕이 계단처럼 쌓여 있었고 그 지붕들 아래 세상에서 가장 가난한 사람들 수만 명이 뒤엉켜 살았다. 좁고 삐뚤삐뚤한 골목이 거미줄처럼 이어졌고, 작고 녹슨 대문들 앞에 놓인 까만색 쓰레기봉투 앞을 지날 때마다 음식물 썩는 냄새가 진동했다.

대림동은 그 시절을 떠올리게 해서 더 싫었다.

장마가 시작되려는 참이었다. 낮게 깔린 먹구름이 서에서 동으로 빠르게 이동했다. 주간 근무일인 월요일 오후에 대림2동에 거주하는 스물일곱 살 동포 여성의 실종 신고가 접수됐다. 이름은 김화춘. 지난 토요일부터 커피호프에 출근하지 않았고 집에도 들어오지 않았다. 신고한 사람은 화춘의 남자친구인데 토요일 아침에 화춘의 집에서 본 것이 마지막이라고 했다.

실종 사건은 서의 여성청소년과 소관이지만 간단한 조사만으로 가출로 확인되는 일이 대부분이라서 지구대에서 기초 조사를 맡기도 한다. 특이사항은 현관문 앞에서 지름 이삼 센티미터 크기의 혈흔이 발견된 것이다. 하지만 그 정도 혈흔은 여러 원인으로 생길 수 있는 것이고 다세대 주택의 입주민들이 오가는 길이라 검사 결과가 나올 때까지 화춘의 것이라고 단정할 수도 없었다.

사건은 K에게 배당됐고 나는 부사수가 됐다. 살인이나 납치 같은 강력 사건일 수도 있었기 때문에 묘한 긴장감에 가슴이 두근거렸다. 그러나 K는 이번에도 아무런 지시도 설명도 하지 않았다. 무심결에라도 실수한 적이 있는지 기억을 더듬어봤지만 그럴 만한 일 자체가 없었다. 여자 신입이라고 대놓고 무시하는 것이 빤했다.

남자친구를 자처하는 사람이 현관 열쇠를 가지고 있어서 쉽게 집 안으로 들어갈 수 있었다. 반지하에 예닐곱 평쯤 되는 보통 크기 원룸이었다. 한쪽 벽을 완전히 가린 두꺼운 남색 커튼을 젖히자 어깨 높이에 작은 창문이 나 있었다. 방범창이 튼튼하게 설치돼 있어서 외부에서 침입하기는 어려운 구조였다. 벽과 천장이 만나는 모서리에 곰팡이 자국이 시커멓게 번져 있었다. 매큼한 냄새가 났다.

남자의 말에 따르면 화춘은 한국에 가족이나 친척이 없었다. 그러나 적어도 친구는 있을 것이고 출입국 기록을 확인해봐야겠지만 중국으로 돌아갔을 가능성도 없지 않았다. 나는 K가 방을 뒤지는 것을 멀뚱히 구경하는 대신 집 앞 골목에서 담배를 피우고 있는 남자에게 몇 가지 사실관계를 확인해보기로 했다.

남자는 미용사라고 했다. 꽁지머리에 왼쪽 앞머리만 짧게 밀어 올려 유치하게 멋을 부렸다. 나는 요즘 화춘에게 이상한 점은 없었는지, 어딜 가고 싶다는 이야기를 하지는 않았는지 물으면서, 둘이 다툰 일은 없었는지, 토요일 아침에 만나서는 뭘 했는지, 그날 미용실 일을 마치고는 어디서 뭘 했는지 같은 질문을 은근슬쩍 끼워넣었다.

남자는 황당하다는 듯 목소리를 높였다.

"지금 나를 의심하는 겁니까? 내 여자친구고, 신고도 내가 했습니다. 대한민국 경찰이 대한민국 국민한테 이래도 되는 겁니까? 내가 조선족입니까?"

죄송하지만 수사 원칙이 그렇게 돼 있다고, 절대로 의심하는 것이 아니라고 달랜 끝에 대답을 들을 수 있었다. 평소와 특별히 다른 점은 없었고 어딜 간다고 한 적도 없었다고 했다. 다투기는커녕 화춘의 집에서 같이 자고 일어나서 밥도 차려 먹고, 그거도 하고, 자기는 미용실 개점 시간에 맞춰 나왔는데 화춘은 커피호프가 오후에 열기 때문에 한잠 더 자겠다고 했다는 것이다. 남자는 '그거'라는 단어를 발음하면서 짧은 시선으로 내 몸을 훑었다. 뺨을 한 대 때려주고 싶었지만 꾹 참았다.

K가 방 수색을 마쳤는지 계단을 올라왔다. 남자에게서 들은 이야기를 전했지만 K는 대수롭지 않다는 표정이었다. 사실이 그렇기도 했다.

일기예보는 앞으로 2주 동안 비, 비, 비의 연속이었다. 아니나 다를까 저녁 무렵부터 부슬비가 흩뿌리더니 금세 굵은 장맛비가 쏟아졌다. 화춘이 일한다는 희망커피호프라는 데를 가보려고 처음으로 초과 근무 신청을 했다. 사복으로 갈아입은 다음 K를 따라나섰다.

커피호프는 실내 구조만으로는 여느 호프집과 다를 것이 없었다. 다만 테이블과 테이블 사이에 가슴 높이로 칸막이가 세워져 있었고, 벽에는 낯 뜨거운 옷을 입고 야릇한 포즈를 취한 여자 사진이 붙어 있었다. 대림동에만 있는 곳이라 뭔가 이국적인 것을 기대했건만 실망스러웠다.

손님은 한 명뿐이었다. 칸막이 너머로 중년 남자의 벗어진 정수리가 보였고, 높은 톤의 젊은 여자 목소리가 들렸다. 남자와 여자는 중국말로 대화하고 있었다.

K와 나는 카운터 바로 앞자리에 마주 보고 앉았다. 얼마 후 머리가 벗어진 남자가 계산을 치르고 떠났다. 남자는 지갑에서 만 원짜리 지폐 여러 장을 꺼내 한 장씩 세더니 몇 장을 추려서 여자에게 건넸다.

여자가 우리 테이블로 와서 K 옆에 앉았다. 따로 인사를 하지 않는 것이 서로 아는 사이 같았다. 화장이 짙었고, 손톱의 선명한 파란색 매니큐어가 인상적이었다.

"언니도 경찰이에요?"

여자가 나를 빤히 쳐다보며 물었다.

"네."

"오빠 근무 중이구나."

여자는 입술을 살짝 내밀었다.

"오빠, 니야오허삐쥬마? 워커이허이삥쥬마?"

여자는 K에게 찰싹 달라붙어 머리를 기대고 칭얼거렸다. K가 그러라고 하자 주방으로 들어가더니 둥근 쟁반에다 맥주 작은 병 세 개와 유리잔, 스파클링 와인 한 병, 마른안주가 담긴 접시를 들고 나왔다.

"화춘이는?"

K가 짧게 물었다. 여자는 손짓을 섞어가며 중국말로 한참을 떠들었다. 나는 귀머거리고 벙어리나 다름없었다. 그래도 노래방, 도우미, 보도방 같은 한국말 단어 몇

개는 챙길 수 있었다.

"어디?"

"뿌지다오."

"진짜야?"

"그럼요. 제가 오빠한테 거짓말을 하겠어요?"

K는 믿지 않는다는 듯 여자의 얼굴을 계속 쏘아봤다. 여자는 결국 실토했다.

"이름은 모르는데요. 요기 앞에 행복노래방 들어가는 데라고만 들었어요. 근데 오빠, 내가 말했다고 하면 안 돼요. 절대, 절대 안 돼요."

여자는 당부하고 또 당부했다.

행복노래방은 희망커피호프 옆 건물 지하에 있었다. 장마 때문인지 노래방답지 않게 분위기가 무겁게 가라앉아 있었다. 복도 안쪽 깊은 데서 노래방 기계 반주 소리와 어떤 남자의 노랫소리가 희미하게 들려왔다.

이번에는 내가 선수를 쳐서 도우미를 대는 보도방이 어딘지 물었다. 사장은 자기네는 도우미를 쓰는 곳이 아니고 보도방도 아는 데가 없다고 잡아뗐다. K가 다시 중국말로 묻자 그제야 사장도 중국말로 뭐라 길게 설명을 늘어놓았다. K의 발음이 상당히 유창했다.

나중에 알게 된 사실이지만 대림동에는 보도방이 스무 곳이 넘고, 그 스무 곳 넘는 데서 거의 모든 노래방에 도우미를 공급하고 있었으므로 노래방만으로 보도방을 특정하기는 불가능에 가까웠다. 암튼 커피호프에서 얻은 정보에 따르면 화춘은 실종된 것이 아니라 노래방 도우미로 새 일을 시작한 것이었다.

하지만 화춘이 왜 그렇게 홀연히 사라졌는지는 미스터리로 남았다. 현관문 앞 혈혼의 정체도 마찬가지였다. 혈흔 검사 결과는 며칠이 지나야 나올 터였다. 나는 K의 살짝 굽은 등을 올려다보며 노래방 계단을 한 칸씩 디뎌 올랐다.

출근하자마자 K가 불쑥 서류 한 장을 내밀었다. 중국인 Jin Hua Chun은 근래 출국한 사실이 없었다. 한 가지 가능성은 사라졌다. K는 보도방을 찾아보겠다며 혼자서 외근을 나갔고 나는 지구대에 남아 민원 응대를 했다. 저녁이 되어갈수록 출동 지령이 잦아졌고, 선배들은 장맛비에 흠뻑 젖은 채로 만취한 중국 동포를 한둘씩 데리고 돌아왔다.

그런데 동기들 단톡방에서 다른 지역의 이야기를 들어보면 유흥가에서 주취 사건의 빈도나 양상은 고만고만한 것 같았다. 적어도 그 점에서는 대림동이라고 특별할 것이 없었다.

여자 하나가 지구대 문을 열고 들어오면서 나와 눈이 마주쳤다. 낯이 익다 싶더니 희망커피호프에서 만난 여자였다. 여자를 안쪽 소파로 데려갔다. 왼쪽 눈 주변에 화장 아래로 흐릿한 멍 자국이 나 있었고 눈꼬리도 살짝 찢어져 딱지가 앉아 있었다. 무슨 일이 있었는지 물으려 했지만 여자가 먼저 말을 꺼냈다.

"죄송합니다. 거짓말을 했어요."

여자의 얼굴에는 전날의 웃음기가 쪽 빠져 있었다.

"무슨 거짓말요?"

"화춘이요. 보도방에서 데려가려고 한 적 없어요."

여자가 눈물을 쏟았다. 티슈를 몇 장 뽑아서 손에 쥐어줬다. 여자는 어깨를 들썩이며 울었다.

"그럼 화춘 씨는 어디로 간 건가요?"

여자가 진정하기를 기다렸다가 물었다.

"저도 몰라요. 그치만 그날은 남자친구가 가게까지 와서 막 때리고, 그래서 화춘이가 밖으로 도망을 치니까⋯."

여자는 말을 계속해도 되는지 허락을 구하는 듯한 표정으로 나를 바라봤다. 고개를 끄덕였다.

"화춘이는 맨날 맞고 살았거든요. 근데 그날은 도망을 치니까, 그 남자가 죽여버린다면서, 칼을⋯, 주방에서 식칼을 꺼내 들고 쫓아갔어요."

여자는 화춘의 남자친구가 무서워서 거짓말을 했다고 말했다. 눈가의 멍은 어젯밤 취한 손님에게 손찌검을 당한 것이라고 했다. 꺼림칙한 구석이 없지는 않았지만 우선 남자의 신병을 확보해야 했다. 대강의 사정을 들은 지구대장은 K를 호출하고 서에 상황을 보고했다.

서의 형사과에서 체포 영장과 압수수색 영장을 받아왔다. K와 나는 형사들과 동행했다. 형사들은 미용실로 가서 남자를 체포하고 남자가 사는 고시원으로 이동했다. 남자는 고시원으로 가는 내내 유독 내게 쌍욕과 온갖 저주를 퍼부었다. 미친년이 아무 죄 없는 사람을 모함한다고 했다. 형사들이 제지했지만 소용없었다.

남자의 고시원은 작은 책상과 싱글침대, 그리고 텔레비전이 전부인 아주 좁은 방이었다. 짐이라고는 옷가지와 미용 관련 잡지 몇 권, 게임 시디와 컴퓨터뿐이었다. 식칼은 책상의 맨 위 서랍에 곱게 모셔져 있었다.

근무가 끝나자 퇴근 처리를 하고 지구대를 나섰다. K가 검은색 우산을 쓰고 몇 걸음 앞서 걷고 있었다. 잠깐 망설이다가 종종걸음으로 K를 따라잡았다.

"퇴근하는 길이세요?"

K는 나를 돌아보더니 고개만 살짝 까딱했다. 민망했지만 K의 그런 태도에 어느새 익숙해져 있었다. 대림역 방향으로 나란히 걸었다.

엘마트 앞을 지날 때 K가 맥주를 한잔 사겠다고 했다. 나도 대답 없이 고개만 끄덕였다. 궁금한 것이 많았고 사건 이야기도 나누고 싶었지만 자존심 때문이었다. K는 엘마트 맞은편에 있는 기쁨통닭으로 나를 데려갔다.

예순이 넘어 보이는 사시가 심한 아주머니가 앞치마를 두른 채 주방에서 뛰어나와 크게 손뼉을 치며 K를 맞았다.

"경찰관님 오셨네요. 오늘도 장사 잘되겠다. 경찰관님은 손님을 몰고 다니시잖아요."

아주머니의 함박웃음이 티 없이 밝았다.

"이분은 누구실까?"

아주머니가 나에 대해 묻자 K는 사무실 동료라고 했다.

"아유 너무 예쁘셔서 경찰관님인 줄도 몰랐네. 내가 이렇게 주책이에요."

말투만으로는 중국 동포인지 한국 사람인지 구별이 되지 않았다. 하긴 그게 무슨 상관이람. 우리는 통닭집에 왔을 뿐이었다. K는 옛날통닭 한 마리와 생맥주 두 잔을 시켰다.

K는 술자리에서도 말이 없었다. 아주머니와 중국말로 몇 마디 주고받을 뿐이었다. 아주머니는 중국 동포가 맞는 듯했다. 둘 사이 대화가 끊어진 틈을 타서 용기를 내 K에게 말을 걸었다.

"선배님은 어떻게 중국어를 그렇게 잘하세요? 저도 대림동에 왔으니까 빨리 배워야 할 텐데 늘질 않네요."

K는 멀뚱멀뚱한 눈빛으로 나를 보더니 무겁기만 하던 입을 열었다. 자신은 귀화한 중국 동포이고 특별채용 형식으로 경찰에 들어왔다고 했다. 외사특채는 경장부터 시작하기 때문에 자신도 대림동에 배치된 지 몇 달밖에 되지 않았다고 해서 더 놀랐다.

"죄송해요."

왠지 큰 실수를 한 것 같아서 사과를 했다. 그러고 보니 K의 말투가 조금 특이했던 것 같았고 말수가 극도로 적었던 것도 그런 말투 때문이었을 거라는 데 생각이 미쳤다. K는 죄송할 게 뭐가 있냐면서 껄껄 웃었다. K가 웃는 모습을 처음 보았다.

귀화 시험에서 가장 어려운 단계가 뭔지 아냐고 K가 물었다. 나는 고개를 저었다. 애국가를 4절까지 외워 부르는 것이라고 했다.

"3절이랑 4절 가사가 그렇게 헷갈릴 수가 없었습니다."

지금 들으니 더하고 뺄 것도 없는 완전한 동포 말투였다. 보도방을 찾았는지 묻자 별 소득이 없었다고 했다. 두 번째 잔을 비울 무렵 K가 다시 물었다.

"대림동이라는 이름이 어떻게 만들어진 줄 아세요?"

"큰 대, 수풀 림. 큰 숲이라는 뜻 아닌가요? 오래전에 큰 숲이 있었나 보죠."

나는 뻔하다는 듯 대답했다. K는 설핏 미소를 짓더니 답을 일러줬다.

"아뇨, 그런 게 아니고요. 행정 구역을 조정할 때 신대방동의 대 자랑 신도림동의 림 자를 합쳐서 만든 이름이래요. 아무 뜻도 없는 거예요."

조금 허탈했지만 한편으로 대림동과 잘 어울리는 이름이라는 생각도 들었다.

"대림동은 분지예요. 아무 건물이나 옥상에 한번 올라가 보세요. 신도림동, 신길동, 신대방동, 구로동의 고층 아파트가 사방을 둘러싸고 있어요. 거인의 성벽처럼요. 대림동은 아파트가 거의 없잖아요. 그래서 그 성벽 바깥에 있는 사람들은 여기서 누가 뭘 하면서 어떻게 살고 있는지 보지 못하는 거예요. 존재하지만 보이지 않는 거죠. 제대로 된 이름도 없고요. 조선족, 중국 동포, 그런 이름들도 웃기잖아요."

존재하지만 보이지 않는다…. 나는 K의 말을 입속으로 되뇌었다.

기쁨통닭을 나와서 대림역 방향으로 걸음을 옮기려는데 장백마라탕 앞에 우산 쓴 사람들이 둘러서서 뭔가를 구경하고 있었다. 가까이 가보니 식당 앞 인도에 중년 남자가 머리에 피를 흘리며 쓰러져 있었다. 그 옆에서 한국 말투를 쓰는 남자 둘과 동포 말투를 쓰는 남자 하나가 비를 맞으며 말다툼을 벌이고 있었다. 쓰러진 남자는 중국 동포의 일행인 것 같았다. 어찌해야 할지 고민이 됐지만 K가 지켜보고만 있었다. 그런 태도는 내게도 끼어들지 말라는 뜻으로 읽혔다.

"이거 정당방위야!"

팔뚝이 굵은 한국 남자가 주변을 향해 소리쳤다.

"이 사람이 우리한테 와서 먼저 시비를 걸고, 이렇게, 이렇게, 우리 형님을 확 밀쳤다고."

남자는 변명이라도 하듯 상대가 먼저 때렸다는 사실을 고래고래 떠들며 재연까지 해 보였다. 그러고 보니 식당의 손님과 구경꾼 들이 모두 중국 동포였다. 사람이 더 많이 모여들수록 남자의 표정은 더 굳어졌고 목소리는 더 커졌다. 모여든 사람들의 눈빛도 심상치 않게 변해갔다.

남자가 돌연 이상한 행동을 하기 시작했다. 식당 안으로 달려 들어가더니 검은색 배낭을 들고 나와서 옷가지 같은 것을 꺼냈다.

"내가 이 얘기는 진짜 안 하려고 했는데…."

남자가 배낭에서 꺼낸 것은 감색 작업복 조끼였다. 남자는 조끼를 걸치고 지퍼를 채워 올렸다.

"나 노조야! 노조, 노조라고!"

그러자 기이한 일이 벌어졌다. 방금까지 실랑이를 벌이던 동포 남자가 움찔하며 뒤로 물러서는 것이었다. 당장이라도 남자를 두들겨 패줄 것처럼 흥분했던 군중도 순간 주춤거렸다. 남자는 코앞까지 다가와 있던 동포들에게 손가락질까지 하며 떠들었다.

"신고해! 경찰에 신고하라고! 감히 대한민국을 우습게 알아? 대한민국 법을 우습게 아냐고?"

조끼의 가슴팍에는 '한국건설노동조합'이라는 글자가 고딕체로 큼지막하게 박혀 있었다. 동포 남자들 대부분이 건설 현장에서 일한다는 사실이 머리를 스쳤다.

K가 군중을 헤치고 조끼를 향해 걸어갔다. 나도 뒤따랐다. K는 쓰러진 남자의 상태를 확인하고 나서 식당 주인에게 119에 신고했는지 물었다. 주인은 그렇다고 했다. K는 조끼에게 신분증을 제시하며 분명한 동포 말투로 미란다 원칙을 고지했다.

"폭력행위처벌법상 공동상해 혐의로 현행범인 체포합니다. 불리한 진술을 하지 않을 수 있고…."

조끼는 자신이 처한 상황을 전혀 이해하지 못하는 것 같았다. 조끼는 K의 가슴을 주먹으로 밀치며 소리쳤다.

"뭐야, 짱깨 새끼가 어디서 경찰 흉내를 내고 있어?"

K는 곧바로 조끼의 팔을 꺾고 바닥에 주저앉혀 제압했다. 조끼는 짧은 비명을 내질렀다.

"공무집행 방해 혐의가 추가됐습니다."

K가 조끼의 뒤통수에 대고 말했다. 군중 속에서 누군가 박수를 치기 시작했다. 곳곳에서 환호성이 터져 나왔다.

난곡에서도 싸움은 잦았다. 전국적으로 건설 붐이 일던 시절이라 동네 아저씨들은 크고 작은 건설 현장으로 일을 다녔고 일을 마친 초저녁부터 노동에 지친 몸과 마음을 술로 씻었다. 덕분에 버스 종점 근처 술집들은 항상 시끄러웠고 매일같이 싸움이 벌어졌다. 누가 먼저 시비를 걸고 주먹을 날렸는지는 중요하지 않았다. 모두가 쌓인 화를 풀기 위해 누구라도 싸움을 걸어주기를 기다리는 것만 같았다. 밤이 깊어지면 싸움 장소는 집으로 옮겨왔다. 취한 남편의 혀 꼬부라진 고함소리와 아내의 악다구니 같은 비명소리가 얇디얇은 벽을 통과해 골목 가득 울려 퍼졌다.

긴 싸움의 밤이 지나고 새벽이 오면 골목의 남자들은 언제 술에 취하고 언제 싸움을 벌였냐는 듯 아직 해도 뜨지 않은 비탈길을 따라 줄지어 일을 나갔다. 그러면 다시 하루의 아침과 평화가 찾아왔다. 아이들은 학교에 가고, 여자들은 빨래와 청소를 하고, 노인들은 골목에 앉아서 저 아래 산 밑을 하염없이 내려다보았다.

대림동은 여러모로 난곡과 닮아 있었다. 대림동은 사방이 아파트로 둘러싸여 있고, 난곡은 사방이 산으로 둘러싸여 있었다. 존재하지만 보이지 않는 것도 같았다.

문제는 며칠 뒤에 생겼다. 조끼가 K에게 제압당하는 중에 어깨가 탈골되고 갈비

뼈가 부러졌다며 청문감사실에 민원을 넣은 것이다. K는 대기 발령을 받고 서의 경무과로 배치됐다. 그러나 그날부터 지구대로도 경무과로도 출근하지 않았다. 동료들은 이해할 수 없으리만치 무관심했다. 마치 K라는 사람이 애초에 없었던 것처럼 행동했다.

혈흔 검사 결과가 나왔다는 연락을 받았다. 화춘의 피가 맞았다. 하지만 남자친구의 방에서 발견된 식칼에서는 사람의 혈흔이 검출되지 않았다.

남자는 풀려났다. 특수폭행 혐의로 입건되기는 했지만 피해자가 사라졌으므로 수사는 진척되지 않았다. 나는 우연히라도 남자를 마주칠까 두려워 미용실 앞을 지날 일이 있을 때마다 다른 길로 빙 둘러서 다녔다.

그 무렵부터 지독한 불면증에 시달렸다. 화춘은 왜 사라진 것인지, 혈흔의 정체는 무엇인지, 남자친구라는 자가 화춘을 해친 것은 아닌지, 아니면 보도방에서 어디다 팔아넘긴 것인지, 커피호프 여자는 왜 말을 바꿨는지, 그리고 K는 왜 출근을 하지 않는 것인지…. 답 없는 질문들이 꼬리에 꼬리를 물며 밤새 머릿속을 헤집었다.

K에 대한 감사에 참고인으로 불려가서 조사를 받았다. K는 독직폭행에다 국가공무원법상 직장이탈금지 위반까지 더해져 중징계를 받을 것이라고 했다. 조사를 받고 나오니 6시가 넘어 있었다. 주간 근무일이라 지구대로 복귀할 필요는 없었다. 비가 퍼부었고 잠을 계속 자지 못해서 쓰러질 것처럼 피곤했다. 택시를 잡고 대림동 우성아파트 사거리로 가달라고 했다.

와이퍼를 최대 속도로 작동하며 운전하던 반백의 택시 기사가 백미러로 나를 보며 말을 걸었다.

"아가씨, 대림동 살아?"

"네?"

"조선족?"

아니라고 말하려다가 질문의 의도가 괘씸해서 대답하지 않았다.

"보니까 한국 사람 같은데, 그래서 말씀드리는데, 조선족 그것들 한국인 아니에요. 동포니 뭐니 하면서 한국 사람인 줄 헷갈리는 분이 많은데, 다 중국 사람이야. 한국이랑 중국이랑 축구 시합하면 중국 팀 응원하는 사람들이라고. 내가 아가씨니까 태웠지, 원래 그 동네로는 들어가지도 않고, 어쩔 수 없이 들어가도 사람 안 태우고 그냥 나와요. 그것들 다 칼 들고 다니잖아. 뒤에서 확 찌르면 한 방에 가는 거야."

뭐라 따지고 싶었지만 너무 피곤해선지 생각도 입도 굳어버려서 아무 말도 나오지 않았다. 그리고 어쩌면, 택시 기사가 내 마음을 그대로 읽고 있는 것도 같았다. 아니 나는 그렇게 생각하지 않아, 나는 그런 사람이 아니야, 나는⋯. 머리가 터져버릴 것 같았다.

"세워주세요."

힘을 쥐어짜 내서 말했다.

"어? 뭐라고요?"

택시 기사는 내 말을 제대로 듣지 못했는지 되물었다.

"세워달라고요."

"아가씨 대림동 간다면서요?"

"세워주세요⋯, 세워줘요, 세워달라고요!"

목소리가 높아지다가 이내 찢어졌다.

문래 창작촌에서 고가도로를 따라 걸었다. 우산을 썼지만 하늘에 구멍이라도 난 것처럼 쏟아지는 빗줄기에 바지도 구두도 흠씬 젖었다. 삼사십 분을 걸어서 우성아파트 사거리에 도착했다. 더는 걸을 수 없는 지경이었지만 집에 들어가고 싶지는 않았다. K와 갔던 통닭집이 떠올랐다.

"어머나, 경찰관 아가씨 오셨네."

아주머니가 한눈에 알아보고 활짝 웃으며 맞아주었다. 옛날통닭 한 마리와 생맥주 한 잔을 주문했다. 비 때문에 손님이 없어선지 세 번째 잔을 시켰을 때 아주머니가 술을 가져다주며 앞자리에 와서 앉았다.

"얼굴이 말이 아니네. 무슨 일이 있으셨나 봐요. 옷도 다 젖고."

"그냥, 잠을 좀 못 잤어요."

"어째요, 잠이 보약인데. 그런데 우리 경찰관님이 통 안 보이시는데 어디 출장이라도 가셨어요?"

그렇다고 했다. 아주머니는 인상이 선했다. 따뜻하게 미소 짓는 얼굴이 내 술주정까지도 다 받아줄 것 같았다.

"사장님, 사장님은 한국 사람이에요, 중국 사람이에요?"

무례한 질문을 던졌다.

"중국 사람이죠. 중국에서 나고 자랐고 국적도 중국이니까."

아주머니는 웃으며 대답했다.

"그럼 여기서 돈 많이 벌면 중국으로 돌아가실 거예요?"

벌써 혀가 꼬이는 것이 느껴졌다.

"아니요, 내가 나이가 얼마나 많게요? 중국에 우리 손주가 둘이 있는데 고등학교

졸업하면 한국 데려와서 대학 보낼 거예요. 그러려고 열심히 사는 거예요."

"중국엔 누가 언제 건너가신 거예요?"

아주머니의 긴 이야기가 시작됐다.

"우리 할아버지는 경상도 안동 사람이었는데, 1910년댄가 20년댄가 젊을 적에 혁명한다고 쏘련으로 건너가셨대요. 나는 할아버지를 뵌 적이 없는데 할머니는 맨날 돌아가신 할아버지 자랑만 하셨어. … 중국으로 왔고, … 할아버지 덕분에 우리 부모님은 공산당원이 됐는데 문화혁명 때 험한 일을…, 한국 와서는 안 해본 일이 없어요. 식당에서 양파도 까고, 한식 뷔페에서 반찬도 만들고, 파출부도 하고, 그러다가…."

아주머니의 이야기를 들으며 드문드문 졸다가 그만 잠이 들었다. 깨어났을 때는 얇은 담요를 덮고 의자에 길게 누워 있었다.

"많이 피곤하셨나 봐요. 세상모르게 주무시더라고요."

아주머니가 이제 집에 들어가야 해서 미안하지만 깨웠다고 했다. 벽에 걸린 시계를 보니 새벽 4시가 훌쩍 넘어 있어서 깜짝 놀랐다. 폐를 끼쳐서 죄송하다는 인사를 드리고 술값을 치른 뒤에 가게를 나섰다.

며칠 만에 비가 그어 있다. 거리는 고요하다. 깜깜한 길을 걸어 집으로 향한다. 붉은 벽돌로 지어진 오래된 다세대 주택과 벽에 대리석 무늬 타일을 붙인 신축 빌라 사이로 난 골목을 지난다. 구름이 빠른 속도로 흘러간다. 구름 사이로 간간이 별들이 빛난다. 그래도 밤길은 무섭다. 어릴 적부터 무서웠고 경찰이 되고 나서도 무섭다.

낙원원룸까지 서너 블록쯤 남았을 때 누군가 내 뒤를 밟고 있는 것을 알아챘다. 가로등 아래를 지나자 점점 길어지는 내 그림자 옆에 더 짧은 그림자가 함께 길어진다. 그림자는 발소리를 내지 않고 일정한 간격을 두고 내 뒤를 따른다.

심장 박동 소리가 귀에 들릴 만큼 커진다. 양꼬치집 무전취식자의 험악한 얼굴과 화춘의 남자친구라던 사람의 거친 욕설이 떠오른다. 최대한 겁먹은 티를 내지 않으려고 애쓰면서 집까지 남은 거리를 헤아려본다. 300미터 정도다. 남자라면 달려서는 따돌리기 어렵고, 나는 달리기가 빠른 편도 아니다. 게다가 장비가 없는 상태에서 남자와 맞서는 것은 바보짓이다. 스마트폰을 꺼내 112를 누를 시간도 부족하다. 바로 빼앗길 수 있다. 소리를 질러야 할까.

신경이 온통 그림자에 쏠려 있다. 그림자는 가로등을 앞에 두면 사라지고 가로등을 지나치면 다시 나타난다. 뚜벅, 뚜벅, 뚜벅. 내 구둣발 소리와 함께 다시 그림자가 길어진다.

한 블록 남았다. 뛸 것인지 멈출 것인지 결정해야 한다. 집 앞 골목에 들어가서 대치하는 것은 더 위험하다. 교차로에 흐릿한 가로등이 하나 서 있다. 마지막 가로등이다.

그 아래 멈춰 선다. 내 그림자는 난쟁이가 된다. 뒤의 그림자는 보이지 않는다. 그림자도 멈춘 것일까. 1초가 1분처럼 길게 느껴진다. 숨이 제대로 쉬어지지 않는다.

나는 주문을 만들어 외운다.

나는 대한민국 경찰관이다. 나는 대한민국 경찰관이다. 나는 대한민국 경찰관이다. 나는 대림동 경찰관이다….

저 앞 다세대 주택에서 사람 하나가 소리 없이 걸어 나온다. 빌라 현관에서도 한 사람이 걸어 나와 소리 없이 잰걸음으로 사라진다. 그 옆 단층집에서도, 맞은편 또 다른 다세대 주택에서도 한 사람씩 쓱 나타나서 같은 방향으로 빠르게 걸어간다.

이제야 뒤를 돌아본다.

그림자는 어디로 사라졌는지 보이지 않는다. 대신 내가 지나온 골목에서 두세 명이 이쪽으로 걸어오고 있다. 그들이 지나가고 다시 두 명, 또 한 명이 유령처럼 내 곁을 지나쳐 간다.

키가 작은 남자들이 티셔츠나 남방을 걸치고 청바지나 체육복 바지에 운동화를 신었다. 작은 배낭을 메고 있다. 여자들은 합성섬유 재질의 얇은 원피스 또는 투피스 차림이다. 손가방을 하나씩 들고 있다. 남자들도 여자들도 발소리를 내지 않는다. 숨소리마저 내지 않고 빠른 걸음으로 더 큰 골목으로 나아간다.

나도 물결을 따라가 본다. 좁은 골목에서 흘러나온 시내가 다른 시내를 만나 개울을 이루고 10차선 도로의 인도에서 강물이 돼 전철역 입구를 향해 흘러간다.

같은 장면을 본 적이 있다. 난곡의 버스 종점에서 봤던 모습이다. 이들도 전철을 타고 혹은 봉고차에 실려 건설 현장과 공장과 식당과 빌딩과 병원으로, 그렇게 각자의 일터로 떠났다가 저녁이 되면 다시 바깥세상에서는 보이지 않는 이 도시로 돌아올 것이다.

K도 저기 어디쯤 휩쓸려가고 있는 것일까.

첫차가 들어올 시간인지 하늘에 떠 있는 대림역 2호선 역사에 환하게 불이 켜져 있다.

김형규
어릴 적엔 커서 시인이 될 줄 알았지만 되지 못했다. 대학에서 동양사를, 대학원에서 러시아 현대사와 시베리아의 역사를 공부했다. 여러 학교에서 강의했고 대책 없이 출판사를 만들어서 된통 고생한 시절도 있었다. 몇 권의 책을 쓰거나 우리말로 옮기기도 했다. 지금은 노동 변호사로 일하며 틈틈이 소설을 쓰고 있다.

심사평

《계간 미스터리》 신인상 심사위원

　겨울호 신인상 공모에는 일정 수준 이상의 작품들이 대다수였고, 저마다 개성이 뚜렷해 심사에 즐거움을 더했다. 다만 '계간 미스터리 신인상'이 추리소설 대상인 만큼, 타 장르로 분류될 작품들은 진지한 논의의 대상이 되지 않았음을 밝힌다. 추후 응모할 작가들은 자신의 작품이 어느 장르에 해당하는지 유념해서 투고해주시면 좋겠다.

　본심에서 집중적으로 다루어진 작품은 〈두근거리지만 괜찮아〉, 〈설전〉, 〈대림동 이야기〉 세 편이었다.

〈두근거리지만 괜찮아〉는 경찰 소설로 흥미로운 사건 전개와 반전, 트릭에서 좋은 평가를 받았다. 그러나 경찰의 업무에 대한 이해도가 부족해 보인다는 것이 결정적인 단점으로 지적되었다. 부검 결과 타살임이 밝혀졌다면 출입문 CCTV 분석이 선행되어야 함에도 마지막에 등장하는 것이 어색했고, 주인공 형사가 사인에 집중하지 않고 변죽을 울리는 느낌이 강했다. 경찰의 수사 과정에 대한 다양한 문헌과 영상 자료들을 참고해볼 것을 권장한다.

〈설전〉은 경찰과 강도가 추격 끝에 오월동주 고사처럼 함께 구덩이에 묻히게 되었다는 설정이 기발했다. 1980년대를 배경으로 두 사람의 내밀한 이야기가 부드러운 필력으로 그려진 점도 높이 평가되었다. 하지만 자신을 파멸시킬 수 있는 비밀을 서로에게 고백하는 과정이 개연성이 떨어졌고, 동사를 할 정도로 얼어 있었는데 격투 끝에 함께 죽는다는 점이 비현실적이었다. 마지막 장면을 프롤로그로 보여주고 왜 그렇게 죽어 있는가에 대한 호기심을 유도하는 것이 보다 나은 전개가 아니었을까 생각한다.

〈대림동 이야기〉는 대림동 차이나타운을 배경으로 한국인과 교포 사이의 갈등이라는 사회적인 소재를 잘 버무려낸 작품이다. 대림동에 와 있는 듯 생생한 현장감과 보이지 않는 사람들에 대한 시선, 신입 여경 캐릭터와 유려한 문장력 등에서 고루 높은 평가를 받았다. 다만 추리소설의 관점에서 봤을 때, 여자의 실종과 K의 행방에 대한 명쾌한 설명이 마지막까지 나오지 않은 것이 단점으로 지적되었다.

치열한 논의 끝에 겨울호 신인상 수상작으로는 〈대림동 이야기〉가 선정되었다. 후반부의 아쉬운 마무리로 인해 망설였지만, 단점을 덮어주는 여러 장점들과 앞으로의 가능성이 당선작으로 뽑기에 손색이 없다고 의견이 모아졌다. 작가가 앞으로도 우리 사회의 음지에서 살아가는 사람들의 이야기에 귀를 기울이고 대중에게 알려주기를 고대한다. 아울러 이번 호에서 아쉬운 결과를 얻은 작가들은 다음에 더 좋은 작품으로 만날 수 있기를 바란다.

수상 소감

김형규

대림동에서 5년을 살고, 일했습니다. 조선족 또는 중국 동포라고 불리는 사람들이 처음에는 낯설고 두렵기까지 했습니다. 이민자들, 우리 내부의 타자들. 하지만 그들과 만나고 이야기를 나누면서 어릴 적 난곡에서 보았던 노동자들의 모습이 그대로 겹쳐 보였습니다. 사실은 우리 모두가 애초에 이민자이고 타자인 것은 아닐까 하는 생각도 들었습니다. 그런 이야기를 다른 이들에게도 들려주고 싶었습니다.

대림동의 밤과 낮, 거미줄처럼 이어지는 골목들을 오가면서 많은 일을 겪고, 보고, 들었습니다. 옛날통닭집에서 새벽까지 술을 마시고 글을 쓰면서 친구도 여럿 사귀었습니다. 순찰차가 경광등을 번쩍이며 달려가면 뒤따라 뛰어가 사건의 현장을 지켜본 적이 몇 번인지 모릅니다. 깊은 밤 '대림동 차이나타운'이라고 불리는 거리를 걷다 보면 골목마다 수많은 사람의 이야기가 둥둥 떠다니고 있는 것만 같았습니다.

추리문학이 무엇인지, 아니 그에 앞서 문학이 무엇인지 아직은 잘 모릅니다. 일을 마친 밤마다 쓰고 싶고 써야 한다고 생각했던 문장들을 계속 써왔을 뿐입니다. 쓰는 것은 어쩌면 제게 유일하게 행복한 일이었지만 그래도 때로는 외롭고 힘들고 좌절했습니다. 그런 날들 가운데 이렇게 귀한 상으로 격려해주신 한국추리작가협회의 여러 선생님께 고개 숙여 감사의 인사를 드립니다. 한없이 기쁜 마음에 앞서 부족한 문장과 글재주에 부끄러워 몸 둘 바를 모르겠습니다. 더욱 정진하라는 의미로 새기고, 앞으로도 사람과 세계에 대해 꿋꿋하고 용감하게 써 나가겠습니다. 좋은 추리문학 작품도 많이 쓰고 싶습니다.

무엇보다 그동안 저를 아끼고 지켜준 소중한 이들과 기쁨을 나누고 싶습니다. 늘 그립고, 고맙고, 사랑합니다.

단편소설

자라지 않는 아이

산

두껍아 두껍아 헌 집 줄게 새 집 다오

자라지 않는 아이

홍선주

여자는 희미한 눈으로 자신을 바라보는 아이와 겨우 눈을 맞춘다. 숨이 점점 잦아든다.

아이가 멀뚱히 자신을 바라보자, 여자는 손을 뻗어 아이의 머리를 어루만진다.

아이의 눈이 동그랗게 커진다.

여자의 눈에 눈물이 찬다.

———

"안 돼! 재취 자리라니? 결혼을 안 시키면 안 시켰지, 안 된다. 나는 허락 못한다!"

여자가 결혼 계획을 알리자, 그녀의 어머니는 곧바로 뒤로 돌아앉으며 격앙된 목소리로 외쳤다.

여자는 알고 있었다. 이건 그저 집안의 생계를 책임지던 여자가 결혼해 나가버리면 어머니의 삶이 막막해지기 때문이라는 걸. 여자를 아끼는 척 핑계를 댔지만 결국 돈줄을 잃기 싫어서라는 걸.

어머니가 진정으로 여자를 아꼈다면 동생들을 핑계로 대학 진학을 막지도 않았을 것이고 야근을 부추겨 건강을 상하게 만들지도 않았을 거였다. 여자도 처음엔 가족을 위해 희생하는 게 당연하다고 생각했다. 자신만의 안위를 좇는 건 욕심이라 생각했다. 공장에서 기숙 생활을 하며 사이버 대학을 다니는 게 그나마 여자가 선택할 수 있는 괜찮은 인생이었다. 그렇게 10년을 가족을 위해 살았다. 그러나 이제는 벗어나고 싶었다. 여자에게 다른 삶을, 언젠가 꿈꿨던 미래를 만들어줄 수 있는 사람이 나타났으니까.

몇 달 전 공장의 주임으로 온 남자였다. 편안하고 사람 좋아 보이는 미소를 가진 그는 배려심이 많았으며, 무엇보다 여자에게 잘해줬다. 인스턴트커피 하나를 타줄 때도 물을 많이 섞는 여자의 취향을 기억해두었다가 만들어주곤 했다. 여자는 처음으로 자신을 살뜰히 챙겨주는 남자에게 자연스럽게 빠져들었다. 한 번도 기댈 수 있는 존재들이 아니었던 이름뿐인 가족을 떠나, 의지할 수 있는 그에게로 가고 싶었다.

여자는 등을 돌린 어머니에게 담담하게 말했다. 남자를 사랑한다고. 그와 있으면 행복하다고.

"미친년! 남들이 그럴 거야, 남편 일찍 잡아먹은 년이라 딸도 그런 자리 보낸다고! 지금 니가 하려는 거, 그거, 나 욕 먹이는 짓거리야!"

당신은 미처 깨닫지 못했지만, 어머니는 딸이 처음으로 사랑하는 사람이 생겼다는 사실보다, 딸의 감정보다, 인생보다, 당신에 대한 남들의 이목이 더 중요한 사람이라는 걸 고백한 셈이었다.

여자는 아무런 말도 하지 않았다. 조용히 자리에서 일어나 동생과 함께 쓰는 방으로 갔다. 작은 가방에 짐을 싸기 시작했다. 대부분의 물건들이 가족을 위한 것이었으니 여자가 챙길 것은 옷가지 몇 벌과 얼마 전 남자에게서 선물 받은 목걸이 하나뿐이었다. 그대로 집을 나와 남자에게로 갔다.

늦은 밤 연락도 없이 찾아온 여자의 방문에 남자는 채 말리지 못한 머리카락의 물기를 손으로 훔쳐내며 문을 열었다. 동그랗게 뜬 두 눈으로 자신 앞에 힘없이 마주 선 여자를 바라봤다. 여자는 곧 울음을 터트릴 것 같은 표정으로 뭔가를 말하려고 했지만 차마 입이 떨어지지 않는 모양이었다. 여자의 손에 든 가방을 본 남자는 아무 말 없이 손을 뻗어 두 팔로 여자를 당겨 안았다.

여자가 남자의 어깨에 감격에 찬 얼굴을 묻었다. 남자의 머리카락에서 떨어진 물방울이 여자의 뺨에 닿았다. 소리 없이 흘러내린 여자의 눈물과 섞였다. 여자는 남자의 가슴에서 시작된 평온한 기운이 온몸에 전해지는 것을 느꼈다.

—

남자에게는 아이가 하나 있었다. 남자가 일생의 사랑이라고 생각했다던 전부인은 그 아이를 낳고 얼마 후 병으로 죽었다고 했다.

여자가 남자와 만난 지 얼마 되지 않았을 때였다. 아이를 맡겼던 어린이집에 사정이 생겨서 데이트 도중 갑자기 아이를 데려와야 했다. 남자는 여자에게 양해를 구했고, 여자는 큰 거부감 없이 함께 아이를 데리러 갔다.

작은 아이 하나가 어린이집 선생님의 다리 뒤에 숨어서 여자를 바라봤다. 호기심이 가득한 눈망울이었다. 수줍게 모습을 드러낸 아이의 얼굴을 확인했을 때 여자는 깜짝 놀라 숨까지 멎을 것 같았다. 지금껏 살아오면서 본 아이들 중 가장 예쁜 아이였다.

다섯 살 생일이 막 지난 아이는 희고 뽀얀 피부가 너무나 투명해서 빛이 비치면 통과해버릴 것만 같았다. 검고 짙은 속눈썹은 아이의 동그랗고 맑은 눈을 더욱 크고 신비롭게 보이게 만들었다. 어린아이 특유의 조그맣게 봉긋 솟은 코에, 여느 아이보다도 더 빨갛고 탐스러운 입술은 '인형 같다'는 수식어를 떠올리게 했다. 여자가 어린 시절 그렇게 갖고 싶어 했지만 가난 때문에 단 한 번도 소유해보지 못했던 아름다운 물건. 꿈에 그리던 예쁜 인형이 눈앞에서 살아 숨 쉬고 있었다.

넋이 나간 눈빛으로 말을 잃은 여자에게 남자가 말했다.

"애가 나랑은 많이 다르지? 지 엄마를 많이 닮았어."

멋쩍은 듯 수줍게 건넨 그의 말에 여자는 번뜩 정신을 되찾았다. 이내 심장 주위를 묘하게 감싸는 알 수 없는 감정을 느꼈다. 그것의 정체를 가늠하려 눈을 가늘게 뜬 채 다시 아이를 바라봤다. 아이의 말간 눈과 시선이 마주치자 자신도 모르게 고개를 돌려버렸다. 두근거리는 흥분과 기분 나쁜 음침함이 동시에 등을 긁어댔다.

그날 여자는 어떻게 헤어졌는지도 기억하지 못한 채 집으로 돌아왔다. 방에 들어서자마자 거울을 마주했다. 거무스름한 생기 없는 피부, 듬성듬성 희미한 눈썹, 핏기 없는 입술, 입체감 없는 평평한 얼굴.

거울 속 여자의 얼굴 옆에 아이의 얼굴이 떠올랐다. 그 얼굴이 점점 어른의 것으로 변하더니 성인 여성의 얼굴이 되었다. 아이의 어머니이자 남자의 전부인. 아이보다 더 아름다운, 한 여성의 얼굴.

여자는 그 얼굴과 자신의 것을 나란히 보며 생각에 빠졌다. 남자는 정말 나를 사랑하는 걸까. 저렇게나 아름다웠던 부인을 잊고 나를 사랑하는 게 과연 가능한가.

상상 속 얼굴은 거울 속에서 이미 사라져버렸지만 여자는 남아 있는 자신의 얼굴을 마주 보며 이마를 찡그렸다. 남자가 아이의 엄마를 잊고 자신을 진정으로 사랑하는 건 불가능하다고 확신했다. 그래서… 불안했다. 한없이 불안했다.

———

"쓸데없이 정주지 마! 그러다 니 애 안 생긴다, 알지? 그래서 신혼부부는 개도 기르지 말라는 거야!"

따로 결혼식을 올린 건 아니었다. 짐을 싸서 남자의 집에 들어온 직후 혼인신고만 했다. 그것만으로도 새로운 삶이 시작되었으니 여자는 만족스러웠다.

어머니가 해준 것은 아무것도 없었다. 하지만 사람 좋은 남편의 성정을 재빨리 파악하곤 여자의 집에 드나들며 정기적으로 생활비를 타갔다. 집안일에 잔소리를 늘어놓으며 마지막엔 아이에 대해 저렇게 꼭 한마디를 더했다. 그럴 때마다 아이는 눈치를 보며 그들의 시선이 닿지 않는 곳으로 숨었다.

결혼 후에도 계속된 어머니의 만행을 참을 수 있었던 건, 새로운 삶이 여자가 이제껏 누려본 적 없는 행복으로 가득했기 때문이었다. 힘들게 친정 가족을 뒷바라지해온 것을 안쓰러워하던 남편은 여자에게 잠시 일을 쉬면서 가사만 돌보도록 권했다. 다시 일하고 싶어지면 언제든 복직하라고 했다. 여자는 진심으로 남편에게 고마워하며 난생처음 맛보는 안락한 시간을 즐겼다.

그럼에도 간혹 여자가 견디기 힘든 상황이 생겨났다. 아이 때문이었다. 돌보는 것 자체는 어려운 일이 아니었으나 문제는 다른 상황에서 발생했다. 남편 없이 홀로 아이를 데리고 외출할 때면 전혀 닮지 않은 두 사람의 관계를 궁금해하는 이들이 있었다. 그들의 머릿속엔 처음부터 두 사람이 혈연관계라는 가정은 없는 것 같았다. 초반에는 미소를 지으며 상냥히 답을 해주었지만 시간이 지날수록 그들의 무례한 반응은 여자에게 상처가 되었다. 결국 나중엔 굳은 표정으로 걸음을 재촉해 자리를 떠버렸다.

처음엔 아이도 검게 빛나는 커다란 눈동자에 눈물을 담고 어찌할 바를 몰라 했지만, 금세 상황을 파악해내고 대처하는 데에 익숙해졌다. 여자가 떠나면 짧은 두 다리를 바삐 움직여 뒤를 쫓았다. 걸음을 점점 더 빨리하는 여자를 따라잡기 위해 이마에 땀이 아롱지게 맺힐 때까지 혹은 여자가 마침내 목적지에 다다라 멈춰 설 때까지.

———

거실 소파에서 아이가 자고 있었다. 창가로 들어오는 오후의 햇살은 금빛 비단 같았다. 그 빛이 아이의 얼굴에 쏟아지자 아이가 잠결에 크게 숨을 내쉬었다. 아이의 가느다란 앞머리 몇 가닥이 봉곳한 이마로 쏟아져 내렸다. 여자는 홀린 듯 앞으로 다가가 자신도 모르게 손을 뻗었다. 아이의 머리카락을 넘겨주려다 퍼뜩 정신을 차리고 자리에서 물러섰다.

내 아기, 내 아기를 갖고 싶어! 내 아긴 저 아이보다 훨씬 예쁠 거야, 사랑스러울 거야!

여자는 그날 이후로 아기를 갖기 위해 온갖 정성을 쏟아부었다. 인터넷에서 정보를 찾고 좋다는 한의원에 찾아가서 약을 지어 먹기도 했다. 하지만 아기는 생기지 않았다. 여자는 그게 아이 때문이라고 생각했다. 어머니의 말처럼 아이가 이미 자리를 차지하고 있어서라고 여겼다. 아이를 향한 미움에 원망스러운 마음이 더해졌다. 시간이 지날수록 그 크기는 점점 더 커져만 갔다.

비가 많이 오던 어느 오후, 남편의 공장에서 연락이 왔다. 어린 인턴 직원이 작업하던 기계에 팔이 끼는 사고가 있었다고 했다.

여자가 겁에 질린 목소리로 전화기 너머의 상대에게 물었다. 남편도 기계에 다친 거냐고, 남편은 무사한 거냐고.

"아, 그, 기계에 다치신 건 아닌데, 그게…."

상대는 어렵게 말을 이었다. 사고 후 남편은 직접 인턴을 자신의 차에 태워 병원으로 데려갔다고 했다. 병원에서 일을 마치고 홀로 공장으로 복귀하는 길에 차가 빗길에 미끄러졌다. 맞은편 차선의 레미콘 트럭을 들이받으면서 트럭이 남편의 차를 덮쳤다. 남편은 그 자리에서 즉사했다.

여자가 남자를 만난 지 1년 3개월, 결혼한 지는 1년이 채 되지 않은 때였다.

———

남편이 죽자, 안온한 생활을 가능케 했던 여자의 환경은 곧바로 흐트러져 버렸다.

집은 여자가 몰랐던 대출이 껴 있었고, 남편의 죽음과 함께 그 빚을 당장 갚아야 하는 지경이 되었다. 그곳을 팔고 작은 원룸형 아파트로 이사했다.

여자의 집을 밥 먹듯 드나들던 어머니는 행여나 발목이 잡힐까 곧장 발길을 끊었다. 여자의 전화도 받지 않았다.

여자는 다시 일을 시작했다. 남편이 남긴 빚을 갚고 아이와 살아가기 위해선 결혼 전보다 더 많은 시간을 일해야 했다.

피로가 쌓이고 쌓인 어느 날, 여자는 늦잠을 자고 말았다. 전날 새벽까지 다른 부업을 하느라 밤을 새운 탓이기도 했다. 여자는 급하게 누룽지를 끓여 아이에게 먹였다. 옷을 입히며 한 입, 자신의 옷을 입으며 한 입, 화장을 하며 한 입…. 아이의 표정이 좋지 않았지만 반찬이 없어 부리는 투정이라고 생각했다. 그릇이 다 비워지자 아이의 손을 낚아채 어린이집에 던지듯 놓아두고 공장으로 출근했다.

오후 쉬는 시간에 부재중 전화가 여럿 온 것을 발견했다. 모두 어린이집 선생님에게서 온 전화였다. 무슨 일인가 싶어 놀란 여자가 바로 통화 버튼을 눌렀다.

"어머님, 아이 입안이 온통 다 데었는지 물집이 잡혔던데요. 그래서 밥이고 간식이고 하나도 못 먹었어요. 혹시 어떻게 된 일인지 아세요?"

머리가 멍해졌다. 그제야 아침의 일이 생각났다. 급한 마음에 누룽지를 식히지도 않고 곧바로 아이의 입안에 밀어 넣었다. 거슬렸던 아이의 표정도 떠올랐다. 가슴에 찌릿한 통증과 함께 화가 치밀었다. 어린이집 선생님에겐 대충 얼버무려 답하곤 전화를 끊었다. 여자의 얼굴이 복잡한 감정으로 일그러졌다.

아이는 자신의 처지를 정확하게 인식하고 있었다. 아빠는 죽고 여자만이 지금 자신이 기댈 수 있는 유일한 사람이라는 걸. 버림받지 않기 위해선 여자의 신경을 거스르지 않아야 한다는 걸.

그리고 무엇보다도 여자가 점점 자신을 짐으로 여기고 있다는 걸, 아이는 알고 있었다.

———

타다다다닥. 빠른 발자국 소리들이 여자의 귓가에서 울렸다.

여자는 들썩이는 몸 때문에 구토증이 일었다. 정신이 없는 와중에도 그것을 간신히 참아내며 힘들게 눈을 떴다. 하얀 천장에 달린 기다란 전등들이 빠르게 아래로 스쳐 갔다. 여자는 굴러가는 침상에 누운 채 어딘가로 옮겨지고 있었다.

"30대 여성, 음독자살을 시도한 환자입니다! 현장에서 응급처치….'

"의식은 있습니까? 뭘 먹었는지는 확인됐어요?"

응급 구조대원의 다급한 설명을 끊으며 옆에서 함께 달리던 젊은 의사가 물었다.

아, 내가 약을 먹었었지.

여자는 그제야 어떻게 된 상황인지 기억해냈다. 동시에 생의 마지막으로 원했던 그 일마저 실패했다는 것을 깨달았다. 눈물이 차올랐다. 더는 살고 싶지 않았는데, 왜 다시 깨어나게 된 건지 답답하고 화가 나 소리라도 내지르고 싶었다. 그러나 입을 막고 있는 산소호흡기가 그조차도 불가능하게 만들었다. 여자는 다시 정신을 잃었다.

정신을 차렸을 땐 파란 커튼이 쳐진 작은 공간에 누워 있었다. 구토증은 더 이상 일지 않았다. 힘들게 눈을 껌뻑이는데 침대 발치에 아이가 서 있었다. 커다란 눈에 그렁그렁한 눈물을 가둔 채 슬픈 눈으로 여자를 바라보고 있었다. 여자를 책망하는 눈빛 같았다. 왜 그랬냐고 묻고 있었다.

여자는 그 눈길을 버티지 못하고 고개를 오르로 돌렸다. 아이의 모습이 그쪽에서도 보일까 눈을 감아버렸다. 후회인지 아쉬움인지 모를 눈물이 베갯잇으로 떨어졌다.

다음 날 여자가 온전히 정신을 차렸을 때 담당 의사가 찾아왔다. 안쓰러운 표정으로 여자에게 물었다.

"임신하신 건 알고 계셨어요?"

여자의 눈이 커졌다.

침대 옆에 서 있던 아이가 깜짝 놀란 표정으로 여자를 바라봤다.

———

"애애애앵! 우애애앵!"

아기가 자지러지게 울었다. 여자는 지친 한숨을 내쉬었다. 자신이 낳은 아기면

애정이 저절로 생겨날 줄 알았다. 하지만 아니었다. 아기는 예민했고 투정이 심했다. 자기 한 몸 추스르기도 벅찬 여자에겐 다시 한번 매일 죽음을 생각하게 만드는 존재였다.

여자가 죽다 살아난 걸 알면서도 어머니는 여전히 연락을 피했다. 여자가 세상에 기댈 곳은 여전히 아무 데도 없었다. 망연자실한 여자는 우는 아기를 옆에 두고 벽에 기댄 채 멍하니 빈 벽만 바라봤다.

아기가 왜 우는지는 안다. 배가 고픈 것이다. 하지만 여자의 젖은 영양 부족으로 마른 지 오래고 분유 한 통 살 돈도 남아 있지 않았다. 아기를 보느라 일을 하러 나가지 못해서였다.

여자의 눈에 눈물이 차올랐다. 시선이 맺힌 벽의 무늬가 일그러졌다. 참을 수 없는 흐느낌이 입술 사이로 새어 나오기 시작했다.

그런데 갑자기 아기의 울음소리가 그쳤다. 여자가 아기에게로 시선을 돌렸다. 아기 앞에 아이가 있었다. 아기는 자신을 마주 보며 웃고 있는 아이의 얼굴을 신기한 듯 바라보고 있었다. 그러다 까르르 소리를 내 웃기 시작했다. 여자는 지금껏 들어본 적 없던 아기의 해맑은 웃음소리였다. 행복한 기운이 그 소리를 타고 방 곳곳을 채웠다.

아기를 사랑스럽게 마주 보던 아이가 고개를 돌려 여자를 바라봤다. 살며시 미소를 지었다. 아기는 자신이 돌볼 테니 여자는 조금 쉬어도 된다고, 마음을 놓아도 된다고, 힘을 내라고 말하는 것 같았다.

하지만 여자는 멍하니 아이의 얼굴을 바라보기만 할 뿐 아무런 말도 하지 않았다. 한참을 바라보다 다시 고개를 돌려버렸다. 무거운 무언가가 여자의 가슴을 둔

탁하게 쳤다.

———

"나, 이고! 내 꼬야! 내 꼬!"
　여자는 아기에게 '아상(雅像)'이란 이름을 지어주었다. 아상은 금세 걸어 다니기 시작했고 어설프지만 조금씩 문장도 말할 만큼 자랐다. 아상에 비해 아이는 거의 자라지 않아 보였다. 아상의 키가 아이의 키를 점점 채워갔지만 아이는 여전히 그대로인 것 같았다.
　자매는 나름대로 우애를 다지며 잘 지냈다. 덕분에 여자는 좀 더 편히 일을 다닐 수 있었다. 아이에게 고마운 마음이 들었지만 여자는 금세 그 마음을 쳐냈다. 아이는 아상보다 더 예쁜 외모를 가졌으니까, 좋은 아빠 밑에서 자랐던 시간이 있으니까, 동생인 아상에게 아이가 그 정도 호의를 베푸는 건 당연하다고 여겼다. 여자는 자신이 아이를 버리지 않은 것만으로도 책임을 다한 것이라고 매일 속으로 되뇌었다.

———

　아상이 초등학교에 입학했다. 그리고 얼마 후부터 이상한 일이 발생했다.
　아상은 더 이상 아이와 놀지 않으려 했다. 아니, 아예 아이가 존재하지 않는 것처럼 무시했다.

아이는 계속 동생에게 다가가 보려 했다. 아상의 어깨에 손을 얹고 자신을 봐달라는 눈빛을 보냈다. 하지만 아상은 아이에게 아무런 반응도 하지 않았다. 자신이 학교에서 새로 사귄 친구들에 대해서 여자에게 자랑하기만 바빴다.

그럴 때면 아이는 상처 받은 표정으로 조용히 뒤로 물러섰다. 세 사람이 함께 쓰는 작은 방의 모퉁이에 홀로 앉아 고개를 묻었다.

여자는 그 모습을 담담히 지켜보기만 할 뿐 아무런 행동도, 어떤 말도 하지 않았다. 문득 아이가 마지막으로 소리 내어 말을 한 게 언제인지 기억을 더듬어보았다. 생각이 나지 않았다.

———

어느덧 아상은 열네 살의 중학생이 되었다.

훌쩍 커버린 아상의 외모는 여자를 무척이나 닮아 있었다. 아버지의 얼굴은 거의 찾아볼 수 없었다. 다만 성격에선 아버지의 진한 흔적이 보였다. 활동적이고 사교성이 좋아서 사람들과도 잘 어울렸다.

지난 10여 년의 시간 동안 변한 건 아상뿐이었다. 여자의 텅 빈 눈동자도, 아이의 자라지 않는 키도, 작은 원룸형 아파트도 그대로였다. 아니, 아파트는 오히려 그 사이 더 낡아서 곳곳에 금이 가고 곰팡이가 슬어 있었다.

어느 날 아상은 얼마 되지 않은 짐을 작은 가방에 챙기며 여자에게 작별을 고했다. 아상이 후원재단의 장학금을 받기로 결정된 날이었다.

"난 이런 구질구질한 곳에선 더 이상 못 살겠어. 이사장님이 후견인이 되어주신다고 했어. 기숙사도 들어가고 용돈도 받을 거야. 엄마가 못 나온 좋은 대학도 갈 거고!"

여자는 이미 다 자라버린 것 같은 딸의 얼굴을 멍하니 바라봤다. 갑작스러운 통보였지만 잡을 순 없었다. 여자의 어머니가 그랬던 것처럼 자신의 욕심으로 딸의 미래를 망치긴 싫었다. 그저 무너질 것 같은 표정으로 자리에 가만히 앉아 아상을 바라만 보고 있었다.

아상은 곧장 가방을 들고 현관으로 향했다. 그 순간 구석에서 충격을 받은 얼굴로 두 사람의 대화를 듣고 있던 아이가 벌떡 일어났다. 급히 동생의 뒤를 쫓았다. 여자도 자리에서 일어나 아이를 따라 현관으로 나왔다.

아상이 현관에서 등을 보인 채 말했다.

"엄마, 건강은 좀 챙겨. 종종 얼굴 보러 올게."

아상은 재빨리 운동화를 신으며 문손잡이를 잡았다. 여자가 다급히 손을 뻗으며 아상에게 외쳤다.

"그래도 가족인데 인사는 하고 가야지…!"

문을 막 열고 나서려던 아상이 순간 움직임을 멈췄다. 천천히 고개를 반쯤 돌려 신발장 위에 놓여 있던 액자에 시선을 두었다. 결혼식을 대신해 찍은 가족사진이 들어 있었다. 여자와 남편, 아이가 함께한 사진 앞에 아상의 증명사진이 끼워져 있었다.

아상의 바로 뒤엔 아이가 서 있었다. 아상의 얼굴을 올려다보는 아이의 눈에 희망이 일었다. 한동안 자신에게 말도 건네지 않던 동생이지만, 집을 떠나는 지금은 그래도 인사를 해주지 않을까 기대하는 눈빛이었다.

하지만 아상은 곧바로 정면으로 얼굴을 돌리며 문을 열었다. 지겹다는 듯 짜증 섞인 푸념을 내뱉으며 걸음을 뗐다.

"하! 엄마, 이제 그만 좀 해! 나한테 엄마 말고 가족이 언제 있었다고!"

아상은 복도에 소리가 울리도록 세게 문을 닫았다.

닫힌 문을 바라보고 서 있던 여자와 아이는 멀어지는 아상의 발자국 소리가 들리지 않을 때까지 그대로 있었다. 어쩌면 소리가 끊기고 나서도 한참을 그렇게 있었는지도 모른다.

———

종종 들른다던 아상은 계절이 두 번 바뀌어도 그들을 찾지 않았다.

그 사이 아파트가 재개발에 들어간다는 소식이 들렸다. 퇴거 안내문이 곳곳에 붙었다.

여자는 아상이 떠난 뒤로 삶의 의욕을 완전히 잃어버린 듯했다. 얼마 전부터는 일도 그만둔 채 하루 종일 집에만 머물렀다. 새집을 알아볼 리 만무했다. 최근 며칠은 창밖의 변하는 날씨와 풍경만을 바라보았다. 그런 여자의 모습을 아이 또한 하릴없이 지켜보기만 했다.

아이는 오늘도 모퉁이에 쪼그려 앉아 걱정스러운 눈빛으로 여자를 보고 있었다. 그러다 갑자기 고개를 세웠다. 뭔가를 떠올린 듯 자리에서 일어나 빠르게 부엌으로 향했다. 오래전에 여자가 아이에게 건네줬던 약을 찾기 위해서였다. 그때도 여자는 지금과 비슷한 상태였다. 그런데 그 약을 먹고 난 후 여자가 변했다. 다시 활기차게 삶을 살아갔었다. 아이는 이번에도 같은 효과가 일어날 거라고 기대했다.

아이가 약과 함께 컵에 물을 담아와 여자에게 내밀었다.

여자는 처음에는 꽤나 놀란 듯했다. 눈을 가늘게 뜨고 잠시 혼란스러운 눈치였다. 하지만 말갛게 뜬 아이의 눈을 물끄러미 바라보다 평온한 표정이 되었다. 낮은 목소리로 아이에게 말했다.

"그래, 고마워."

여자의 눈에서 눈물이 반짝였다. 입가에는 미소까지 번졌다.

아이는 처음으로 자신에게 보여준 진심 어린 여자의 미소에 놀랐다. 볼이 빨갛게 물들었다.

여자의 눈에서 눈물이 흘러내렸다. 그 모습을 아이에게 보이기 싫은 듯 재빨리 약을 입에 털어 넣고 물을 삼켰다.

—

아이를 처음 만났을 때, 여자는 자신도 모르게 아이에게로 손을 뻗을 뻔했다. 가느다란 머리칼을 손가락 사이로 흐트러뜨리며 형용할 수 없는 그 순수한 아름다움을 만지고 싶었다. 그리고 그 작은 몸을 꼭 끌어안고 '이제부터 내가 네 엄마야'라고 기쁨에 찬 목소리로 말하고 싶었다.

하지만 되레 그렇기에 손을 재빨리 거둬들였다. 자신의 삶에 들어온 것이라고는 상상할 수 없는 아름다움을 가진 아이는 여자의 손이 닿으면 허공으로 흩어져 사라져버릴 것만 같았다.

그러나 데면데면한 그 첫 만남 후 돌아온 저녁, 거울 속에서 초라한 자신을 마주했다. 아이의 얼굴에서 떠오른, 지금은 세상에 없는 사람을 두려워했다. 결국 나중엔 아이를 볼 때마다 그 사람이 떠올랐다. 남자도 아이도 어느 누구도 과거를 그리워하지 않았지만, 유일하게 여자만이 한 번도 만난 적 없던 이를 아이에게서 계속 보았다.

그래서 여자는 결심했다. 너무도 아름다운 그 아이를 사랑하지 않겠다고. 처음 본 순간 자신의 마음을 모두 가져가버린 아이였지만 그 감정을 누르고 거부하기로 마음먹었다. 아이에게 진정으로 마음을 주게 되면 자신을 배신하는 거라고 생각했다. 스스로를 초라한 존재로 만들어버릴 것만 같았다.

눈치 빠른 아이는 여자의 태도에 더 조심하고 어른스럽게 처신했다. 조금이라도 그녀의 신경에 거슬리면 큰일이라도 나는 듯 행동했다. 아이가 차라리 투정이라도 부렸다면 동정이 일었을지도 모른다. 하지만 아이는 나이에 비해, 자신이 살아온 시간에 비해 과하게 의젓하고 어른스러웠다. 여자의 말은 무조건 따랐고 여자가 집을 비울라 치면 꼬막손으로 나름의 청소까지 해놓곤 했다. 언제나 예의 바르게 행동하고 밝게 웃었다. 그래서 만나는 모든 어른들에게서 사랑을 받았다.

아이가 너무도 아름다워서 거부하고자 했던 여자의 마음은 어느새 아이를 향한 직접적인 질투로 바뀌었다. 어린아이에게 질투를 하는 것이 말도 안 된다고 생각하면서도 자신의 마음을 어쩌지 못했다. 모난 행동 없이 어른들이 시키는 대로 잘 해내는 것은 아이가 사랑받는 가장 큰 이유였지만, 사실 그것은 아무것도 가지지 못했던 여자의 삶에서 여자가 유일하게 내세울 수 있는 장점이었다. 아이는 그것마저 갖춘 것이었다. 여자가 가지지 못한 아름다움은 물론, 유일하게 가진 것마저 가진 것이었다.

아이를 볼 때마다 여자의 머릿속엔 온통 그 생각뿐이었다. 그때마다 여자의 가슴에는 아이에 대한 미움이 한 덩이씩 살집을 키웠다. 그런 상황이 싫었다. 죄책감이 들었다. 그런 마음을 갖게 만드는 아이를 견디기 힘든 악순환이 계속됐다. 그러나 버텼다. 여자가 선택한 새로운 삶을 행복으로 채우려면 참아내야 하는 가장 필연적인 조건이었다.

그런데 남편이 죽어버렸다. 그를 통해 지탱하던 모든 게 무너졌다. 여자는 자신의 삶과 미래에 원하는 게 없었다. 남편이 사라지면서 더 이상 존재하지 않게 됐다. 아이를 가까이하지도 버리지도 못한 상태에서 앞으로의 삶을 버텨낼 자신도 없었다.

그래서 모든 걸 끝내기로 결정했던 것이다. 아이에게 약을 먹이고 여자도 약을 먹었다.

하지만 나중에 아상이라는 이름을 갖게 된 아기의 생존의지는 여자의 뱃속에 있을 때부터 유별난 힘을 발휘했다. 존재하는지도 몰랐던 아상의 살고자 하는 몸부림으로 여자는 먹었던 약을 모두 토해냈다.

그렇게 아이는 죽고, 여자는 아상과 함께 살아났다.

——

오늘 아이의 혼이 건넨, 어쩌면 여자가 직접 꺼내 먹었을지도 모르는 그 약은 14년 전의 방해자가 사라진 여자의 몸속에서 천천히 제 역할을 해냈다. 여자는 차츰 졸리기 시작했다.

아이는 이전과는 다른 여자의 반응에 당황스러운 듯 여자를 바라보고 있었다. 여자가 속의 것을 게워내고, 앰뷸런스가 오고, 병원에서 깨어나면 다시 새로운 삶이 시작될 텐데, 그렇게 흘러가지 않는 상황이 의아해 눈빛이 흔들렸다.

여자는 느린 걸음을 옮겨 이불이 깔린 잠자리로 향했다. 그곳에 힘들게 버텨왔던 지친 몸을 뉘었다.

아이도 여자 곁에 무릎을 꿇고 앉았다. 조용히 여자를 내려다봤다.

여자는 힘이 풀려 점점 희미해지는 눈으로 자신을 바라보는 아이와 겨우 시선을 맞췄다. 여자의 숨이 점점 느려졌다. 약해지고 있었다. 힘겹게 손을 들어 올려 아이의 머리를 어루만졌다. 그 손이 흘러내려 아이의 볼을 따뜻하게 감쌌다.

놀란 아이의 눈이 커졌다. 여자의 눈에 눈물이 차올랐다. 눈동자를 가득 뒤덮었다.

"…아진아."

아진(雅珍). 남편과 아이의 친엄마가 함께 지었을 그 이름을, 여자는 이제껏 단 한 번도 불러준 적이 없었다. 이름을 부르면 자신의 마음이 깨어날까, 아이를 사랑하고픈 진심이 아이에게 닿을까 두려워서였다.

아이가 큰 눈을 껌뻑이며 어쩔 줄 몰라 할 때, 여자가 따뜻한 눈빛으로 다시 덧붙였다.

"엄마랑… 같이 가자."

아이의 커다란 눈에 빠르게 눈물이 차올랐다. 여자가 엄마라는 것을 직접 말해준 것 또한 처음이었다. 아진이 눈물을 흘리며 고개를 크게 끄덕였다. 입가에는 주체할 수 없는 미소가 떠 있었다.

여자도 웃었다. 후회 없는 미소였다. 삶의 마지막 순간에 비로소 자신이 원했던 것을 얻었다. 입꼬리가 귓불을 향하자 눈에 차 있던 눈물이 볼을 타고 흘러내렸다.

아진이 손을 뻗어 그것을 훔쳐냈다. 어느새 아진의 모습은 변해 있었다. 이상보다 여섯 살은 위였을 아진이 가져야 마땅했을 모습으로 바뀌어 있었다. 여자의 볼을 감싼 아진의 손 위로 여자의 손이 겹쳐졌다. 여자의 것만큼이나 커진 아진의 손이었지만 여자의 손 아래에 모두 감춰졌다.

아진의 몸에서 맑은 빛이 뿜어져 나왔다. 투명한 듯 하얗게 반짝이는 여러 갈래의 빛이 아진의 몸을 감싸며 주위를 맴돌았다. 점점 더 큰 원으로 커지며 여자의 머리카락을 살랑이게 만들었다. 여자가 평온한 미소를 머금으며 눈을 감았다.

아진이 입가에 미소를 띤 채 여자의 얼굴을 내려다봤다. 순간 주위를 돌던 빛의 줄기들이 섬광으로 터졌다. 여러 빛깔로 반짝여 흩어지며 는개처럼 바스러지더니 공중에서 그대로 사라져버렸다.

아진이 사라졌다. 여자의 숨도 멎었다.

———

아파트 재개발 조합의 신고로 출동한 경찰은 낡고 좁은 집에서 한 여자의 주검을 발견했다. 집을 수색하는 과정에서 14년 전 행방이 묘연했던 여섯 살 아진의 미라도 방의 모퉁이 벽에서 찾아냈다.

완전히 건조된 상태의 미라였지만 기묘하게도 오른손 끝에만 투명한 액체가 조금 묻어 있었다. 그것은 부검을 시작할 때까지도 마르지 않았다가 부검의가 면봉을 가져다 대는 순간 증발하듯 사라져버렸다.

홍선주

2020년 〈G선상의 아리아〉로 '계간 미스터리 신인상'을 수상하며 등단했다. 2019년 크라우드펀딩으로 《나는 연쇄살인자와 결혼했다》를 독립출판하며 소설가로서의 꿈을 접으려 했으나, 독자들의 폭발적 반응과 응원으로 신인상 공모전을 준비할 수 있었다. 현재 독립출판했던 위 소설을 업그레이드한 버전의 장편소설을 준비 중이다.

산

김유철

 이미 바다은 진흙탕이 되었다. 봉래는 나직이 몸을 숨긴 채 진흙탕에 머리를 파묻었다. 멀리 진동 비슷한 울림이 느껴졌다. 아직 왜군이 근처의 마을을 분탕질치고 있는 게 분명했다. 봉래는 다시 몸을 일으켜 주위를 두리번거렸다. 4월이지만 바람은 차가웠다. 가랑비까지 소리 없이 내리고 있었다. 봉래는 떨리는 자신의 몸뚱이를 어루만지며 천천히 주위를 살폈다. 정신을 잃기 전의 모든 일들이 마치 꿈처럼 생각되었다. 뿌연 흙먼지와 쇠 부딪히는 소리, 함성 소리, 조총의 심장을 뒤흔드는 소리… 이 모든 것들이 환청처럼 느껴졌다. 그러다 그는 다시 진흙 바닥에 몸을 누이고 양손으로 머리를 감싸 안았다. 조금 전까지 있었던 전투, 아니 그것은 전투가 아니라 살육의 현장이었다. 옆의 동료들은 피를 토하며 쓰러졌다. 팔이 잘리고 눈알이 날아갔다. 머리가 없는 몸뚱이가 방향을 잃고 떠돌았다. 매캐한 화약 냄새와 터진 배 밖으로 흘러내린 내장에선 피비린내와 함께 똥냄새가 진동했다. 그 생생한 기억이 갑자기 되살아났다. 천지를 흔드는 굉음과 함께 봉래가 속한 의병들은 속절없이 무너졌다. 후방에 있던 병사(兵使)가 이끄는 관군은 끔찍한 살육의 광경을 목격하곤 전의를 상실했다. 그들은 저마다 살길을 찾아 도망가기에 바빴다. 왜군을 포위해서 섬멸하려는 계획은 처음부터 불가능한 일이었다. 봉래가 속한 의병들은 왜군 속에 꼼짝없이 갇히는 신세가 되었다. 의병을 이끌던 청도 유생 김기덕은 배수진을 치고 분전했지만 왜군의 조총에는 당해낼 재주가 없었다. 의병들은 동료들의 시체를 쌓아올려 방어벽을 만들고 화살이 떨어질 때까지 활시위를 당기며 왜군과 대치했다. 왜군의 수장은 막사 앞에 앉아 소리쳤다. "신병을 앞세워라. 그들에게 칼을 뽑게 하라. 마음껏 베게 하라. 입에서 단내가 날 때까지…." 200명의 의병 대부분이 왜군의 손에 무참히 도륙되었다. 청도 의병을 이끌던 김기덕은 두 손과 두 다리가 잘리고 코와 귀가 잘려 나갔다. 그래도 분이 풀리지 않았는지 왜군은 김기덕의 배를 갈랐다. 터진 뱃속에서 창자가 흘러내리자 왜군은 '와아' 하고 탄성을 터뜨렸다. 숨을 헐떡이는 김기덕의 입에서 핏물이 흘러내렸다. 눈이 뒤집어질 때까지 왜군은 그의 목을 베지 않았다. 살아남은 의병들 모두가 그렇게 왜군들 손에 처참하게 죽임을 당했다. 봉래는 아직 천수(天數)가 다하지 않았는지 그 와중에 살아남았다. 왜군의 한 장수가 낙마를 하면서 봉래 앞으로 거꾸러졌다. 그에게 장검을 휘두르며 달려오던 어린 장수였다. 말이 앞발을 치켜세우면서 울부짖었다.

봉래는 눈앞에 펼쳐진 죽음의 공포에서 자유로울 수 없었다. 이빨이 맞닿을 때마다 딱딱딱 소리가 났다. 살고 싶었다. 팔다리가 잘리고 코가 잘리고 배가 갈리는 동료들의 울부짖는 괴성에 살이 떨렸다. 그는 소 등에 올라타듯 말 등으로 뛰어올랐다. 죽어라 고삐를 부여잡은 손에는 물집이 잡혔다. 말의 엉덩이를 들고차던 다리는 통나무처럼 굳어 있었다. 봉래 주위로 수많은 왜군들이 몰려들었다. 슛 하며 귓가로 총탄이 스쳐 지나갔다. 등과 팔에는 왜군의 무수한 칼침에 의한 핏자국이 퍼졌다. 죽고 싶지 않았다. 입 속은 말라 금방이라도 숨이 막힐 것 같았고 터진 상처에선 고통스러운 통증이 전신을 휘감았다. 그래도 그는 말의 고삐를 늦추지 않았다. 살고 싶었다. 그렇게 정신없이 내달리던 봉래가 낙마를 하곤 정신을 잃어버린 게 조금 전의 일이었다. 그는 머리를 바닥에 대고 엎드려 울부짖듯이 아직 살아 있나, 정말 내가 아직 살아 있는 건가, 하고 혼잣말처럼 되뇌었다. 그러다 다시 몸을 일으키고 주위의 소리에 오감을 치켜세웠다. 긴 고요와 적막감, 그제야 봉래는 두려움에서 어느 정도 벗어날 수 있었다. 두려움이 사라지자 곧 한기와 허기가 피로감과 함께 몰려왔다. 그는 비틀거리며 힘겹게 두 다리를 일으켜 세웠다. 발가락 사이로 진흙이 비집고 나왔다. 그는 그것을 멍하니 바라보다 이제껏 맨발로 전쟁터를 헤집고 다녔다는 사실을 깨달았다. 자신도 모르게 웃음이 터져 나왔다. 맨발이었어…. 하하… 맨발이었어…. 그는 헛웃음을 터뜨리며 무작정 걸음을 옮기기 시작했다. 멀리 산허리쯤에 까마귀 떼가 윤기가 흐르는 날개깃을 퍼덕거리며 앙상한 나뭇가지에 앉아 있었다. 봉래는 멍하니 그 나뭇가지를 바라보다 조금 걷고 또다시 먼 하늘을 바라보고 하는 동작을 의미 없이 계속했다.

그가 산중턱의 오솔길을 발견한 것은 우연이었다. 걸음이 닿는 대로 무작정 발걸음을 옮기던 그가 진흙탕에 미끄러져 한참이나 나뒹굴었을 때, 그는 잡풀 사이로 난 조그만 오솔길을 우연히 발견했던 것이다. 숲 위쪽으로 드문드문 보이는 그 길은 분명히 사람이 다니는 길목이었다. 봉래는 두려움보단 기쁨이 앞섰다. 이 산 어디쯤엔 사람이 사는 인가가 있는 게 분명했다. 인가가 아니라 사찰이라도 이런 산중까지 왜군이 들어와 수탈하지는 않았으리라 믿었다. 그리고 그것은 허기진 그에겐 고마운 일이었다. 그는 진흙으로 뒤범벅이 된 옷을 추스르고 오솔길을 따라 산을 오르기 시작했다. 가랑비는 어느덧 굵게 변해가고 있었다. 곧 해가 지려는지 하늘은 서서히 어둠을 더해갔다. 익숙지 않은 산길을, 더구나 굶주림과 피로에 찌든 몸으로 걷는 것은 오랜 인내심을 필요로 했다. 봉래는 긴 한숨을 내쉬고 입 밖으로 흘러나오는 쏩쓸한 단내를 집어삼키며 힘들게 산길을 올랐다. 그렇게 얼마를 올랐을까, 그의 눈앞에 허름한 폐가가 들어왔다. 오래전에 지붕이 내려앉은 듯 허물어진 집의 둘레를 돌담이 둘러싸고 있었다. 봉래는 절망을 느꼈다. 이곳에선 먹을 걸 찾을 수 없을 것이다. 잡풀이 무성한 마당으로 걸어가며 봉래는 다시 한번 주위를 살펴보았다. 그나마 비를 피할 만한 공간이 있을 것 같았다. 그는 조심스럽게 폐가의 낡고 구멍이 성긴 문의 손잡이를 잡았다. 순간, 그는 소스라치게 놀라 뒤로 나자빠졌다. 성긴 문틈으로 보이는 것은 분명 사람의 그림자였다.

"뭐 하는 놈이냐?"

안에서 굵직한 목소리가 들려왔다. 봉래는 멈칫거리며 폐가의 문을 노려보았다. 이상한 낌새라도 있으면 죽기 살기로 덤벼들 생각이었다. 사람이라면 이미 여럿 죽인 경험이 있었다.

"패잔병인가?"

그리고 문이 벌컥 열렸다. 봉래는 움찔거리며 문안으로 시선을 던졌다. 어둡고 좁은 폐가의 방 안엔 5척 단신으로밖에 보이지 않는 왜소한 체격의 남자가 있었다. 그의 야윈 몸과 창백한 얼굴은 흡사 오래된 병자의 모습 같았다.

"의병인가?"

다시 남자가 봉래를 눈여겨보며 물었다. 이번엔 봉래도 남자를 향해 입을 열었다.

"총소릴 듣지 못했소?"

"들었지. 관군이 오합지졸처럼 흩어지는 모습도…. 모두 몰살당한 줄 알았는데… 청도에서 왔소?"

봉래는 말없이 고개를 끄덕였다. 청도라는 말을 들었을 때 그의 가슴 한구석이 아련하게 저려왔다. 남자는 봉래의 붉게 물든 눈동자를 보다 무슨 생각을 했는지, 몸을 일으켜 좁지만 청년 한 사람은 거뜬히 누울 수 있는 공간을 만들어주었다.

주위는 이미 한 치 앞을 분간할 수 없었다. 죽어간 청도 의병들의 원혼을 달래기라도 하듯 비는 하염없이 굵은 눈물방울을 흘리고 있었다. 봉래는 말없이 벽에 기대어 앉아 비 오는 밖을, 실은 어둠밖에 없는 그곳을 뚫어져라 바라보았다. 긴장이 일시에 풀린 탓인지 몸은 천근만근 가라앉는 느낌이었다. 오한과 배고픔이 초봄의 토우(土雨)처럼 밀려왔다. 옆에서 그 모습을 지켜보던 남자가 방구석에 놓인 짐 속에서 모피를 꺼냈다. 식은땀을 흘리며 몸을 떨고 있는 봉래의 어깨에 모피를 덮어주고 소금만 넣은 주먹밥을 내밀었다. 봉래는 잠시 주먹밥과 남자를 번갈아 바라보다 이내 입 속으로 주먹밥을 쑤셔 넣기 시작했다. 걸신이 들린 것처럼, 마치 자신이 아직 살아 있다는 사실을 확인이라도 하려는 듯이, 그는 주먹밥을 집어삼켰다. 이유를 알 수 없는 눈물이 그의 뺨을 적셨다. 그제야 그는 200명의 청도 의병 중에 유일하게 살아남은 생존자라는 사실을 깨달았다. 낮에 있었던 아비규환의 현장에서, 목이 잘리고 배가 갈리고 팔다리가 잘려 나가고 눈알이 터져 죽어간 수많은 동료의 모습이 아른거렸다. 그는 다시 절망했다. 목이 메어 더 이상 주먹밥을 삼킬 수 없었다. 그는 이내 소리를 내어 울기 시작했다. 모든 것이 자신의 잘못인 양 그는 머리칼을 쥐어뜯고 주먹으로 가슴을 치면서 통곡했다. 왜 그때 같이 죽지 못했는가. 그러한 자괴지심이 그를 괴롭혔다. 밤이 깊어질수록 그의 죄책감은 더해만 갔다.

비는 그치지 않고 계속해서 비극의 땅에 빗물을 토해내고 있었다. 봉래는 잠이 들었다 깨어나길 몇 차례나 반복하고 있었다. 가위에 눌린 듯이 흠칫 놀라며 몸을 떠는 경우가 허다했다. 시퍼런 칼날이 그의 목과 배를 향해 날아오는 꿈을 꾸기도 하고, 눈앞에서 죽어간 동료들의 핏빛 어린 얼굴이 떠오르기도 했다.

어스름 새벽빛이 어두운 방 안에 비칠 때쯤, 봉래는 초췌한 몰골로 자리에서 일어났다. 단신의 창백한 남자는 어느덧 짐을 챙기고 떠날 준비를 하고 있었다. 너덜너덜한 방문 옆에 앉아 비가 그칠 때를 기다리고 있었다. 남자는 인기척을 느끼고 천천히 방 안쪽으로 시선을 돌렸다. 봉래와 남자의 시선이 한동안 마주쳤다. 남자의 눈빛은 왜소한 체격이나 창백한 얼굴과는 달리 강렬하고 야무져 보였다. 잠시 침묵이 흐른 뒤에 봉래가 먼저 갈라지고 불어터진 입술을 움직였다.

"어디로 가는 길입니까?"

남자는 봉래의 물음에 답하는 대신 봇짐을 풀고 육포를 꺼냈다. 검붉게 말라비틀어진 육포를 반으로 쪼개어 봉래에게 건네주었다.

"전쟁터를 기웃거리는 게 내 일이니까."

"전쟁터?"

봉래는 전쟁터라는 말에 뼛속까지 스며드는 탁한 감정을 느꼈다. 남자는 다시 밖으로 시선을 돌렸다.

"어젯밤은 유난히 비바람이 매섭더군. 어떻소, 몸은?"

봉래는 남자의 말에 대답하지 않았다. 실은 어젯밤의 그 불안한 신음소리를, 공포와 불안과 죄책감에 시달리던 간밤의 봉래를 남자는 걱정하는 것이었다. 한동안 침묵이 흘렀다. 처마 밑으로 떨어지는 물소리만이 적막을 깨고 있었다.

"전쟁터를 기웃거리는 특별한 이유라도 있습니까?"

조심스럽게 봉래가 다시 입을 열었다. 그러나 이번엔 남자가 침묵을 지켰다.

봉래가 산이라는 남자를 따라나선 뚜렷한 이유가 있던 건 아니었다. 그는 다만 홀로 폐가에 남는다는 사실이 두려웠다. 봉래가 같이 동행하자고 했을 때 산이라는 남자는 가타부타 말이 없었다. 맑게 갠 하늘을 보며 봇짐과 보자기에 싼 긴 막대 같은 것을 어깨에 둘러멨을 뿐이었다. 남자가 앞장을 서고 봉래가 어중간한 거리를 두고 뒤따라가는 이상한 형상이었다. 까마귀 떼의 기분 나쁜 울음소리가 하늘을 뒤덮고 있었다.

왜군이 휩쓸고 지나간 자리엔 아무것도 남아 있지 않았다. 야산을 내려온 두 사람이 찾아 들어간 곳은 전날 전투가 벌어졌던 곳에서 5리도 떨어지지 않은 마을이었다. 마을의 가옥들은 아수라장이 되어 있었다. 그릇이며 가구며 옷가지들이 길거리에 어지럽게 널려 있었다. 가축우리는 부서져 그날의 처참했던 상황을 말해주었다. 마당을 도망쳐 나오다 죽은 사람이며 말발굽에 밟혀 죽은 어린아이며 마을 아낙들의 무덤처럼 변해버린 우물터며, 그것은 봉래가 겪었던 전쟁터보다 더한 광경이었다. 어느 집 문간에는 겨우 열두서너 살로 보이는 여자아이가 하의가 벗겨진 채 죽어 있었다. 윤간을 당한 듯 벗겨진 아랫도리엔 검붉은 피가 묻어 있었다. 남자들의 시체는 대부분 코와 귀가 잘려 나가고 간혹 보이는 머리가 잘린 시체 주변엔 핏물이 흥건히 바닥을 적시고 있었다. 봉래는 구역질을 참지 못하고 이내 몸 안에 있던 것들을 모두 토해냈다. 피비린내가 진동하는 마을 어귀에서 그는 한동안 할 말을 잃었다. 그리고 돌멩이를 들어 시체 위를 즐기듯 걸어 다니는 까마귀 떼에게 던졌다. 까마귀 떼가 날개를 펄럭이며 하늘 높이 날아올랐다.

"이 저주받을!"

봉래가 야유하듯이 허공에 대고 소리쳤다. 그러나 그 소리는 공허하게도 이내 자취를 감추어버렸다. 살이 오를 대로 오른 까마귀들은 탐욕스러운 검은 눈을 깜박거리며 그런 봉래를 비웃기라도 하듯 이내 다시 내려앉아 시체 위를 걸어 다니기 시작했다.

"어떻게 이럴 수가 있습니까."

봉래가 힘없이 혼잣말처럼 말했다. 산이라는 남자는 이런 광경에 익숙한지 담담해 보였다.

"이것이 전쟁이요."

산은 마을 입구에 있는 넓은 마당으로 걸어가 묵묵히 땅을 파기 시작했다. 그의 가늘고 야윈 팔과 어깨엔 이내 땀방울이 맺히기 시작했다. 봉래도 산의 옆으로 걸어가 같이 땅을 파기 시작했다. 그때 붉게 충혈된 산의 눈을 봉래는 보았다. 그의 입술은 굳게 닫힌 채로, 눈과 얼굴 주위의 근육은 경직되어 있었다. 마치 가족의 무덤이라도 만드는 것처럼 너무나 진지하고 슬픈 모습이었다. 봉래는 한동안 산의 그런 모습을 바라보았다. 무엇이었을까. 그러나 곧 땅을 파는 일에 열중했다. 이것이 전쟁이라는 산의 목소리가 봉래의 귓전에 맴돌았다.

해는 서산 앙상한 나뭇가지에 걸렸다. 4월 중순인데도 나뭇가지는 여전히 메마른 모습이었다. 봉래는 이것도 전쟁 때문이라고 굳게 믿었다. 검붉게 빛나는 노을 사이로 탐욕에 물든 까마귀 떼가 검고 윤이 나는 날개를 퍼덕거리고 있었다. 먹이를 파묻고 흙을 다지는 것이 못내 아쉽다는 듯이 나뭇가지 사이에서 봉래와 산을 내려다보고 있었다. 마을 사람들의 시신을 매장한 뒤에 두 사람은 그 위에다 돌을 주워와 쌓았다. 그리고 염을 한 뒤에 다시 북쪽으로 걸음을 옮겼다. 이유를 말하진 않았지만, 산은 그의 말대로 전쟁터를 기웃거리고 있는 게 분명했다. 봉래는 그가 그렇게 전쟁터를 전전하는 데는 말 못할 사연이 있을 거라고 막연히 추측할 뿐이었다.

산은 쉽게 접근하기가 어려운 사람이었다. 가끔씩 얼빠진 사람처럼 멍하니 있을 때에도, 말없이 걸을 때에도, 나무 그늘에서 잠시 쉴 때에도, 그는 봉래와 적당한 거리를 두었다. 남자는 창백한 얼굴이나 왜소한 체구와 달리 산이라는 이름처럼 무겁고 거대해 보이기도 했다.

해가 완전히 모습을 감추고 주위가 어두워지기 시작하자 산은 주변에서 제일 높은 야산으로 걸음을 재촉했다. 그는 산행에 익숙한지 돌무더기에 발을 헛디디고 잔 나뭇가지에 찔리면서 자꾸만 뒤처지는 봉래와는 대조적인 모습을 보였다. 산은 뒤처지는 봉래를 의식했는지 가끔 걸음을 멈추고 뒤를 돌아보았다. 그러나 이내 걸음을 재촉해서 힘들게 뒤따르는 봉래의 몸은 어느새 땀범벅이 되었다.

산 정상에서 아래를 내려다보니 희미한 불빛들이 열을 지어 이동하는 모습이 보였다. 산은 저 불빛들이 왜군의 무리라고 말했다. 그들은 지금 대구로 진격 중이었다. 이따금 왜군의 호각 소리가 메아리처럼 희미하게 울려 퍼졌다. 마치 조선의 모든 땅이 왜군의 말발굽 아래에 놓아나는 것 같았다. 봉래는 답답했다. 이토록 무능한 임금이, 관군이 또 어디 있는가! 한탄만이 봉래의 입안을 메우고 있었다.

"오늘 밤은 여기서 보내기로 합시다. 아마 왜군도 저 근방에서 야영을 할 작정인가 보오."

산은 말했다. 봉래는 대꾸하는 대신 소나무 숲이 우거진 잡풀 사이에 몸을 뉘었다. 산이 모포를 살며시 건네주었다. 두 사람은 나란히 몸을 누이고 하늘을 올려다보았다. 검푸른 하늘에 별들이 무리 지어 빛나고 있었다.

"왜 고향으로 돌아가지 않소?"

산이 주위의 풀벌레 소리만큼 작은 목소리로 물었다. 봉래는 팔베개를 하고 누워 담담히 말했다.

"어차피 천애 고아나 다름없는 신세지요. 백부님 집이라고 빌붙어 살았지만… 어디 마음이야 편했나요. 마을에서 유일하게 마음을 터놓고 지내던 형님이 한 분 계셨는데, 같이 의병에 참가했지요."

봉래는 넉살좋던 마을 형님의 얼굴이 떠올라 이내 서글퍼졌다. 전쟁 중에 생사 확인은 고사하고 제 몸 하나 살려고 뒤도 돌아보지 않고 도망쳐 나온 자신의 부끄러운 행적에 다시 한번 가슴이 답답해졌다. 전쟁 직전에 봉래의 어깨를 지그시 잡으며 항상 내 뒤에 서라, 넌 내가 지켜줄게, 라고 말하던 그의 모습이 눈앞에 아른거렸다. 봉래는 머리를 좌우로 흔들며 그 기억을 지우려 애썼다.

"그곳도 안전하진 못했을 거요."

"그렇겠죠. 하지만 백부님은 전쟁 소식을 듣자 이내 강원도로 떠날 채비를 했었죠. 아마 지금쯤 강원도 어느 산골에서 전쟁이 끝나기만을 간절히 기다리고 있을 겁니다."

봉래는 산의 옆얼굴을 살며시 바라보았다. 아무리 봐도 농사꾼이나 사냥꾼 같지는 않았다. 그렇다고 유생이나 선비 같지도 않았다. 무언가 사연이 많은 사람, 더구나 이런 혼란한 와중에 전쟁터를 떠돌아다니는 것도 납득할 수 없는 일이었다. 봉래는 다시 하늘을 올려다보고 길게 한숨을 내쉬었다. 풀벌레 소리가 바람에 흩날리고 있었다.

"전쟁터를 떠돌아다니는 진짜 이유가 뭐죠?"

이번엔 봉래가 산에게 말을 건넸다. 산은 잠시 뜸을 들이다 그 특유의 억양으로 차분하게 입을 열었다.

"칼이오."

"칼?"

봉래는 머리를 들어 산의 봇짐 옆에 놓여 있는 기다란 보자기로 시선을 돌렸다. 그러고 보면 산은 저 보자기를 봇짐보다도 소중히 다루었던 것 같았다. 봉래는 다시 팔베개를 하고 누웠다.

"저 왜군 속엔 오무라 요시카키라는 자가 있을지 모르오. 그에게 저 칼을 돌려주어야 할 의무가 있소."

"아니, 어떻게 왜군을 아시오?"

봉래가 이번엔 몸을 일으켜 산을 바라보았다. 이해할 수 없는 일이었다. 어떻게 불과 수일 만에 부산에서 대구까지 진격해오는 왜군을 알고 있는지. 그러나 산은 묵묵히 하늘만 바라볼 뿐이었다. 한참 뒤에 그가 멈칫거리며 천천히 입을 여는 순간이었다. 멀리서 펑 하는 소리가 들려왔다. 곧이어 함성 소리며 말발굽 소리가 연이어 터졌다. 산과 봉래는 다시 산꼭대기로 기어 올라갔다. 정상에서 내려다보니 관군이 왜군의 야영지를 야습한 것 같았다. 어림잡아도 관군의 수가 수천은 되어 보였다. 그들은 왜군의 야영지를 향해 활과 편전을 쏘며 돌격하고 있었다. 말을 탄 관군의 장수가 한 왜군 병사의 머리를 향해 도검을 휘두르고 있었다. 봉래는 머리가 쭈뼛하게 서는 느낌을 받았다. 동공 속에서 뜨거운 무언가가 솟구쳐 올랐다.

"관군이오. 관군이… 보시오. 관군이 적들을 유린하고 있소!"

봉래는 흥분한 목소리로 외쳤다. 그는 주먹을 불끈 쥐고서 금방이라도 야산을 뛰어 내려갈 태세였다. 그러나 산은 담담히 그 광경을 바라만 보고 있었다. 아니 엄밀히 말하면 걱정스러운 눈초리로 관군과 왜군의 싸움을 바라보고 있었다. 그러나 봉래는 재차 흥분된 목소리로 외쳤다.

"갑시다. 우리도 함께 싸워야죠."

"개죽음을 당하고 싶소!"

의외의 말이었다. 봉래는 산을 노려보았다. 그는 마치 왜군의 수장처럼 근엄하고 엄숙한 표정으로 봉래를 막아섰다. 순간 봉래는 보자기 속에 감추어진 칼이 생각났다. 어떻게 그렇게 왜군에 대해서 잘 알고 있는가. 봉래는 산의 몸을 밀치고 그의 어깨에 들려 있던 보자기를 가로챘다. 그리고 빠른 동작으로 보자기를 벗겼다. 이내 검고 윤이 나는 가죽에 둘러싸인 일본 칼이 끔찍한 모습을 드러냈다. 봉래는 소름이 돋았다. 전쟁터에서 동료의 배를 가르고 목을 베던 바로 그 왜군의 칼이었다.

"오무라 요시카키라는 왜군과는 어떤 사이요?"

봉래가 두 눈을 부라리며 물었다. 그러나 산은 여전히 근엄한 표정으로 봉래를 바라볼 뿐이었다. 산의 두 눈이 붉게 빛나는 것처럼 보였다. 그때였다. 펑펑거리며 일제히 조총이 불을 뿜었다. 대열을 재정비한 왜군의 조총 부대가 관군을 향해 사격을 시작했다. 봉래는 뒤돌아서서 그 광경을 바라보았다. 기세등등하던 관군의 대오가 이내 흐트러지기 시작했다. 앞서 관군을 이끌던 장수가 총탄 세례를 받고 말에서 떨어졌다. 뒤이어 왜군의 기마병들이 허둥대며 물러나는 관군의 뒤를 쫓아 칼질을 해대기 시작했다. 관군은 너무나 쉽게 무너지고 있었다. 봉래는 그 믿을 수 없는 광경을 멍하니 바라보며 서 있었다. 그날 청도 의병 속에서 죽어라 싸우던 일이 생각났다. 눈과 코에서 짭짤한 액체가 흘러내렸다. 그의 가슴이 마구 떨리기 시작했다.

"무모한 짓이었소. 조총을 가진 왜군을 상대로 벌판에서 전투를 한다는 건."

산이 봉래의 등 뒤에서 안타까운 듯이 말했다. 그제야 봉래는 제정신으로 돌아왔다. 그는 느닷없이 산의 멱살을 잡고 밀치며 소리쳤다.

"대체 당신의 정체가 뭐요! 뭐냔 말이야!"

그러나 산은 봉래의 옥박지르는 소리에도 아랑곳하지 않고 씁쓸한 미소만 지을 뿐이었다. 봉래는 화가 났다. 울분이 발끝에서 머리끝까지 차고 올라왔다. 그는 산을 향해 주먹질을 하기 시작했다. 산의 얼굴이 금세 핏물로 번들거렸다. 산의 얼굴은 터지고 째지고 멍이 들었다. 그럴수록 봉래는 슬픔을 느꼈다. 그것은 봉래 자신을 향한 주먹질과 같은 것이었다. 잠시 뒤 사방은 다시 조용해졌다. 언제 그랬냐는 듯이 모든 것이 예전처럼 조용하고 평온했다. 봉래는 제풀에 지쳐 그 자리에 주저

앉았다. 산은 피범벅이 된 얼굴로 나무에 등을 기대고 앉았다. 싸늘한 바람이 북쪽에서 불어왔다. 산은 그제야 굳게 다물었던 입을 열었다. 독백하듯이 말하는 그의 목소리가 한없이 처량하게 느껴졌다.

"내 이름은 야마모토 이라부. 3년 전에 조선에 건너왔지. 그때 나와 같이 조선에 들어온 자가 바로 오무라 요시카키요."

산은 말을 중단하고 길게 한숨을 내쉬었다. 봉래는 산이 일본인이라는 사실에 더 이상 놀라지 않았다. 언제부터인가 그는 산이 일본인일 것이라고 막연하게 생각하고 있었다. 산은 다시 힘들게 입을 열었다.

"도요토미 히데요시가 규슈 정벌을 마쳤을 때부터 우린 이미 준비를 하고 있었소. 그와 난 그다음 해에 우키타 히데이에의 명령으로 조선 사정에 능통한 대마도주 소 요시시게 밑에서 조선말을 배웠고 조선의 풍습과 제도를 배웠소. 그리고 전쟁이 일어나기 3년 전, 오무라와 난 조선에 들어왔소. 우리의 임무는 조선의 성곽과 수로와 도로를 파악하고 조선의 정세와 군 편제에 대해 상세히 염탐해서 본국에 보고하는 일이었소."

산은 말했다. 그러다 한 여자를 만났다고.

그해 겨울 야마모토는 동료들과 헤어져 홀로 산을 넘게 되었다. 초행길에다 길을 잘못 들어서는 바람에 큰 봉변을 당할 뻔했다. 그때 사냥을 나섰던 늙은 사냥꾼의 도움으로 살아날 수 있었다. 늙은 사냥꾼은 동상을 입고 겨울 산을 헤매다 탈진까지 한 야마모토를 자신의 움집으로 데려가 치료해주었다. 늙은 사냥꾼에게는 늦은 나이에 얻은 과분한 딸이 있었는데, 야마모토는 그 여인에게 첫눈에 반해버렸다.

"그녀의 이름은 옥이었소. 그해 겨울은 폭설이 자주 내려서 난 몸이 회복된 뒤에도 한동안 산을 내려가지 못했소. 그러다 그만 그곳에 눌러앉은 것이오."

산이 웃음소리를 냈다. 언제나 굳어 있던 그의 얼굴에 잠시 화색이 도는 것 같았다. 봉래는 그런 그의 모습을 무표정하게 바라보았다.

"오랜 내전으로 항상 싸움터를 전전했던 나에겐 정말 꿈같은 시간이었소. 난 그녀의 해맑은 미소와 순수한 영혼을 사랑했고, 평온했던 그곳을 좋아했소. 그리고 1년 뒤엔 사랑스러운 딸아이까지."

"딸아이…?"

봉래가 다시 산을 바라보았다. 그의 작고 왜소한 체격에 창백한 얼굴을. 산의 아이도 그처럼 작고 하얀 피부를 가졌을 것이다. 그렇게 생각하니 봉래의 입가에도 미소가 일었다. 산은 품속에서 면으로 싼 뭉치를 조심스럽게 꺼내 봉래에게 보여주었다. 봉래는 산의 하얀 손에 놓여 있는 머리카락 묶음을 바라보았다.

"여기 작은 게 아이의 것이고, 이 긴 머리카락 묶음이 아내의 것이요."

"그들은 지금 어디에 있소. 그토록 사랑한다면 왜 같이 지내지 않죠?"

봉래가 궁금한 듯 머리카락과 산을 번갈아 바라보며 물었다. 그러나 산은 말없이 아내와 아이의 머리카락 묶음을 다시 가슴에 품었다. 산 아래에서 희미한 화약 냄새가 바람에 실려 날아왔다.

"죽었소."

산이 담담하게 말했다. 봉래는 얼핏 잘못 들은 건 아닌가 해서 산을 다시 쳐다보았다.

"석 달 전쯤이었소. 오무라가 날 찾아왔던 게…."

"오무라? 그 오무라 요시카키라는 자 말이오?"

산은 말없이 고개를 끄덕였다.

"오무라 요시카키는 나의 오랜 친구였소. 사선을 넘으면서 피보다 진한 우정을 나누었던…. 그가 움집으로 찾아온 것은 천만 뜻밖의 일이었소."

산은 계속해서 말을 이었다.

"처음엔 반가웠지만, 그가 어떻게 내가 있는 곳을 알아냈는지 궁금했던 것도 사실이었소. 우린 그날, 밤 새워 술을 마시며 정담을 나누었소. 그는 과거에 전쟁터를 누비며 지내던 일들을 잊지 못하는 듯해서 아내의 오해를 사기도 했었지. 그리고 다음 날 새벽 오무라는 나에게 편지 한 장을 건네주었소. 우키타 히데이에 성주의 직인이 찍힌 소환장이었소. 곧 출병을 할 것이니 모든 무사들은 본국으로 귀환하라는…. 하지만 난 그럴 수 없었소. 사랑하는 아내와 아이를 두고 일본으로 돌아간다는 건… 생각할 수도 없는 일이었지. 오무라는…, 오무라는 그런 나를 보며 큰 소리로 외쳤소. 야마모토 벌써 잊었나? 우린 주군에게 충성을 맹세한 사무라이다. 정말 오랜만에 들어보는 말이었소. 사무라이. 한때는 나도 사무라이로서 주군에게 충성을 하며 살았지만, 여기에 있으면서 그것이 얼마나 하찮은 일인지 깨닫게 되었소. 난 오무라에게 말했소. 오무라, 난 지금 누구보다도 행복하다, 내겐 돌봐야 할 사람이 있고 뼈를 묻고 싶은 고향이 생겼다고 말이오. 그러나 그 말이 나의 가족을, 늙은 장인과 사랑하는 아내와 딸아이를 죽게 만들 거라고는 상상도 하지 못했소."

산은 갑자기 칼을 부여잡고 자리에서 일어났다. 칼집에서 칼을 빼내자 윙 하는 울림이 들렸다. 피를 원하는 울부짖음 같았다. 산의 얼굴이 일그러졌다. 분노를 삭이려고 애쓰는 것처럼 보였다.

"이 칼은 오무라 가문에서 대대로 내려오는 칼이오. 소싯적엔 이 칼이 탐나기도 해서 오무라에게 달라고 농을 건네기도 했었는데…. 다음 날 내가 잠깐 사냥을 나간 사이에 오무라는 내 가족을 죽이고 움집에 이 칼만을 남겨두고 떠나갔소. 이 칼만을 남겨두고서…."

봉래는 그때 산의 가슴속에 사무친 한을 보았다. 그의 심장은 이미 타버려 재만 남았고 그가 딛고 있는 두 다리와 양손은 복수심에 불타고 있었다. 봉래는 말없이 산의 얼굴을 올려다보았다. 처음 만났을 때 봉래가 그랬던 것처럼 산의 두 눈이 붉게 충혈되어 있었다. 그제야 봉래는 알 수 있었다. 산이 왜 그토록 전쟁터를 뒤지고 다니는지를, 왜 오무라 요시카키에게 칼을 되돌려주겠다고 말했는지를.

다음 날 새벽에 봉래와 산은 왜군의 야영지로 향했다. 이미 왜군은 관군을 쫓아 이동한 뒤였다. 화약 냄새와 피 냄새가, 시체가 타서 나는 역겨운 냄새와 함께 진동하고 있었다. 그날의 처참했던 전투가 눈앞에 그대로 펼쳐져 있었다. 총에 맞아 쓰러진 관군의 시체가 여기저기에 쌓여 있었다. 굶주린 여우가 주변을 돌아다니며 내장을 파먹고 있었다. 그 전쟁터 한가운데에서 산은 열심히 왜군들의 시체 사이를 비집고 다녔다. 창에 가슴이 찔려 죽은 왜군이나 둔기에 얻어맞았는지 얼굴을 알아볼 수 없는 왜군의 시체들을 뒤집고 다녔다. 그러다 한곳에서 산은 멈추어 섰다. 목과 배에 화살을 맞은 채 죽은 왜군이었다. 그는 그 왜군의 시체를 돌려 등이 위로 오게 했다. 그리고 왜군의 등에 꽂힌 깃발을 집어 들었다. 하얀 깃발에는 꽃무늬 문양이 그려져 있었다. 산은 그것을 들어 얼굴 가까이 가져갔다.

"이건 오무라 가문의 문양이오. 역시 그는 고니시가 이끄는 1군에 속해 있었소."

산의 얼굴이 굳어졌다. 그의 입술이 파르르 떨리고 있었다. 순간 봉래는 느낄 수 있었다. 이제 산이라는 남자와 헤어질 때가 다가왔다는 것을. 산의 모습을 보면서 봉래는 그렇게 마음속으로 깨닫고 있었다.

산은 봉래에게 마지막 남은 주먹밥과 육포를 건네주었다. 봉래는 한사코 거절했지만 산은 떠넘기듯이 봉래의 손에 쥐어주었다. 이틀 동안의 동행이었지만, 두 사람은 아주 가까워진 듯한 느낌이었다. 봉래는 산이 건네준 주먹밥을 한입 크게 베어 먹었다. 산이 그 모습을 보고 미소를 지었다.

"또 만날 수 있을까요?"

봉래가 입안 가득 밥을 삼킨 채 어눌한 말투로 말했다. 그러나 여전히 산은 미소만 짓고 있었다. 실은 봉래도 그 물음이 얼마나 어리석은지 알고 있었다. 봉래가 그러하듯이 산도 지금까지 자신이 죽어야 할 곳을 찾아다닌 것뿐이었다. 사랑하는 아내와 아이를 땅속에 묻었을 때, 그 자신도 이미 가족과 함께 땅속에 파묻혀버렸다는 사실을 봉래는 알고 있었다. 산이 마지막으로 말했다.

"왜군의 조총은 60보 이상에서는 그 위력을 나타내지 못하오. 그러니 항상 거리를 염두에 두시오."

이번엔 봉래가 말없이 웃었다. 이미 200명의 청도 의병이 죽었을 때 그 자신도 그곳에서 그들과 함께 죽었다는 사실을 산은 알고 있었다. 산이 먼저 왜군이 앞서 간 길을 걸었다. 뒤이어 봉래도 걸었다. 두 사람 다 발걸음이 가벼웠다. 봉래는 다시 주먹밥을 입으로 가져갔다. 그리고 말했다.

"맛있소."

그 말을 끝으로 두 사람은 서로 멀어져 갔다. 산은 선산으로, 봉래는 상주로 그 길이 달랐다. 멀리서 산이 봉래를 한번 바라다보았다. 그러자 이번엔 봉래가 멀리 보이는 산을 바라보았다. 그것으로 봉래는 산과 다시는 만날 수 없을 것 같았다. 봉래는 아쉬운지 손을 흔들었다. 산이 보았는지는 알 수 없지만 그는 한동안 그렇게 서서 산을 향해 손을 흔들고 있었다.

*

순변사 이일이 중로로 북상 중인 왜군을 막기 위해 상주에 도착했다. 그러나 상주목사를 비롯한 군관들은 이미 성을 버리고 도주한 뒤였다. 다만 판관 권길만이 60명 안팎의 관군을 이끌고 도착한 이일을 맞았다. 봉래가 상주에 도착한 것은 그날 오후였다. 그는 성문 밖에 붙은 의병을 모집한다는 방을 보고 바로 지원을 했다. 그리고 상주 부근에서 지원한 800명가량의 주민들과 함께 방어군에 편입되어 북천 변에서 군사 훈련을 받았다. 열일곱의 어린 나이에서부터 사십이 넘은 장년층이 뒤섞인 방어군은 한마디로 오합지졸에 가까웠다. 활이나 칼을 쓸 줄 아는 이는 그나마 나은 편이었다. 그래도 사기만은 충천했다. 특히 순변사 이일은 직접 북천 변에 나와 훈련을 감독하고 병졸들을 독려했다. 봉래는 전투 경험이 있다는 이유로 십장이 되었다.

다음 날 급보가 날아왔다. 왜군 제1군의 선두 부대가 선산에서 상주로 급습을 했다는 전갈이었다. 순변사 이일은 그 소식에 당황했다. 상주엔 판관 권길과 종사관 윤섬이 이끄는 100명 안팎의 관군이 있을 뿐이었다. 그는 다급히 방어군을 정비하고 상주로 진군을 감행했다. 그러나 이일이 이끄는 방어군은 북천 변을 벗어나기도 전에 왜군과 맞닥뜨리게 되었다. 이미 상주는 그들에 의해 유린당한 뒤였다. 전날 싸움에서 승기를 쥔 왜군은 가차 없이 방어군을 향해 내달렸다. 그 기세에 눌려 팔백의 방어군은 술렁이기 시작했다. 이일이 앞에 나서 목이 터져라 독려했지만, 이미 기세가 꺾인 방어군은 내부에서부터 이탈자가 생기기 시작했다.

그때였다. 멀리서 말을 탄 한 사내가 적진을 향해 달리고 있었다. 그 사내의 오른손에는 긴 칼이 번쩍이고 있었다. 방어군의 맨 앞줄에 서 있던 봉래는 사내의 창백하고 야윈 얼굴을 보았다. 눈물이 핑 돌았다. 그는 왜군 속에서 칼춤을 추고 있었다. 왜군의 시체가 사내가 지나간 자리에 수북이 쌓여갔다. 곧이어 적장으로 보이는 남자 앞에까지 사내가 다가섰다. 그리고 무어라 말을 건네는 것 같았다. 놀란 적장이 뒤로 엉거주춤 물러났다. 순간 수많은 조총이 남자를 향해 불을 뿜었다. 사내가 말에서 떨어지자 그 주변으로 왜군이 모여들었다. 이내 사내의 몸뚱이는 왜군의 칼에 갈가리 찢겼다. 그 광경을 바라보던 봉래가 목이 터져라 고함을 내질렀다. 죽창을 든 그의 손이 하늘을 향했다. 그의 눈에서 피눈물이 흘렀다. 이에 팔백의 방어군이 호응했다. 그들은 일제히 왜군을 향해 돌진했다. 그 함성이 천둥소리처럼 웅장했다.

그날 전투는 치열했다. 팔백의 방어군은 사력을 다해 왜군과 맞섰다. 이에 가까스로 문경까지 패주한 순변사 이일은 조정에 패전 보고를 올렸다. 그는 그 자리에서 북천 변 기슭에서 벌어진 전투에 대해 세세히 묘사했다.

하늘은 무심히도 그들의 원혼을 달래주지는 못했습니다. 뿌연 흙먼지 속에서 팔백의 우리 군사들은 사력을 다해 왜군과 맞섰습니다. 누구도 죽음을 두려워하지 않았습니다. 앞선 동료가 총에 맞으면 뒤이어 온 우리 군사가 그들을 일으켜 진군했습니다. 죽창이 부러지고 화살이 떨어지면 돌멩이를 던지고 맨주먹으로 싸웠습니다. 그러나 조총으로 무장한 수천의 왜군을 감당할 수는 없었습니다. 이에 소신은 눈물을 머금고 문경으로 패주했습니다. 그때 저와 함께 패주한 이가 열 명이 채 되지 못했습니다.

봉래는 문득 산을 본 것 같았다. 옆의 동료가 쓰러지고 그가 가진 죽창이 부러졌을 때, 그는 산의 그 담담한 웃음소리를 들었다. 아니 그것은 그와 생사를 같이했던 청도 의병들의 목소리인지도 몰랐다. 무언가 뜨거운 감촉이 가슴 아래에 느껴졌을 때 그는 하늘을 올려다보았다. 멀리 산새 한 마리가 구름 사이로 날아가는 것을 보았다. 그러고 보면 청도의 백부 집에서 생활했던 것이 그렇게 나빴던 것도 아니었다. 그는 머리를 땅에 대고 호흡을 가다듬었다. 평온함이 밀려왔다. 이 촉촉한 대지에 몸을 뉠 수 있다는 게 좋았다. 앞서간 이백의 동료들에게 더 이상 부끄럽지 않았다.

김유철

독서와 영화, 고양이를 좋아하고 음주를 즐기며 지루하지 않은 삶을 살려고 노력 중이다. 2010년 제15회 문학동네 작가상을 수상하며 본격적으로 소설을 쓰기 시작했다. 지금까지 다섯 편의 장편과 네 편의 중편과 열한 편의 단편소설을 발표했다. 새로운 장편 출간을 준비 중이다.

두껍아 두껍아 헌 집 줄게 새 집 다오

김세화

1

길은 어둡고 조용했다. 안개처럼 내리던 늦가을 비가 바람에 흩날렸다. 그 바람의 불규칙한 움직임에 가로수 잎사귀가 춤을 추었다. 순찰차 경광등 불빛은 멀리 퍼지지 못한 채 작은 공간 하나를 만드는 데 그쳤지만, 그 공간은 유난히 밝았다. 길 양쪽 콘크리트 건물들은 다른 곳을 바라보는 무심한 거인처럼 서 있었다. 사건 현장에서 흔히 볼 수 있는 호기심 많은 주민의 모습은 눈에 띄지 않았다.

가로수에 등을 기대고 쓰러질 듯 앉아 있는 남자의 뒷모습이 보였다. 과학수사팀 형사들이 시신 주위에서 몸을 굽힌 채 낙엽을 헤치며 무언가를 캐내듯 단서를 찾고 있었다. 과학수사팀장도 그들 가운데 있었다. 형사 한 명은 숨진 남자의 모습을 여러 각도에서 촬영했다. 형사1팀장이 팔을 들어 보이며 자신의 위치를 알렸다.

오지영 형사과장은 노란색 출입금지 띠를 들어 올리고 폴리스라인 안으로 들어섰다. 남자의 상체는 앞에서도, 옆에서도 45도 각도로 기울어져 있고 목은 거기서부터 앞쪽으로 45도 더 꺾여 있었다. 두 다리는 쭈그린 자세였다. 구두는 양쪽 모두 벗겨져 있었다. 과학수사팀장이 오른손으로 남자의 윗몸을 밀어 세우고 왼손으로 재킷 안주머니에 손을 넣으려고 했지만, 앞으로 꺾인 머리 때문에 여의치 않았다. 형사 한 명이 두 손으로 남자의 머리를 잡고 뒤로 밀어 남자의 상체를 세웠다. 과학수사팀장은 안주머니에 손을 넣어 왼쪽에서는 휴대전화를, 오른쪽에서는 지갑을 꺼냈다. 감식 작업에 열중인 그들 어깨 너머로 숨진 남자의 얼굴이 보였다. 경광등 불빛에 비친 두 눈동자는 푸른색 빛을 반사하는 잿빛 조각돌 같았다. 오 과장은 숨진 남자의 눈에서 한동안 시선을 뗄 수 없었다.

형사1팀장과 의견을 나누고 있는 교통범죄 수사팀장의 목소리가 점차 커졌다. 교통범죄 수사팀장의 손에는 휴대전화가 들려 있었고 형사1팀장과 지구대장이 그 휴대전화를 들여다보고 있었다. 그들에게 다가서는 오 과장에게 교통범죄 수사팀장이 아파트 주민의 잠을 방해하면 안 된다는 듯이 목소리를 다시 낮추며 말했다.

"뺑소니나 보복 운전이 아니라 승용차를 흉기로 사용한 명백한 살인입니다."

상체를 굽히고 얼굴을 들이대며 진중한 태도로 한다는 말이 교통과 업무가 아니라는 점을 강조하는 것 같아 뺀질뺀질한 얼굴이 더욱 얍체처럼 보였다.

"어떻게 아셨죠?"

오 과장의 질문에 교통범죄 수사팀장은 자신의 휴대전화를 보여주며 말했다.

"목격자가 촬영한 동영상입니다."

오 과장은 그의 휴대전화를 들여다보았다.

승용차가 후진한 뒤 가로수를 두 팔로 붙잡고 엉거주춤하게 서 있는 남자를 세게 들이받았다. 그런 뒤 승용차는 또다시 후진했다. 남자는 털썩 주저앉으며 머리를 늘어뜨렸다. 승용차가 또다시 남자에게 돌진했다. 머리를 강타했다. 승용차는 다시 후진해 목표물을 정조준하는 것처럼 잠시 멈췄다가 전보다 더 빠른 속도로 남자를 들이받았다. 남자의 뼈가 산산이 부서졌을 거라고 오 과장은 생각했다. 승용차는 두 차례 더 남자의 몸을 부쳤다. 휴대전화가 두 번째 충돌 장면부터 촬영했더라도 승용차는 여섯 차례 남자를 들이받은 것이다. 명백한 살인이다. 좀 더 길게 차를 후진한 승용차는 잠시 멈추고 정면을 응시하더니 남자 옆을 지나쳐 갔다. 휴대전화 주인은 승용차의 뒷모습을 계속 추적했다. 혼다 어코드였다. 희미하게 보이는 차량번호는 '248△'였다.

"누가 촬영한 겁니까?"

오 과장이 묻자 교통범죄 수사팀장은 몸을 돌려 아파트 담 너머 위쪽에서 현장을 내려다보고 있는 사람들을 고갯짓으로 가리켰다. 어둠에 가려져 처음엔 눈에 띄지 않았지만, 그곳에는 아파트 주민 예닐곱 명이 현장 감식 작업을 내려다보고 있었다.

"저기 배드민턴장에 사람들 보이죠? 가운데 있는 고등학교 1학년 여학생입니다. 저기서 친구와 얘기하고 있는데 쿵 하는 소리와 함께 비명을 들었답니다. 그래서 이쪽 길을 내려다보니까 승용차가 저 남자를 들이받고 멈췄다는 겁니다. 곧바로 휴대전화로 촬영했다고 하더라고요."

오 과장은 교통범죄 수사팀장이 자신의 역할을 다했다고 주장하는 것 같아 고이 보내주고 싶지 않았다.

"운전자가 어떻게 생겼는지 물어보셨어요?"

오 과장의 질문을 예상한 것처럼 교통범죄 수사팀장은 득의만만하게 대답했다.

"당연히 물어봤죠. 운전자 모습은 볼 수 없었다고 하더라고요."

과묵한 형사1팀장이 두 사람의 대화에 끼어들었다. 교통범죄 수사팀장은 뒷걸음치며 그들 무리에서 빠져나갔다.

"차량은 수배했습니다. 차량 소유자 인적 사항은 바로 나올 겁니다."

"숨진 남자 신원은 나왔습니까?"

"이름은 이연대. 쉰다섯 살입니다. 이 길 저 끝에 보이는 10층짜리 상가건물 소유줍니다."

"그래요?"

"그리고 이 길 반대편 끝에 3층짜리 상가건물 보이죠? 저 건물도 이연대 씨 소유입니다. 피살자의 집은 저 건물 3층에 있습니다."

형사1팀장은 이연대를 피살자로 규정했다.

"가족은 왔습니까?"

"아들만 하나 있습니다. 지금 연락 중입니다."

"연락 중이라고요?"

"네, 집에도 없고 전화도 받지 않습니다. 계속 연락하고 있습니다. 상가건물 사무실 직원이 조금 전에 와서 참고인 진술을 하고 있습니다."

형사1팀장은 순찰차 옆에서 한 여성과 이야기하고 있는 최 형사에게 소리쳤다.

"최 형사, 직원분 이쪽으로 잠깐 모시고 오게."

여성은 20대 후반으로 보였다. 놀란 표정이다. 최 형사가 그녀를 데려오자 오 과장이 질문했다.

"이연대 씨 아드님은 혹시 다른 곳에 삽니까?"

"네, 따로 사세요. 회장님은 저쪽 3층짜리 상가건물 맨 위층에서 혼자 사시고요."

"회장님은 언제 퇴근하셨죠?"

"밤 11시에요. 매일 밤 11시에 퇴근하세요."

"같이 퇴근하셨나요?"

"아뇨, 저는 오전 11시에 출근해서 저녁 8시에 퇴근해요. 헬스장 트레이너 한 분이 회장님 사고 났다고 연락해서 달려왔어요."

"실례지만 어떤 일을 하시죠?"

"건물 관리, 재무 관리, 다 하고 있어요."

"직원분이 또 있나요?"

"저 혼자예요."

사무실 직원은 침착하게 대답했다. 오 과장은 지구대장을 돌아보며 말했다.

"여기 도착하셨을 때 어땠습니까?"

지구대장은 모자를 깊게 눌러썼는데 양옆으로 드러난 머리가 희끗희끗했다. 자상한 동네 아저씨 모습이다.

"과장님이 보시는 그대로입니다. 저희 지구대는 상황실에서 연락받고 4분 만에 도착했어요."

"신고는 누가 한 거죠?"

"112 신고는 아까 동영상을 촬영한 학생의 친구가 했습니다. 한 명은 촬영하고 한 명은 신고한 거죠."

"이곳에 도착하셨을 때 특별히 눈에 띈 사람은 없었습니까?"

"요 앞 병원 사람들, 헬스장 트레이너, 저 위에 있는 아파트 주민 외에는 특별하게 눈에 띄는 사람이 없었습니다. 바로 폴리스라인을 쳤죠."

"신고 접수 시간이 어떻게 됩니까?"

"한 시간 전입니다. 정확히 밤 11시에 했습니다."

오 과장은 피살자의 머리에서 낙엽을 집어 드는 과학수사팀장에게 큰 소리로 물었다.

"과학팀장님, 단서 좀 있나요?"

"동영상이 젤 중요한 단섭니다. 차량 운전자만 잡으면 될 거 같네요."

오 과장은 형사1팀장을 돌아보며 말했다.

"숨진 이연대 씨에 대해서 더 나온 건 없습니까?"

"조사하고 있습니다. 이 길 주변, 근처 도로에 CCTV 카메라가 있는지 찾고 있습니다."

"이연대 씨 집은 누가 조사하고 있나요?"

"김 형사하고 이 형사가 갔습니다."

오 과장은 형사1팀장에게 수사 상황을 물어보면서도 가해 차량 운전자를 어렵지 않게 찾아낼 수 있을 것으로 생각했다.

고개를 들어 주변을 둘러보았다. 왕복 2차선 도로 한편에 대단지 아파트 건물들이 서 있고 반대편에는 상가건물들이 줄지어 서서 큰 블록을 형성하고 있다. 상가건물 너머는 큰 도로다. 길 양쪽 끝 삼거리에서 북쪽으로 나가면 왕복 6차선의 도로인 것이다. 피살자 소유의 상가건물은 2차선 이면도로인 이 길 시작 부분에 있다. 1층에는 카페, 중국음식점, 미용실, 여행사, 김밥집과 작은 레스토랑이 입주해 있다. 그다음에는 외과 병원 건물, 그리고 개인 병원과 약국이 입주한 건물, 산부인과 병원 건물, 빵집, 마트, 옷가게, 세탁소, 공인중개사 사무소가 들어 있는 건물, 편의점과 식당들이 입점한 건물들이 줄지어 있다. 이 길 끝부분에 피해자가 산다는 3층 상가건물이 있다.

누군가의 휴대전화에서 음악 소리가 들렸다. 형사1팀장이 휴대전화를 들어 귀에 대고 놀란 표정으로 오 과장을 바라보았다.

"무슨 일입니까?"

오 과장의 질문에 형사1팀장이 빠른 말투로 대답했다.

"차량 조회 결과가 나왔습니다."

"누군가요, 소유주가?"

"이연대랍니다."

"네? 숨진 저 사람 말인가요?"

"피살자가 승용차의 주인입니다."

갑자기 머릿속이 복잡해졌다. 오 과장은 심호흡했다.

"과학팀장님! 혹시 그 사람 바지 주머니 봤습니까?"

과학수사팀장은 무슨 말인지 이해한다는 듯 피살자의 머리와 어깨를 바로 세우려고 했다. 형사 한 명이 그에게 다가와 피살자가 쓰러지지 않도록 두 손으로 그의 상반신을 잡아주었다. 과학수사팀장은 피살자의 바지 주머니에 손을 넣더니 무엇인가를 꺼내 들었다.

"승용차 열쇠는 여기 있네요."

그 열쇠를 본 오 과장은 형사1팀장을 돌아보며 말했다.

"아들은 아직도 연락이 안 됩니까?"

그들과 떨어져서 감식 작업을 지켜보던 박 형사가 대신 대답했다.

"네, 아직도 전화를 받지 않고 있습니다."

"문자도 안 받아요?"

"네."

"아들 집은 어딥니까?"

"지금 찾고 있습니다."

오 과장은 형사1팀장을 보고 말했다.

"우선 도주한 차량부터 빨리 찾아야겠네요."

형사1팀장은 고개를 끄덕이며 주머니에서 휴대전화를 꺼냈다. 오 과장은 과학수사팀장을 다시 보면서 말했다.

"과학팀장님, 그 사람 휴대전화 최대한 빨리 봐주세요."

과학수사팀장은 엄지를 들어 보였다. 형사1팀장은 경찰서 상황실과 통화했고 박 형사, 최 형사가 그 옆에 모였다. 오 과장은 이연대의 집이 있는 상가건물 쪽으로 향하다가 걸음을 멈추고 그들을 보면서 말했다.

"팀장님, 우리 서 출입 기자하고 시경 홍보실에 엠바고 요청해주세요."

이 형사는 거실에서 팔짱을 낀 채 소파 뒤에 걸려 있는 200호 정도 크기의 그림을 바라보고 있었다. 오 과장도 어디서 본 적이 있는 추상화였다.

"김 형사는 어디 있어?"

"아, 과장님, 김 형사는 안쪽 방에 있습니다."

이 형사가 오 과장을 돌아보며 말했다.

"현관문은 어떻게 열었어? 과학수사팀에서 전문가를 불렀나?"

"그러려고 했는데 뒤쪽 테라스 창문이 열리더라고요. 그래서 제가 먼저 들어와서 문을 열었습니다."

이 형사는 형사1팀 막내로 2년 차다. 오 과장은 그가 혈기왕성하다고 생각했다.

이연대는 건물 3층 전체를 주거지로 사용했다. 현관을 들어서면 왼쪽으로 운동기구가 있는 넓은 체력 단련 공간이 있고 오른쪽에는 책이 삼면을 가득 채운 서재, 그리고 오디오, 시디 꽂이, 소파가 있는 음악 감상실이 있다. 그곳을 지나면 넓은 거실과 큰 주방 공간이 나온다. 주방 바깥쪽으로 테라스가 보였다. 거실과 주방을 지나 가장 안쪽에는 넓은 침실이 있고 그 맞은편에는 드라마에서나 본 고급스러운 욕실이 있다. 모든 방이 넓고 가구는 비싸 보였다. 전체 면적은 100평이 훨씬 넘을 것 같았다.

소파 앞 유리 테이블 위에는 아무것도 없었다. 소파 옆 콘솔 위에는 전화기만 놓여 있었다. 집 안은 티끌 하나 없이 깨끗했다.

오 과장은 안쪽 침실로 들어갔다. 침대가 놓여 있는 공간 반대쪽에 드레스룸이 보였다. 드레스룸도 웬만한 방보다 넓어 보였다.

침대 옆에는 몇 년 만에 처음으로 투피스 정장을 입은 김 형사가 허리 높이의 금고를 내려다보고 있었다. 모르는 사람이 본다면 김 형사를 이 집 관리인이라고 생각할 것 같았다.

"김 형사, 뭔가 발견한 거 없어?"

"아직요. 말로만 듣던 건물주의 비밀금고를 보네요. 열어보고 싶어요."

"이 건물주를 치고 달아난 승용차의 주인이 본인이야."

"네? 그래요? 그렇다면…, 과학수사팀이 와야 하는 거 아닌가요?"

"그래야 할 일인지도 몰라. 일단 아들과 관계된 게 있는지 찾아봐. 아들 하나 있는데 따로 살아. 장갑 있으면 한 짝 줘."

금고 위에는 탁상용 달력과 검은색 종이상자가 놓여 있었다. 종이상자 뚜껑에는 H자 모양의 혼다 마크가 새겨져 있었다. 오 과장은 보조 열쇠가 들어 있는 상자라고 생각했다. 뚜껑을 열었다. 가죽으로 된 열쇠고리 말고는 아무것도 들어 있지 않았다.

"뭐가 있나요?"

"보조 열쇠가 없어. 과학수사팀을 불러야겠어. 지문 감식을 해야 해. 지구대에 연락해서 경비 요청해. 현관문 앞에 폴리스라인 치라고 하고."

그때 휴대전화가 울렸다. 형사1팀장이다. 그의 다급한 목소리가 들렸다.

"상황실에서 연락이 왔습니다. 가해 승용차를 발견했습니다. 과학수사팀장하고 현장으로 가겠습니다."

"어딘데요?"

"여기서 멀지 않습니다. 주택가 전신주를 들이받았습니다. 신고가 들어왔다고 합니다. 운전자는 달아났고요."

오 과장은 형사1팀장의 목소리가 다급하게 들려 자세한 내용을 물어볼 수 없었다. 신고를 받고 가해 승용차를 찾았다면 도주한 운전자의 모습이 인근 CCTV에 찍히지 않았을 수도 있다. 오 과장은 현관문을 나와 계단을 뛰어 내려갔다. 올라갈 때는 무심코 지나쳤지만, 내려갈 때 보니 2층은 독서실이었다. 투명 유리문 안으로 학생 두 명이 로비 소파에 앉아 음료수를 마시며 이야기하는 모습이 보였다.

오 과장 예상대로 가해 차량이 발견된 곳 주변 도로에는 CCTV가 보이지 않았다. 용의자는 주택가 좁은 골목에서 좌회전하다가 전신주를 들이받았다. 그리고 차를 버리고 달아났다. 어차피 차를 버릴 거라면 전신주와 충돌한 차를 더 몰고 갈 이유는 없었을 것이다.

과학수사팀 형사들이 승용차 안에 라이트를 비추며 보물찾기를 하고 있었다. 오 과장은 차 안을 들여다보았다. 차량 내부는 깨끗했다. 열쇠는 보이지 않았다. 오 과장은 차량 외부를 천천히 살펴보았다. 범퍼와 보닛이 심하게 찌그러져 있었다. 과학수사팀장이 오 과장 곁으로 왔다.

"이연대 씨 아들 주소 알아냈습니다. 형사1팀장이 박 형사와 그곳으로 갔습니다. 최 형사는 사건 현장에 남아 있습니다."

"차 안에서 발견된 단서는 없나요?"

"지금 시작입니다. 머리카락 하나라도 나오겠죠. 과장님은 들어가셔도 될 것 같습니다."

과학수사팀장은 지금부터 전문가의 영역임을 강조하는 것 같았다. 오 과장은 은근히 불쾌했지만, 승용차 한 대를 놓고 하는 과학수사팀의 감식 작업을 계속 지켜본다면 기분을 상하게 할 수도 있을 것 같다고 생각했다. 오 과장은 수고하라는 말을 남기고 경찰서로 돌아왔다.

2

오 과장은 노크 소리에 잠이 깼다. 형사1팀장과 과학수사팀장이 사무실 안으로 들어왔다. 창밖은 아직도 어두웠다. 시계는 오전 7시를 가리켰다. 형사1팀장은 밤새 한잠도 못 잔 것 같았다.

"이연대 씨는 걸어서 퇴근하다가 피살됐습니다. 어젯밤 11시에 사무실을 나서는 모습이 상가건물 로비 CCTV에 찍혔습니다. 자신의 혼다 승용차는 집이 있는 3층짜리 상가 앞에 주로 주차합니다. 어제도 그랬습니다."

"아들은 찾았습니까?"

"아들 집은 강남에 있는 아파틉니다. 집에는 없었습니다. 두 시간 전에 전화가 왔습니다. 조금 뒤 경찰서로 오기로 했습니다."

"여섯 시간 만에 통화가 됐네요. 왜 전화나 문자를 받지 않았답니까?"

"얘기하지 않습니다."

"반응은 어땠습니까?"

"울지는 않았습니다."

"두 시간 뒤에 온다고 한 거 보면 일반적인 반응은 아닌 것 같네요."

"상가 사무실 직원과 헬스장 사장 진술입니다. 이연대 씨 부인은 1년 전에 병으로 숨졌습니다. 그 후 아들이 독립했는데 부자지간에 사이가 좋지는 않았다고 합니다. 거의 만나지 않은 것 같습니다."

"아들은 직업이 있습니까?"

"스물여덟 살인데 이름은 이영한입니다. 일류대 출신입니다. 5급 사무관 시험에 합격하고도 공무원을 그만두고 IT 기업에 다니고 있습니다. 이연대 씨 부인이 살아 있을 때는 아들 자랑을 많이 하고 다녔답니다."

"원한을 살 만한 사람이 있었을까요?"

"입주 업체 사람들이 출근하면 탐문하겠습니다."

"재산 상태는 어떻습니까?"

"두 개 상가건물만 시가 천억 원이 넘는다고 합니다. 10층짜리는 1층에 입주 상가들 외에 2층부터 4층까지는 일반 사무실, 내과와 이비인후과 개인 병원이 들어와 있고 5층과 6층은 남녀 사우나, 7층은 헬스장, 8층부터 10층까지 골프 연습장과 스크린 골프장이 있습니다. 월세만 매달 3천만 원 나옵니다."

"그 건물, 담보 대출은 없습니까?"

"그거하고 다른 금융 자산이 있는지는 오늘 알아보겠습니다."

두 사람의 대화를 듣던 과학수사팀장이 한마디 했다.

"그런 부자가 승용차는 왜 혼다 어코드를 몰았을까요. 포르쉐 정도는 타야 하는 거 아닌가요?"

"과학팀장님, 운전자 모습은 찍혔습니까?"

"가해 차량이 발견된 골목 주변 도로에는 CCTV가 없었어요. 큰길 CCTV에도 가해 승용차는 찍히지 않았고요. 전신주를 들이받지 않았다면 주민 신고도 없었을 거고 이렇게 빨리 발견하지 못했을 겁니다."

"지문은 나왔습니까?"

"승용차와 집 안에는 이연대 씨 지문 말고 없었습니다. 10센티미터 길이의 머리카락이 승용차 조수석에 떨어져 있어서 DNA 분석을 의뢰하려고 합니다. 아들 머리카락도 뽑아야겠어요."

"아들 알리바이도 조사해야죠. 휴대전화는 보셨어요?"

"전화번호, 문자 메시지, SNS 내용, 사진 등이 들어 있는데 분석하는 데 시간이 걸릴 것 같습니다. 제가 보낸 사진 보셨습니까?"

"무슨 사진요?"

"과장님 메일로 보냈습니다. 이연대 씨 휴대전화에 있던 사진입니다."

"알겠습니다. 바로 보겠습니다."

두 사람이 나가자 오 과장은 PC에서 과학수사팀장이 보낸 메일을 열었다.

메일에는 석 장의 사진이 들어 있었다. 이연대가 여성과 함께 찍은 사진이었다. 이연대는 여성의 어깨를 오른팔로 안고 왼손으로 휴대전화를 들어 촬영했다. 여성들은 서로 달랐다. 연령은 30대 중반이나 후반으로 보였다. 얼굴을 성형한 미인들이었다. 연예인처럼 깜찍하고 예쁜 여성도 있었고, 아름답고 선한 인상의 여성도 있었다. 사진을 찍은 곳은 이연대의 집 거실 소파였다. 소파 뒷벽에 걸린 추상화가 배경으로 보였다.

애플로즈, 노블듀오, 유아마인. 사진마다 이름이 붙어 있었다. 술집? 별명? 무엇을 가리키는지 궁금했다.

오 과장은 그 이름들을 검색 창에 넣어보았다. 오 과장의 얼굴에 미소가 보였다.

오 과장은 인터폰으로 김 형사를 부른 뒤 사진을 면밀하게 살펴보았다. 이연대는 파란색 계통의 슈트를 입고 있었고, 여성들은 예복처럼 보이는 원피스나 투피스 차림이었다. 김 형사가 사무실로 들어왔다.

"김 형사, 사진 봤어?"

"아가씨들과 찍은 사진 말입니까?"

"그래, 이 사진. 애플로즈, 노블듀오, 유아마인, 어딘지 알아?"

"술집 아닌가요?"

"결혼 정보 회사야."

"네? 그럼 그 여자들은⋯."

"이 형사 데리고 가서 이 회사들하고 여성들 조사해봐. 결혼 정보 회사가 소개해준 여성일 가능성이 높은데, 만일 그렇다면 맞선 본 여성을 집으로 데려갔다는 얘기잖아. 그것도 세 명씩이나. 그 이상일 수도 있고."

김 형사는 무슨 뜻인지 알았다는 듯이 고개를 천천히 끄덕이며 돌아섰다. 오 과장이 김 형사를 다시 불렀다.

"결혼 정보 회사와 그 여자들한테 이연대 씨가 죽었다는 말은 하지 마."

"음⋯, 이연대 씨에 대해서는 아무 말도 하지 않는 게 좋을 거 같네요."

김 형사가 나가자 형사1팀장으로부터 전화가 왔다.

"아들 이영한이 왔습니다. 조사실로 데려갈까요?"

"아뇨, 그냥 형사과에서 물어보시는 게 좋을 거 같습니다."

오 과장은 자리에서 일어섰다.

이른 아침이라 그런지 형사들은 아직 출근하지 않았다. 형사과 사무실에는 밤새 야근한 형사1팀장과 박 형사, 최 형사만 있었다. 이영한은 형사1팀장 옆에 앉아 있었다. 오 과장은 비어 있는 김 형사 의자에 조용히 앉았다. 최 형사가 믹스커피를 유리컵에 타서 이영한에게 주었다. 이영한은 그 컵을 받아 한 모금 마시고 형사1팀장 책상 위에 올려놓았다. 이영한의 얼굴은 초췌했지만 잘생겼고 몸은 술 냄새를 풍겼지만 명품으로 보이는 재킷을 입고 있었다. 형사1팀장이 말문을 열었다.

"뭐라고 위로의 말씀을 드려야 할지 모르겠습니다."

"…"

"고인의 시신에 대해서는 부검 지시가 떨어져서 장례 절차는 잠시 미루셔야 할 거 같습니다."

"부검은 왜 하죠?"

"승용차 충돌이 직접적인 사인으로 보이지만, 충돌 이전에 다른 요인이 또 있었는지 조사해야 합니다. 예를 들어 누군가가 고인에게 약을 먹여 주의를 산만하게 만든 뒤에 승용차로 살해했을 수도 있습니다."

"…"

"말씀드렸습니다만, 가해 차량은 부친 소유의 혼다 어코드입니다. 아드님은 다른 차를 갖고 계시죠?"

"네."

"부친 차량도 이용하십니까?"

"아뇨."

"따로 사시던데 직장 때문인가요?"

"…"

"최근에 부친을 언제 보셨습니까?"

"만나지 못했어요."

"부친 집에 가신 적도 없습니까?"

"네."

"전화 통화도 안 하셨습니까?"

"아빠한테서 가끔 전화가 왔어요."

"혹시 부친과 만나지 않은 이유라도 있습니까?"

"…."

"부친께 원한을 가질 만한 사람이 있습니까?"

"…."

"짚이는 데는 없습니까? 누군가 부친을 살해했습니다."

"…."

"부친께 큰 채무를 진 사람이 있습니까?"

"…."

이영한은 자신과 관계가 없다면 관심을 두지 않는다는 것을 침묵하는 방식으로 보여주는 것 같았다. 그는 대답하지 않을 때는 두 손으로 머리를 계속 넘겼다.

"실례되는 질문입니다만, 부친한테 다른 여자가 있습니까?"

"…."

"이 여성들 가운데 아시거나 본 적이 있는 사람 있습니까?"

형사1팀장은 PC를 이영한이 볼 수 있도록 돌려서 이연대가 여성과 찍은 석 장의 사진을 차례로 보여주었다. 이영한은 사진을 뚫어지게 바라본 뒤 고개를 가로저었다.

"혹시 어젯밤 11시에 어디에 계셨습니까? 새벽 5시까지 전화나 문자도 받지 않으시고…."

"친구와 술을 먹고 있어서 전화를 받지 못했습니다."

"친구라면 누굽니까?"

"아셔야 하나요?"

"사건이 발생하면 가까운 분 모두 그 시간에 어디에 있었는지 조사합니다."

"알리바이 말입니까?"

"통상 하는 조삽니다."

"친구 신분이 노출될까 봐 말씀드리기 어려운데요."

"신분은 비밀로 합니다."

"그걸 어떻게 믿습니까?"

"친구와 함께 있는 것을 본 사람은 없습니까?"

"저를 의심하시나요?"

"아닙니다. 하지만 말씀 안 하시면 조사할 수밖에 없습니다."

"용의자로 특정하겠다는 말인가요? 그러시다면 변호사를 구하겠습니다."

"일만 괜히 복잡해집니다. 비밀은 확실하게 보장합니다."

"저한테 혐의가 있다면 근거를 제시해보세요."

이영한은 자리를 박차고 일어서서 주위 시선에 아랑곳하지 않고 사무실을 나갔다. 50대 중반인 형사1팀장의 이마 주름이 순간적으로 더 짙어졌다. 그의 뒷모습을 보고 최 형사가 중얼거렸다.

"머리카락 뽑아야 하는데…."

박 형사가 최 형사를 보고 말했다.

"최 형사가 준 유리컵에 침을 묻혔잖아."

최 형사는 박 형사의 말에 씩 웃으면서 이영한이 앉았던 의자 옆으로 가 몸을 굽혔다. 그의 손에는 핀셋이 들려 있었다. 그는 의자 뒤쪽에 쭈그려 앉아 머리카락을 집어 올린 뒤 이영한이 앉았던 의자 위에 올려놓았다.

"컵에 묻은 침은 양이 너무 적지 않을까? 하나, 둘, 셋. 이 친구 비듬이 더덕더덕 붙은 머리카락을 계속 뒤로 넘기더라고. 하루에 머리카락이 60개 이상 빠지는 줄 모르는 모양이야."

3

오후 5시 회의실에는 오 과장과 형사1팀장, 박 형사, 최 형사, 과학수사팀장이 모였다. 모두가 피곤한 기색이 역력했다. 피살자의 사망 원인과 시간, 살해 도구가 밝혀졌는데도 뚜렷한 단서가 없다는 점이 형사들을 더 지치게 했다. 게다가 피살자 아들이 묵비권을 행사하면서 그의 알리바이까지 조사해야 한다는 업무 과중 스트레스까지 겹쳤다. 오 과장이 입을 열었다.

"입주 업체 상대로 나온 건 없습니까?"

최 형사가 수첩을 보면서 말했다.

"이연대 씨는 월세 밀리는 꼴을 보지 못했습니다. 하루만 늦어도 임차인을 심하게 압박했습니다. 그런데 월세를 다섯 달이나 밀린 곳이 하나 있습니다."

"어딘가요?"

"1층에 있는 중국음식점입니다. 이연대 씨는 중국음식점 사장에게 가게를 비워달라고 했고, 중국음식점 사장은 같은 건물 안에 다른 식당이 생겨 그렇다면서 왜 다른 식당에 임대를 놓았느냐고 항의했습니다. 최근에는 이연대 씨가 중국음식점에 식당을 비워달라는 내용증명까지 보냈고, 중국음식점은 인테리어 비용을 보존해주면 나가겠다고 해서 둘이 많은 사람 앞에서 대판 싸웠답니다."

"중국음식점 사장 인상은 어떤가요?"

"몸집이 거구였습니다. 양쪽 팔뚝에 용 문신이 있고요. 인상은 영화에서 보는 조폭 두목처럼 험악했습니다. 머리는 스킨헤드족처럼 싹 밀었어요. 사장이 주방에서 직접 요리하고, 홀에서는 부인과 젊은 여성 두 명이 일합니다."

"알리바이는 있나요?"

"밤 9시에 식당 문을 닫고 정리한 뒤에 10시에 퇴근했습니다. 집은 걸어서 10분 거리의 단독주택입니다. 집 앞에는 CCTV가 없습니다. 부부가 서로의 알리바이를 증명해주고 있는 셈입니다."

"이연대 씨 집에 몰래 들어가서 승용차 열쇠를 훔치든, 또는 전에 훔친 뒤 가지고 있었든, 그 열쇠로 혼다 어코드 안에 들어가서 기다리다가 퇴근할 때 살해했다, 이런 가정을 세울 수도 있겠네요. 살해 동기가 없다고 볼 수는 없고. 하지만 이연대 씨와 자신이 심하게 싸웠다는 것을 많은 사람이 알고 있는 마당에 그런 방식으로 살인을 저지른다는 것은…. 전과는 있나요, 중국음식점 사장?"

"없습니다."

"일단 사장 알리바이를 좀 더 조사해보세요. 형사팀장님, 아들 알리바이는 어떤가요?"

오 과장 질문에 형사1팀장이 인상을 찡그렸다.

"이영한은 어젯밤 집에 들어가지 않았습니다. 아파트 CCTV에 오늘 새벽 들어가거나 나오는 모습이 없습니다. 승용차도 아파트 주차장에 세우지 않았습니다. 현재 이영한의 카드 사용 내역을 조사하고 있습니다. 카드를 썼다면 어젯밤에 어디에 있었는지 나오겠죠."

"직장에서 언제 퇴근했습니까?"

"어제 오후 6시 정각에 퇴근했습니다. 회사 주차장에서 차를 타고 나갔습니다. 오늘은 출근하지 않았습니다. 부친 사망 때문에 일주일 휴가를 냈더군요. 아침에 우리 서에서 나간 뒤 자신의 아파트로 가서 지금까지 나오지 않고 있습니다."

"이연대 씨가 혹시 재산 상속에 관한 유언을 하지는 않았습니까?"

"유언한 것은 없습니다."

"상가 말고 다른 금융 자산은 없습니까?"

"주식이나 채권은 없습니다. 은행 예금이 3억 5천만 원 정도 있습니다. 10층 건물을 담보로 한 부채가 50억 원 있습니다. 건물 가치에 비하면 부채 비율이 매우 낮다고 봐야죠."

"오로지 부동산만 한 모양이군요."

"젊었을 때 주식으로 돈을 벌었다고 합니다. 그 돈으로 은행 대출을 보태 상가건물을 사서 임대료를 받고, 돈이 모이면 그 건물을 팔아 대출을 업고서 더 큰 건물을 사는 방식으로 지금의 건물주가 됐습니다."

"단순명료하네요. 과학팀장님, 집 금고 안에는 뭐가 있었습니까?"

"5만 원짜리로 현금 2천만 원, 통장, 도장, 입주 업체 임대 계약서가 들어 있었습니다. 다른 단서는 없습니다."

오 과장은 형사1팀장에게 물었다.

"김 형사와 이 형사는 소식 없습니까?"

"늦을 거 같다고 합니다."

사무실로 돌아온 오 과장은 의자에 등을 기대고 한숨을 쉬었다. 수사가 겉도는 느낌이 들었다. 오 과장은 의자를 이리저리 돌려가며 지금까지 파악된 사실들을 정리했다. 정보가 너무 부족했다. 가수면 상태로 빠져들 때쯤 갑자기 어떤 이미지가 머릿속에서 떠올랐다. 자리에서 벌떡 일어섰다.

오 과장은 이연대의 사무실부터 갔다. 사무실 책상 위에도 금고 위에 있던 것과 같은 탁상용 달력이 있었다. 그 외에 다른 것은 책상 위에 없었다. 파리 한 마리 앉은 흔적조차 없다고나 할까, 깨끗했다. 책상에는 서랍이 없었다. 여직원 책상은 사무실 문 옆에 있고 PC와 서류철, 전화기는 그 책상 위에만 있었다. 휴지와 휴지통은 보이지 않았다. 두 사람 책상 중간에 둥그런 나무 테이블과 의자 네 개가 있었다. 커피머신과 생수통은 직원 책상 뒤에 있었다.

"사무실도, 책상도 매우 깨끗하네요. 성격이 깔끔하신 모양이죠?"

오 과장의 질문에 일거수일투족을 바라보던 직원은 고개를 끄덕이며 대답했다.

"하루에 세 번 쓸고 닦아요. 잡동사니를 싫어하셨어요."

오 과장은 의자에 앉아 탁상용 달력에 적힌 메모들을 천천히 살펴보았다. 입주 업체들 이름이 만년필 글씨로 꼼꼼하게 적혀 있었다.

"여기 입주 업체들 이름이 적혀 있네요. 왜 이렇게 적어놓으셨죠?"

"업체들 이름이 적힌 그 날짜가 월세 받는 날이에요."

오 과장은 달력을 앞뒤로 넘기면서 메모들을 읽었다. 12월 달력까지 입금일로 보이는 날짜마다 입주 업체 이름이 적혀 있었다. 지난달 10일에는 중국음식점에 내용증명을 보냈다는 메모가 적혀 있었다. 오 과장은 달력을 들고 일어섰다.

이연대 집 금고 위에 놓여 있는 탁상용 달력 메모도 똑같은 방식으로 적혀 있었다. 오 과장은 두 개의 달력을 나란히 놓고 1월부터 12월까지 메모를 비교했다. 한 개의 달력을 복사한 것처럼 글씨체와 줄 바꾸기 위치가 같았다.

한 가지 다른 점이 있었다. 금고 위 달력에는 석 달 전 첫째 토요일, 두 달 전 첫째 토요일, 지난달 첫째 토요일, 그리고 이번 주 토요일 날짜에 꺾쇠 표시가 있었다. 오늘은 첫째 주 목요일이다. 오 과장은 두 개의 달력을 들고 일어섰다.

오 과장은 생각에 잠긴 채 천천히 계단을 내려갔다. 2층에 내려섰을 때 독서실 유리문이 열리면서 중학생으로 보이는 소년이 안에서 나왔다. 독서실 내부 로비 모습이 오 과장 눈에 들어왔다. 천장에는 CCTV 카메라가 달려 있었다.

사무실로 돌아온 오 과장은 과학수사팀 야근 형사에게 이연대의 휴대전화를 보여달라고 요청했다. 형사는 이연대의 휴대전화를 주면서 암호를 알려주었다. 오 과장은 휴대전화 달력을 열었다. 휴대전화 달력은 탁상용 달력들과는 달리 월세 입금일 메모가 적혀 있지 않았다.

오 과장은 금고 위 탁상용 달력에 꺾쇠 표시가 있던 날짜를 찾았다. 석 달 전 첫째 토요일에는 '애플로즈', 두 달 전 첫째 토요일에는 '노블듀오', 지난달 첫째 토요일에는 '유아마인'이라는 메모가 적혀 있었다. 그리고 이번 주 토요일에는 '5월의 여왕'이라는 메모가 있었다.

눈에 띄는 메모가 한 개 더 있었다. 그 메모는 지난달 말일이자 마지막 토요일, 그러니까 지난주 토요일 날짜에 적혀 있었다. '현금 100'이라는 메모였다.

오 과장은 '5월의 여왕'을 검색했다. 예상대로 결혼 정보 업체였다.

이연대는 단순하게 자산 관리를 했다. 돈을 벌 수 있는 가장 확실한 방법 하나만 고수했다. 자신의 이해와 관련이 없다면 거들떠보지 않는 성격이다. 그렇다면 반대로 두 개의 달력에 메모했다면 그가 중요하게 여기는 사안임에 틀림없다. 오 과장은 김 형사에게 전화했다.

"김 형사, 어디까지 조사했어?"

"세 곳 업체, 그리고 여성 세 명 모두 조사했습니다."

"결과는?"

"업체와 여성들 모두 입을 닫았습니다. 살인 사건이라고 말하면서 수사 협조를 요청하는 것도 아니고 그냥 들이대니까 극도로 경계하더라고요. 자세한 내용은 내일 아침에 보고하겠습니다."

"여성들 정보는 확보했나?"

"이 형사가 업체 대표들을 잘 설득해서 받아냈습니다."

"5월의 여왕이라는 결혼 정보 업체도 잠깐 들렀다가 와."

"거긴 왜요?"

"이연대 씨가 이번 주 토요일에 5월의 여왕 주선으로 선을 보기로 한 것 같아. 확인해봐. 보안에 신경 쓰고."

오 과장은 사무실에서 나오면서 과학수사팀 야근 형사에게 이연대의 최근 석 달 동안 음성 통화와 문자 기록을 모두 뽑아달라고 했다. 상가건물 2층에 있는 독서실 CCTV 영상도 확보하라고 말했다.

4

금요일 아침 회의실에는 1팀 형사들과 과학수사팀장이 참석했다.

"과학팀장님, 차 안에서 발견한 머리카락하고 이영한 머리카락 DNA 분석 결과 나왔습니까?"

"다음 주 월요일에나 나올 거 같습니다."

"이연대 씨 통화와 문자 기록은요?"

"회의 마치면 바로 드리겠습니다."

"독서실 CCTV 영상도 주실 수 있습니까?"

"저희가 지금 보고 있습니다. 과학수사팀으로 오셔서 보시죠."

"알겠습니다. 형사팀장님, 이영한 알리바이는 어떤가요?"

형사1팀장은 수첩을 들었다.

"이영한은 수요일 밤과 어제 새벽, 카드로 결제한 적이 없습니다."

"그렇다면 현금을 썼을까요?"

"양수리에 별장이 있습니다. 거기 갔다면 카드나 현금을 쓸 필요가 없겠죠."

"별장이요? 음, 별장에 간 사실이 확인됐습니까?"

"별장은 막다른 길에 있습니다. 그 길로 들어가기 전 사거리에 CCTV가 하나 있습니다. 이 CCTV에 이영한의 승용차가 찍히지는 않았습니다. 그런데…."

"그런데요?"

"다른 승용차 한 대가 수요일 밤 9시쯤에 들어갔다가 목요일, 그러니까 어제 새벽 5시 반에 나오는 것이 찍혔습니다. 포르쉐였습니다. 그러니까 만일 이영한이 그 별장에 갔다면 누군가로부터 그 포르쉐를 빌려 타고 갔거나 아니면 포르쉐 주인과 함께 타고 갔거나, 둘 중 하납니다."

"포르쉐 주인을 찾아야겠네요."

"찾았습니다."

"누굽니까?"

"우리도 아는 여배우였습니다."

"여배우요? 그 여배우는 뭐라고 하던가요?"

"그 여배우 연락처를 알 수가 없습니다."

"그래요? 기획사를 통해서 연락하면 안 될까요?"

"그래서 고민입니다. 그 기획사 대표가 그 여배우 남편입니다."

오 과장은 말문이 막혔다. 뾰족한 방법이 생각나지 않았다. 과학수사팀장이 형사 1팀장을 보면서 말했다.

"그래도 그 여배우에게 이영한의 알리바이를 물어봐야 하지 않습니까? 그렇다면 이영한에게 그 여배우 연락처를 달라고 하면 어떨…."

오 과장은 과학수사팀장의 말이 끝나기도 전에 단호하게 말했다.

"그건 안 됩니다. 이영한은 그런 요구를 받아들이지 않을 겁니다. 그 여배우에게 접근할 수 있는 다른 방법을 찾아야 해요."

잠시 침묵이 흘렀다. 오 과장은 최 형사를 보면서 말했다.

"중국음식점 사장 알리바이는 어때요?"

"지금까지는 그 사람 알리바이를 깰 만한 단서가 없습니다."

다시 침묵이 흘렀다.

오 과장은 김 형사 쪽으로 얼굴을 돌렸다. 김 형사는 기다렸다는 듯이 수첩을 들고 설명하기 시작했다.

"이연대 씨는 석 달 전 첫째 토요일 오후 6시 애플로즈의 주선으로 신재인이란 여성과 만났습니다. 신재인 씨는 마흔한 살에 주부 모델입니다."

"주부 모델?"

"주부는 아니고 주부를 대상으로 한 제품의 모델입니다."

"그리고?"

"두 달 전 첫째 토요일 오후 6시에는 노블듀오 주선으로 서른일곱 살 노성희라는 여성과 선을 봤어요. 노성희 씨는 중소 유통업체 영업 사원입니다. 또 한 달 전, 그러니까 지난달 첫째 토요일 오후 6시에는 유아마인의 주선으로 서른아홉 살 김영아라는 여성과 선을 봤습니다. 김영아 씨는 파티 매니저라고 합니다."

"쉰다섯 살 남자가 재혼하겠다고 결혼 정보 회사 문을 두드렸는데 그렇게 젊은 여자들이 그 남자를 만나겠다고 나선 거야?"

"그건 남자가 가진 조건에 따라 다르죠. 결혼 정보 회사에 따르면 이연대 씨는 30

대의 미혼 여성만, 그것도 미모의 여성만 원했답니다."

"그 여성들은 어떻게 해서 이연대 씨 집까지 간 거야?"

"세 사람 모두 대답이 같습니다. 맞선을 본 당일 이연대 씨가 자신의 집을 구경시켜준다고 해서 잠시 갔다가 바로 나왔답니다."

"세 사람 다 만나봤어?"

"애플로즈의 신재인 씨는 만날 수 없다고 해서 전화로만 통화했고요, 노성희 씨와 김영아 씨는 직접 만났습니다. 신재인 씨는 사진만 찍고 나왔고, 노성희 씨는 이연대 씨가 자신의 몸에 손을 대서 화를 내고 뛰쳐나왔다고 합니다. 김영아 씨는 대화를 좀 나누고 나왔다고 합니다."

"몸에 손을 댔다고? 결혼 정보 회사들은 뭐라고 해?"

"자세한 사정은 모른답니다."

"선을 본 사람들은 나중에 결혼 정보 회사에 후기나 소감을 보내주지 않나?"

"의견이 없었대요. 이연대 씨는 여성들과 만난 뒤에 결혼 정보 회사 회원에서 탈퇴했고요."

오 과장은 인상을 찡그렸다. 다른 형사들은 피식 웃었다.

"5월의 여왕은 알아봤어?"

"네, 이연대 씨는 토요일, 그러니까 내일 오후 6시에 5월의 여왕 주선으로 맞선을 보기로 했습니다. 그런데 상대 여성이 맞선 약속을 취소했답니다."

"왜?"

"토요일에 갑자기 일이 생겼다면서 5월의 여왕에 전화가 왔더랍니다."

"언제 왔는데?"

"어제요. 어제 5월의 여왕 대표에게 상대 여성이 전화했답니다. 그래서 대표가 이연대 씨에게 맞선 취소 사실을 알리려고 했는데, 물론 전화 연결은 안 됐죠. 이연대 씨와 통화는 안 될 거라고 얘기해줬습니다."

형사들의 브리핑이 끝났다. 오 과장은 답답했다. 수사 방향이 분명하지 않았다.

"각자 알리바이를 조사하면서 머리카락 DNA 분석 결과를 기다려보죠. 독서실 CCTV를 봐야겠습니다."

독서실 CCTV 카메라는 유리문 안쪽에서 현관을 드나드는 사람에 초점이 맞춰져 있었다. 유리문 바깥쪽은 바닥만 촬영됐다.

오 과장은 석 달 전 첫째 토요일 오후 6시부터 영상을 빠른 속도로 돌려보았다. 그날 밤 9시 유리문 밖에 등이 켜지면서 계단을 오르는 두 사람의 다리가 보였다. 다리 둘은 구두를 신은 남자의 다리고, 다른 둘은 하이힐을 신은 여자의 다리였다. 여자의 하이힐은 검은색이거나 짙은 회색 같았다. 밤 11시 반에는 계단을 내려가는 두 사람의 다리가 영상에 나타났다. 남자와 여자가 이연대 집에 들어갔다가 두 시간 반 뒤에 나온 것이다.

두 달 전 첫째 토요일 밤 9시에도 계단을 오르는 남녀의 다리가 독서실 CCTV 카메라에 찍혔다. 두 사람은 밤 11시 반에 계단을 내려갔다. 지난달 첫째 토요일 밤에도 두 남녀가 밤 9시에 3층 이연대 집으로 들어갔다가 11시 반에 나왔다. 여성들은 김 형사에게 이연대의 집에 들어갔지만, 바로 나왔다고 진술했다. 하지만 세 여성 모두 두 시간 반 동안 머물렀다.

오 과장은 지난주 토요일, 이연대의 휴대전화 달력에 적혀 있던 메모가 생각났다. '현금 100'이라는 메모다. 오 과장은 지난주 토요일 밤 8시 55분 지점부터 독서실 CCTV 영상을 천천히 돌렸다. 밤 9시에 계단을 올라가는 한 사람의 다리가 보였다. 하이힐을 신은 여성의 다리였다. 그 다리는 밤 11시 반에 이연대 집을 나와서 계단을 내려갔다.

오 과장은 이연대의 휴대전화 통화와 문자 기록을 들여다보았다. A4 용지 쉰 장이나 되는 분량으로 전화번호와 통화 시간이 빽빽하게 적혀 있었다. 당장은 눈에 띄는 단서를 찾을 수 없었다. 오 과장은 여성들의 자기소개 내용이 적힌 서류를 읽고 또 읽었다. 잠시 생각에 잠겼던 오 과장은 여성들을 직접 만나봐야겠다고 생각했다.

신재인은 웨이브 펌을 한 긴 머리칼을 밝게 빛나는 주홍색으로 염색했다. 몸매가 드러나는 흰색 원피스에 주홍색 하이힐을 신었다. 누가 봐도 30대 중반처럼 보였다. 신재인이 들어서자 카페 안이 훤해졌다. 차를 마시던 사람들이 그녀를 쳐다보았다. 오 과장이 그녀에게 손을 흔들어 보였다.

"지금 화보 촬영하다가 나왔어요. 바로 들어가야 해요."

오 과장은 신재인을 앞자리에 앉으라고 권했다.

"잠깐이면 됩니다."

"이연대 씨와는 저녁 식사를 함께하고 그분이 자기 집을 보여주겠다고 해서 잠깐 들어갔다가 나왔을 뿐이에요. 그 후 다시 만난 적도 없어요."

"자기 집까지 보여준 사람이 다시 만나자고 하지 않던가요?"

"다시 만나자고 했지만, 제가 거절했어요."

"왜 거절했는지 이유를 말씀해주실 수 있어요?"

"너무 거만했어요. 저녁 식사를 할 때도 종업원을 함부로 대하고 무시했어요. 실제로 보니까 나이도 너무 많이 들어 보였고요."

"연락은 오지 않았나요?"

"제가 연락하지 말라고 했어요."

"이연대 씨 집에 갔을 때 그 사람이 이상한 짓은 하지 않았습니까?"

"사실 조금 치근댔어요. 어깨에 손을 마음대로 얹기도 하고…."

"소파에서 같이 사진을 찍으셨잖아요?"

신재인은 오 과장의 얼굴을 뚫어지게 바라보았다. 무엇을 생각하는지 절대 알 수 없는 표정이라고 오 과장은 생각했다.

"사진을 찍을 때까지는 점잖은 줄 알았어요. 그런데 조금 이상하다는 느낌이 들더라고요. 그래서 바로 그 집에서 나온 거예요."

"그 집에 다시 간 적은 없습니까?"

"다시 만나지 않았다고 말씀드렸잖아요."

"아, 그랬죠."

"저는 그 사람에 대해서 더 관심 없어요."

"혹시 이연대 씨를 맞선 전에 본 적이 있습니까?"

"그 사람을요? 아뇨."

신재인은 불쾌한 표정으로 자리에서 일어섰다. 그녀는 왜 경찰이 자신을 보자고 했는지 아직도 묻지 않았다. 오 과장은 그녀를 흔들어보고 싶었다.

"이연대 씨는 지금 중태로 사경을 헤매고 있어요. 뺑소니 사고로 의식을 찾지 못하고 있어요."

신재인은 잠시 주춤했다. 오 과장은 그녀의 표정을 놓치지 않았다. 그녀는 오 과장을 힐끔 내려다보면서 빠르게 말했다.

"저는 그 사람과 관계없어요."

오 과장도 빠르게 질문했다.

"지난 수요일 밤 11시에 어디에 계셨죠?"

"집에 있었어요. 일찍 퇴근해서 동생이랑 같이 있었어요."

"동생과 함께 사시나요?"

"네."

그녀는 화난 표정으로 카페를 나갔다. 그녀는 경찰이 자신에게 왜 알리바이를 묻는지 궁금해하지 않는 것 같았다.

오 과장은 김영아가 일하고 있는 호텔 이벤트홀로 갔다. 김영아를 찾는 것은 어렵지 않았다. 사진 속 얼굴처럼 깜찍하고 귀엽고 늘씬했다. 30대 초반처럼 보였다. 오 과장에게 다가온 그녀는 홀 구석 쪽으로 가자고 했다.

"다른 형사님한테 다 얘기했는데 또 무슨 일로 보자고 하셨죠?"

"일하시는데 미안해요. 잠깐이면 됩니다."

"저도 잠깐만 시간을 낼 수 있어요. 왜 그러시는데요?"

"이연대 씨한테 피해를 본 여성들이 있어서 조사하는 겁니다."

"피해요?"

"이연대 씨와 선을 본 날 그 사람 집에서 무슨 일이 있었는지 말씀해주세요. 어디까지나 비밀은 지켜드려요. 중요한 일입니다."

"…."

"솔직하게 말씀해주세요."

"저는 그 사람과 얘기를 좀 하고 바로 나왔어요."

"영아 씨는 두 시간 반 동안 이연대 씨와 함께 있었어요. CCTV에 찍혔죠. 잠깐 얘기를 나누고 나온 게 아니었어요. 무슨 일이 있었죠?"

김영아는 오 과장의 말에 얼굴과 몸이 굳어졌다. 갈등하는 것 같았다.

"그 사람 선수였어요, 그렇지 않나요?"

"…."

"함께 잤죠?"

"…."

"저만 알고 있을 테니까 사실대로 말해주세요."

"그 사람 수법에 넘어갔어요."

"그럴 줄 알았어요."

"사실 그 사람이 저를 처음 보자마자 저와 결혼하기로 결심했다고 했어요. 무조건 결혼하겠다고 했어요. 레스토랑에서 최고급 식사와 와인을 시켰어요. 인텔리 같았고 말투와 행동도 세련됐어요. 외모도 젊어 보였고요. 그런 사람이 어린애처럼 저에게 반했다고 하니까 진담 반 거짓 반으로 생각하면서도 나쁘진 않았어요."

"그래서 집에 가게 됐군요?"

"집은 어떻게 꾸몄는지, 성격은 어떤지 궁금하더라고요. 그래서 기념으로 사진도 찍었고요."

"그러셨군요. 그리고요?"

"그런데 그 사람이 함께 자자고 했어요. 모든 것은 결정됐고 저와 결혼할 운명임을 깨닫게 됐다고 하면서요."

"…."

"처음엔 놀라서 집에 가겠다고 했어요. 우선은 만남을 계속 이어나가자고 했죠. 그런데 그 사람은 막무가내로 '만남이고 뭐고 다 필요 없다. 나는 어차피 너랑 결혼하기로 작정했다. 너는 어리다. 그래서 성격 차이도 상관없다. 내가 너를 다 이해할 거다. 너를 절대 놓치기 싫다.' 이렇게 저에게 구애했어요. 그 사람이 워낙 강하게 요구하고 저도 결혼하기 위해서 사람을 만났던 거라서, 그리고 그 사람이 지금 이 기회를 놓치면 결혼 결심을 포기할 수도 있다는 투로 은근히 저에게 협박이라고나 할까, 뭐 그렇게 얘기하기도 해서, 그래서 그 사람 요구대로 한 거예요. 부인과 사별했고 자식도 다 컸고, 걸릴 게 없다고 생각했어요."

"그런데 왜 다시 만나지 않은 거죠?"

"그 사람이 저를 자기 차로 바래다주면서 '결혼은 하는데 사업상 어려움을 겪고 있어서 몇 년 뒤에 하자. 그때까지 자신이 연락하겠다', 이렇게 얘기하더라고요. 저는 기가 찼죠."

"그래서 어떻게 했어요?"

"당해도 제대로 당했다고 생각했지만, 그래도 전화와 문자를 했어요. 그 사람 제 번호를 차단했더라고요. 그 작자, 완전 개새끼예요."

"이연대 씨는 지난 수요일 밤 11시에 뺑소니 교통사고를 당해 중태에 빠졌어요. 아직도 의식을 찾지 못하고 있어요. 그날 어디에 있었나요?"

"네? 뺑소니요? 저, 저는 안 했어요. 수요일…, 저는 일이 끝나고 친구와 있었어요. 저를 의심하세요?"

"그냥 물어보는 겁니다. 그 사람이 충분히 원한을 살 만한 짓을 했기 때문에…."

"중태요? 그런데 그 사람 사기죄 같은 걸로 처벌할 수 없나요?"

김영아는 대화의 요지를 이해하지 못했다. 이벤트홀 중앙으로 가는 그녀를 바라보며 오 과장은 호텔에서 나왔다.

노성희도 처음에는 부인했으나 결국 오 과장에게 사실을 털어놓았다. 그녀는 귀엽고 명랑하게 생겼다. 활달한 성격의 소유자인 것 같았다. 이연대 욕을 할 때도 솔직 담백했다. 회사 로비 소파에 함께 앉아서 이야기하는 오 과장이 부끄러울 정도였다.

"그 늙은 꼰대 자식, 사람을 완전히 갖고 놀았어요. 돈 많은 거 내세워서 사기를 쳤단 말이에요. 저도 열심히 일해서 대리로 승진하고, 몸도 열심히 가꾸고, 사진도 유명 스튜디오에서 새로 찍고 해서 노블듀오에 업그레이드시켰단 말이에요. 상대 조건도 더 높였죠. 저도 여기까지 오는 데 열심히 노력했어요."

"이연대 씨를 죽이고 싶었겠네요."

"당연하죠. 그 꼰대가 '아들은 이미 성인이 됐고 그래서 애를 갖고 싶은데 너는 충분히 애를 낳을 수 있는 나이다', 이러면서 무조건 결혼하자고 했단 말이에요. 저도 부담이 없다고 생각했어요. 그런데 그 늙은 새끼가…."

"…."

"아무리 전화해도 안 받았어요. 제 전화번호를 차단했더라고요."

"그랬군요. 문제가 많은 사람이네요. 벌을 받았는지, 그 사람 지금 뺑소니 사고를 당해서 의식이 없어요."

"뺑소니요? 정말요?"

"네, 지난 수요일 밤 11시…, 성희 씨는 그 시간에 어디에 계셨나요?"

"네? 그날 밤? 그러면…, 지금까지 제 얘기를 들은 건 제가 뺑소니라고 의심해서 떠본 거예요? 저는 그것도 모르고 신나게 얘기해드렸네요. 재수 없게…."

"그건 아니에요. 이연대 씨 행적을 조사하는 게 주된 목적이고 성희 씨에게 물어본 건 다른 사람에게도 다 물어본 겁니다."

"쳇! 형사님도 사람을 가지고 노시네요. 수요일 밤 집에 있었어요. 우리 엄마한테 물어보세요."

노성희는 기분 나쁘다는 듯이 오 과장을 흘겨보며 자리에서 일어섰다. 로비를 지나 승강기 쪽으로 빠르게 걸어가는 그녀의 뒷모습에 중년의 경비원이 눈을 떼지 못했다.

결혼 정보 업체 5월의 여왕 대표는 30대 남자였다. 얼굴을 말끔하게 다듬고 메이크업을 한 미남형 얼굴이다. 그는 오 과장의 얼굴에 시선을 고정했다. 오 과장은 그 얼굴에 대고 말했다.

"이연대 씨가 여기 회원으로 가입한 건 언제죠?"

"두 달 정도 됐습니다."

"중년 회원도 더러 있습니까?"

"많습니다."

"원하는 상대는 어떤 사람들이죠?"

"남자는 어린 여성을 원하고, 여자는 능력 있는 남성을 원합니다."

"연결이 잘되나요?"

"잘 안 됩니다. 눈높이가 서로 달라서요."

"나이 차이는 어떤가요?"

"남자는 능력이 많을수록, 여자는 나이가 어리고 예쁠수록 점수가 높습니다."

5월의 여왕 대표는 인간의 여러 가지 특성을 쉽게 계량화할 수 있는 능력을 지닌 것 같았다. 오 과장은 대표의 얼굴에서 교통범죄 수사팀장의 뺀질뺀질함이 느껴졌다. 오 과장은 속에서 심술이 올라왔다.

"내일 이연대 씨와 맞선을 보기로 했던 여성이 누군지 알아야겠어요."

"개인 정보는 알려드릴 수가 없습니다. 잘못하면 큰일 납니다."

"수사에 필요한 거니까 협조해주세요."

"만일 경찰이 그런 자료를 요구했다고 알려지면 회원님들이 가만히 계시겠습니까?"

"회원들에게 알릴 필요는 없겠죠."

"영화에서 보면 경찰이 영장 같은 걸 내밀고 얘기하던데요. 그냥은 좀⋯."

"영장을 가지고 오면 이곳을 샅샅이 뒤지게 될 텐데 그래도 좋아요?"

5월의 여왕 대표는 살짝 미소를 지으며 PC에서 A4 용지 넉 장을 인쇄해서 오 과장에게 내밀었다. 오 과장은 승리의 미소를 지으며 그 서류를 받아 들여다보았다. 순간, 오 과장의 표정이 굳어졌다. 서류에 나와 있는 여성의 사진이 오 과장의 심장 박동을 요동치게 만든 것이다. 누군지 짐작이 가는 얼굴이었다. 오 과장은 여성의 주소를 보고 가족 관계를 보았다. 오 과장은 대표에게 또 한 사람의 여성 정보를 찾아서 인쇄해달라고 했다. 대표는 포기한 듯 오 과장이 말하는 다른 여성의 정보도 인쇄해서 내밀었다. 오 과장은 새로 받은 서류에서 여성의 사진을 보고 주소를 확인했다.

오 과장은 5월의 여왕에서 뛰어나와 경찰서로 차를 몰았다.

5

정황으로 보면 명백하지만, 증거를 포착해야 한다.

오 과장은 형사1팀과 과학수사팀 형사 전원을 회의실로 불렀다. 형사들과 이견을 조율하면서 역할을 분담했다. 새로운 단서를 발견하면 즉시 문자를 주고받기로 했다. 영장도 발부받았는지 확인했다.

오 과장은 김 형사, 이 형사와 스튜디오로 출발했다. 형사1팀장과 과학수사팀장도 팀원들과 함께 경찰서를 나섰다.

금요일 저녁이라서 그런지 거리는 젊은이들로 넘쳐났다. 스튜디오는 젊음의 거리에 있었다. 안은 조용했다. 오늘 작업이 모두 끝났는지 조명은 꺼지고 천장에 LED 등 하나가 스튜디오 내부를 비추고 있었다. 스태프들은 보이지 않았다. 신재인만 한쪽 구석 의자에 앉아 있었다.

오 과장은 이 형사에게 입구를 지키라고 하고 김 형사와 함께 그녀가 앉아 있는 곳으로 갔다. 남자가 있으면 하지 못할 말도 여자끼리는 할 수 있다고 오 과장은 생각했다. 마음속을 알 수 없는 무표정한 얼굴이 자기 앞에 선 여성들에게 물었다.

"왜 여기 남으라고 하셨죠?"

"형사들 한 팀은 동생을 만나고 있어요. 또 한 팀은 재인 씨 집에서 수색하고 있고요. 사실대로 말하는 게 좋아요."

오 과장의 갑작스러운 공격에 신재인의 동공이 커졌다. 얼굴색은 순식간에 하얗게 변했다. 40여 년을 살아오는 동안 처음 겪어보는 일일 것이다. 보통 사람으로서 감당하기 어려울 거라고 오 과장은 생각했다. 그래서 더욱 강하게 압박하는 것이 효과적이라고 생각했다.

"어차피 빠져나가지 못해요. 우리도 재인 씨가 왜 그랬는지 이해하고 있어요. 사정을 충분히 참작할 거고요. 이연대라는 인간이 얼마나 몹쓸 짓을 했는지 확인하기 위해서 이러는 거예요."

신재인은 머릿속이 복잡할 것이다. 오 과장은 고삐를 놓지 않았다.

"재인 씨는 석 달 전 첫째 주 토요일 저녁 6시에 이연대 씨와 레스토랑에서 만나서 식사를 하고 9시에 그 사람 집에 갔어요. 사실은 그 집에서 두 시간 반 동안 머물렀어요. 이연대는 결혼하기로 작정했다면서 함께 자자고 요구했고요."

"…."

"그리고 지난주 토요일 밤 9시에 이연대 씨 집에 다시 갔죠?"

신재인은 영문을 모르겠다는 듯 오 과장과 김 형사를 번갈아 바라보았다.

"그날 이연대 씨 집에는 왜 다시 갔죠?"

"저는 안 갔어요."

"그 건물 2층에 독서실이 있어요. 독서실 CCTV 카메라에 그날 밤 9시 재인 씨가 3층으로 올라가는 모습이 찍혔어요. 11시 반에는 내려오는 모습이 찍혔고요. 왜 이연대 씨 집에 다시 갔죠?"

"그, 그게, 그 사람이 오라고 했어요."

"그날 이연대 씨의 혼다 어코드 보조 열쇠를 가지고 나왔어요, 재인 씨는."

신재인은 머릿속에서 상황을 파악하려고 격렬하게 싸우는 것 같았다.

"지난 수요일 저녁에는 일찍 퇴근해서 동생과 함께 있었다고 했어요. 지금 다른 팀이 동생에게 물어보고 있어요. 알리바이를 동생과 맞춰도 소용없어요. 구체적으로 무엇을 하면서 같이 있었는지까지는 말을 맞추기 힘들죠. 자, 수요일 오후 6시부터 자정까지 무엇을 했는지 구체적으로 얘기해봐요. 동생 진술과 같은지 비교해볼 테니까. 동생은 재인 씨가 이연대 씨를 차로 친 거 알고 있어요? 동생은 어떤 대답을 할까요?"

"저는 아무 짓도 안 했어요. 무슨 근거로…?"

"이연대 씨는 지금 혼수상태에 빠졌지만, 시간이 지나면 깨어날 겁니다. 승용차 안에서 머리카락도 발견됐어요. DNA 분석을 하고 있는데 재인 씨 머리카락도 분석할 겁니다. 재인 씨 알리바이는 증명할 수 없을 거예요. 자, 사실대로 말해요."

"동생은…, 대체 어떻게…?"

"알잖아요. 동생이 이연대 씨와 맞선 보기로 한 거. 5월의 여왕에서 동생 얼굴과 주소를 확인했어요. 서른두 살 신재연, 은행원이죠? 얼굴은 언니만큼 예쁘고 두 사람은 쌍둥이처럼 닮았어요. 재인 씨는 동생도 이연대 씨한테 그 짓을 당할까 봐 먼저 이연대 씨를 승용차로 친 거예요. 죽이려고 했죠."

하얗게 변했던 신재인의 얼굴이 잿빛으로 물들기 시작했다. 그녀의 목소리는 떨렸다. 두 팔은 어디에 놓을지 몰라 들었다, 놓았다, 반복했다.

"재연이는, 재연이는 저와 달라요. 스펙도 좋고 순진해요. 재연이가 맞선을 본다고 하면서 기대감이 크다고 말하기에 상대가 어떤 사람이냐고 물어봤더니 이연대라는 사람이라고 했어요. 나이는 좀 많지만, 아들도 성인이 됐고 능력도 있는 사람이라고 하면서 말이에요. 5월의 여왕은 저한테도 이연대 씨를 소개한 적이 있었죠. 제가 거절하니까 저 대신 재연이를 소개한 거예요."

"재인 씨는 아름다운 여성이에요. 이연대 씨는 무슨 이유를 대며 결혼하겠다는 말을 바꾸던가요?"

"그 사람은 저와 그 짓을 하고 난 뒤에 제가 늙었다고 했어요. 아무리 성형해도 신체 나이는 못 속인다고. 배가 좀 나온 걸 보고 어쩔 수 없다고. 자신은 건강한 아이를 낳을 수 있는 훨씬 어린 아가씨와 결혼하겠다고. 개자식이죠."

"단지 그 이유였나요? 그렇지만 연락을 끊지는 않았죠? 재인 씨는 다시 그 집에 갔잖아요."

"결혼은 어렵지만, 함께 잠을 자면 용돈을 준다고 했어요."

"현금 100만 원?"

"네. 저를 창녀로 취급했어요. 죽이고 싶었어요. 그 집에서 나온 뒤 제가 연락을 끊었죠. 그가 가끔 저에게 자기 집에 오라고 전화했지만요."

"그런데 이연대 씨가 동생과 맞선을 보기로 한 걸 알고는 그 집에 간 거군요. 승용차 보조 열쇠를 훔치기 위해서 말이죠. 보조 열쇠는 맞선 본 날 그 집에 갔을 때 침대 옆에 있는 것을 보았던 거고요?"

"그 사람, 금고도 자랑하고 금고 위에 있는 보조 열쇠도 보여줬죠. 저는 다른 건 몰라도 동생을 보호해야 했어요. 그렇다고 동생한테 그 인간에 대해 말해줄 수도 없었어요. 그 사람이 저를 개 취급했으니까 동생 때문이 아니더라도 죽이고 싶었어요."

"이연대 씨 승용차 보조 열쇠는 어디에 버렸어요?"

"버리지 않았어요."

"감췄어요?"

"아뇨. 그 사람 보조 열쇠는, 그러니까 18금으로 만들었어요."

"18금?"

"그래서 자랑했던 거예요. 승용차는 오래됐지만, 애정이 생겨서 바꾸지 않는다고. 하지만 보조 열쇠는 금으로 만들어서 잘 모셔두고 있다고."

"그랬군요. 그 보조 열쇠는 어디 됐어요?"

"집 앞 상가에 있는 거래소에 팔았어요."

"열쇠 그대로요?"

"망치로 두들겨서 둥그런 모양으로 만든 다음에 말이에요."

그 말을 들은 김 형사가 휴대전화 문자 자판을 두들렸다. 오 과장은 한동안 말을 잇지 못했다. 신재인은 눈을 아래로 내리깔았다.

오 과장의 휴대전화로 문자가 왔다. 형사1팀장과 함께 있는 최 형사가 보낸 것이다. 신재인 동생 신재연은 언니와 이연대의 관계를 몰랐고 언니가 이연대를 차로 친 줄도 몰랐다고 진술했다는 내용이었다. 언니는 수요일 밤 늦게 들어와 곧바로 자기 방에 들어갔다는 내용이 뒤를 이었다. 수요일 밤에 집에 함께 있었던 것으로 말을 맞추기로 한 것은 언니의 부탁이었다고도 했다.

오 과장은 연결고리에 뭔가 허술한 점이 있다고 생각했다. 모든 사건은 흐름을 빈틈없이 연결하는 인과관계가 있다. 오 과장이 한 질문 가운데 신재인의 대답이 비껴간 부분이 있었다. 오 과장은 신재인이 자신의 질문을 이해할 수 있게 직설적으로 물었다.

"다른 사람들은 이연대 씨가 일방적으로 연락을 끊었어요. 하지만 재인 씨한테는 계속 만나자고 했죠. 다른 여성과 패턴이 달랐어요. 그리고 한 번 만날 때마다 현금 100만 원을 주겠다고 했어요. 어떻게 그럴 수 있었을까요?"

신재인의 눈은 오 과장의 눈을 응시했다. 속마음을 알 수 없지만, 질문이 무엇을 요구하는지 아는 것 같았다. 오 과장은 질문을 계속했다.

"재인 씨가 누구인지 아는 것처럼 이연대 씨는 재인 씨를 가볍게 보고 쉽게 말했어요. 전에 이연대 씨를 만난 적이 있죠?"

신재인은 한숨을 쉬었다. 아름다운 얼굴에 주름이 드리워지면서 갑자기 10년은 더 나이 들어 보였다.

"그 사람이 저를 기억하지 못할 줄 알았어요. 맞선 보는 날 그 사람을 전에 만났던 적이 있다는 것을 알아차렸죠. 말투, 거만한 태도, 거침없는 성격, 자기 욕심을 채우려고 서두르는 모습. 그런데 그 사람이 저와 연애하고 난 뒤에 얘기하더군요. 자신도 저를 기억하고 있다고요. 그러면서 가끔 집으로 오라고 했어요. 옛날에 준 돈의 두 배씩을 주겠다고요."

이번에는 김 형사의 눈이 커졌다. 신재인은 계속했다.

"10년 전 용돈을 벌려고 가끔 알바 뛸 때 몇 번 만났던 아저씨였어요."

"…."

신재인은 김 형사의 커진 눈을 보며 씩 웃었다.

"그래서 그 명목으로 이연대 씨 집에 다시 갈 수 있었군요. 보조 열쇠를 훔치기 위해서."

"네, 그 사람 화장실 갈 때 열쇠를 슬쩍했죠."

"왜 차로 칠 생각을 했어요? 다른 방법은 생각나지 않았나요?"

"다른 방법이요? 모르겠어요. 저는 18금 보조 열쇠가 눈에 들어왔어요. 그 사람의 승용차 주차 장소, 그 사람 퇴근 시간, 퇴근길, 모두 알고 있었어요."

신재인의 말을 듣는 동안 김 형사가 오 과장에게 자신의 휴대전화를 보여주었다. 과학수사팀장이 보낸 문자였다. 금 거래소에서 신재인이 돈으로 바꾼 18금 보조 열쇠 덩어리를 찾았다는 내용이었다. 오 과장은 그 문자를 확인하고 안심할 수 있었다.

세 사람은 자리에서 일어섰다. 오 과장은 문 앞을 지키고 있던 이 형사를 불렀다. 김 형사는 신재인에게 미란다 원칙을 설명했다. 그들에게 다가온 이 형사가 뒷주머니에서 수갑을 꺼냈다. 신재인이 수갑을 보자 눈을 크게 뜨며 주춤했다. 그러면서 갑자기 눈물을 쏟아냈다. 오 과장은 이 형사에게 수갑을 도로 넣으라고 말했다.

오 과장은 경찰서로 돌아가는 즉시 신재인의 조서를 받아야 한다고 생각했다. 동생 신재연의 진술서도 따로 받아야 할 것이다. 오 과장은 두 자매의 자백과 진술, 18금 보조 열쇠 덩어리, 독서실 CCTV 동영상만으로도 신재인의 살인을 충분히 증명할 수 있다고 확신했다. 하지만 내일 당장 현장 재연까지 마무리하는 것이 좋겠다고 생각했다. 변호사가 선임되고 이연대가 숨졌다는 것, 승용차에서 나온 머리카락이 짧은 것이라는 사실을 알면 신재인은 심적 변화를 겪을 가능성이 높아 보였다.

오 과장이 앞장서 걸었다. 뒤에는 신재인을 가운데 두고 김 형사와 이 형사가 따라왔다. 오 과장은 신재인에게 뭔가 하고 싶은 질문이 많을 것 같았다. 하지만 인생관을 바꾸지 않으면 할 수 없는 내용이라고 생각했다.

김 형사가 여성의 호기심으로, 마치 친구처럼, 궁금증을 풀어달라는 듯이 신재인에게 자연스럽게 질문했다.

"재인 씨, 그 남자가 결혼하겠다고 했을 때 그 말을 믿었어요?"

김 형사의 질문에 신재인도 친구처럼 대꾸했다.

"아뇨. 그냥…, 혹시나 했어요."

김세화

2019년 〈붉은 벽〉으로 계간 미스터리 신인상을 수상했다. 이후 〈어둠의 시간〉, 〈엄마와 딸〉, 〈백만 년의 고독〉 등의 단편을 발표했고, 2021년 6월 첫 장편 추리소설 《기억의 저편》을 출간했다.

특별 초청작

인간을 해부하다

류성희

1

오늘은 내가 해부 당번이다.

습관처럼 책상 위에 놓인 차트를 훑어보았다. 사인을 밝혀내야 할 사람은 모두
세 명. 그중 남자는 한 명뿐. 오늘도 역시 여자 해부 의뢰가 더 많다. 살아서나 죽어
서나 여자는 참 알 수 없는 존재다, 내게는.

나는 깊은숨을 들이쉬며 해부용 장갑을 끼었다. 빈틈없이 손에 달라붙는 얇은 촉

감의 비닐, 달걀 속의 얇은 막처럼, 시체와 나를 완벽히 가르는 이 장갑을 낄 때면, 예외 없이 어렸을 적 기억 하나가 떠오른다. 제기차기. 그것이 콘돔이란 것도 모르고 풍선처럼 부풀려 그 안에 물을 집어넣고 제기로 차곤 했었다.

픽, 픽, 픽.

물컹거리는 물 풍선이 발 옆구리에 닿을 때면 간지러운 것 같기도 하고 묵직한 것 같기도 해 한바탕 차고 난 후에, 애매한 발만 긁적였었다. 지금 생각하면 발 옆구리는 아주 예민한 신경이 집중되어 있는 부위, 그러니까 당시 어린 소년이 느꼈던 이상한 간지러움은 일종의 성적 쾌감일 수도 있다.

쾌감이라고? 성적 쾌감이란 말이지….

나는 해부용 장갑을 낀 손을 꽉 힘주어 깍지 끼었다. 그러자 뇌에서 가장 먼 곳에 위치한 발뒤꿈치에서부터 찌르르 전기가 종아리를 타고 등줄기로 올라왔다. 온몸이 짜릿하다. 아, 어쩌면 성적 쾌감은 이처럼 뜻하지 않은 순간에 뜻하지 않게 느껴야 제맛인지도 모른다.

해부실 안에서는 금속성의 달그락거리는 소리가 차갑게 들린다. 닥터 최가 수술 도구를 준비하는 소리다. 그는 오늘도 저 수술 도구를 소독하지 않았을 것이다. 나와 첫 해부를 같이 했을 때, 내가 수술 도구를 소독하는 걸 보고, 참 쓸데없는 짓을 다 한다는 듯 고개를 설레설레 흔들던 그였다. 그리고 그날 밤 억병으로 취해 말했다. 법의학 의사가 된 이유 중 하나는 수술 도중 사람이 죽을 염려가 없어서라고. 이후로 나는 대놓고는 아니지만 그를 경멸하기 시작했다.

"장 선배님, 준비 끝났습니다."

닥터 최가 불렀다. 죽음과 맞부딪치는 순간이다.

나는 해부실 문을 열고 안으로 들어갔다.

차가운 해부대에 여자는 마치 개막식 직전의 동상처럼 하얀 천을 쓰고 누워 있다. 나는 방금 전에 읽은 여자의 신상명세서를 떠올렸다.

성별: 여
이름, 나이, 주소: 미상
발견 장소: 북한산 등산로 옆 흙더미

경험으로 보아 이런 사람의 사인은 액사나 교살, 즉 타살일 확률이 높다.

인간이 인간을 죽이는 것, 이것만큼 드라마틱하고 흥미로운 게 또 있을까?

죽었다고 해서 다 같은 시체가 아니란 걸 난 첫 번째 해부를 하면서 알았다. 특히 사고사나 자연사가 아닌 타살이나 자살한 사체는 너무나 달랐다. 역설적으로 표현하자면 시체는 살아 있다쯤 될까, 죽은 자가 내게 말을 하는 것이다.

이 여자는 내게 무슨 말을 걸어올 것인가?

나는 제막식의 줄을 잡아당기듯 여자를 덮고 있던 천을 쭈욱 잡아끌어 내렸다. 순간 옆에 메스를 들고 대기 중이던 닥터 최가 얼른 눈을 감는다.

저런 아직도.

처음부터 낯선 것은 끝까지 익숙해지지 않는다. 나는 그런 닥터 최를 보고 혀까지 끌끌 찰 뻔했다. 하긴 아닌 게 아니라, 여자의 시신은 막 부패가 진행되고 있어 흉측하긴 했다. 시반 검사를 해봐야 정확한 사망 날짜를 알겠지만 언뜻 육안으로

보아 2주 정도 지난 것 같았다. 인간이 완전히 흙이 되기엔 터무니없이 짧은 시간
이다.

부검을 하기도 전에 나는 여자의 푸르데데한 시신에서 사인을 알아낼 수 있다.

눈꺼풀에 일혈 반응.

얼굴에 무수한 점상 출혈.

경부 압박에 의한 질식사의 징후다.

그렇다면… 명백한 타살이다.

이 여자는 누구에게 목이 졸려 죽었을까? 물론 법의학 의사인 나의 임무는 사인
을 밝히는 데까지다. 하지만 언제부턴가 이렇듯 타살이 명백한 시신을 보고 있노라
면 누가, 왜 죽였을까 하는 의문을 갖게 되었다. 내가 점점 우물 밑바닥에 가라앉아
있는 인간의 어두운 심상에 다가가고 있는 모양이다.

나는 해부용 메스를 들었다. 간호사가 없는 풍경도 산 자와 죽은 자를 가르는 것
중의 하나다.

여자의 위 속에는 소화되다 만 새우가 약간, 밥이 약간, 낙지 다리가 퉁퉁 불어 있
다. 해물탕이라도 먹은 건가? 잠시 후면 자신이 살해될지도 모르고 먹었을 것이다.
아니, 어쩌면 알았을지도….

"이런 재수 없이!"

닥터 최가 침을 뱉듯 말했다. 그가 해부하고 있던 곳을 보았다.

태아였다. 이제는 아무 기능도 못하는 여자의 자궁 속에는 10주 정도 되는 태아
가 꼬들꼬들 말라가고 있었다. 드물긴 하나 있는 일이다.

"뭐예요? 애입니까?"

지금까지 벽 한쪽에 기대어 서서 담배만 피우고 있던 강 형사가 긴장하며 다가섰다.

"어째 어젯밤 꿈자리가 뒤숭숭하더니만. 제기랄, 일이 복잡하게 꼬였구먼. 이 짓 보기 싫어 강력계 그만둬야겠습니다. 안 그러슈, 장 선생님?"

나는 그에게 아무 대답도 하지 않았다. 그는 나를 이유 없이 싫어하고, 나 또한 그를 싫어한다.

"하긴 장 선생님은 뱃속에 세 쌍둥이가 들어 있대도 눈 하나 깜짝 안 할 두둑한 배짱을 갖고 있습디다만. 내가 이곳 출입 십수 년인데 지금까지 장 선생님처럼 꼼꼼하게 시체를 살펴보는 의사는 처음이라니까요."

또 비꼰다. 죽은 자에 대한 관심이라곤 자신의 승진 수단쯤으로밖에 취급하지 않는 쓰레기 같은 놈.

닥터 최가 고개를 돌려버렸다. 나는 그의 뒤통수에서 강 형사와 나에 대한 외면을 동시에 본다. 그는 지금 이렇게 생각하고 있을 것이다.

'저 자식이랑 같은 조가 될 때부터 알아봤어.'

그건 나도 같은 심정이다. 우린 한동안 무슨 일이든지 꼬이면 아무런 상관도 없는 이 일을 갖다 붙일 것이다.

어쨌든 이로써 여자를 죽인 살인자는 두 명을 동시에 죽인 중죄인이 되는 것이고, 여자가 만약 생명보험이라도 들었다면 그 가족은 두 배의 돈을 받을 것이다. 똑같은 하나의 사건이 입장에 따라 천지차이가 나는 이런 경우, 살아가면서 충분히 겪을 수 있는 일이다.

"누가 그러데요."

거품이 이미 사그라진 맥주가 은우의 손에서 이리저리 쏠린다.

"살인자와 외과의사는 아드레날린 분비량이 같다면서요?"

"어떤 시러베 같은 자식이 그래?"

나는 되는 대로 대답해버렸다.

"본질은 같은데 그것을 푸는 방법이 다르다. 어떤 시러베 같은 자식이 하고 싶은 말 아닐까요?"

맥주잔을 잡고 있는 그녀의 손이 창백하다. 지금 저 손을 잡는다면 깜짝 놀랄 정도로 차가울 것이다. 그녀의 목소리만큼이나.

사람의 손 모양에 그 사람의 성격이 들어 있다고 생각한 적이 있었다. 일테면, 손가락이 날렵하고 섬세할수록 그 사람의 성격도 그럴 거라는. 하지만 지금은 그렇게 생각하지 않는다. 농구선수의 손은 클수록 좋듯이, 치과의사의 손은 작을수록 좋고, 외과의사의 손은 살 없이 건조할수록 좋다. 단지 필요에 충족하면 되는 것이다. 그렇다면 지금 술잔을 빙빙 돌리는 그녀의 저 창백한 손은 어떤가. 거친 흙을 파고 나무를 심고 가지를 치며, 자신의 표현대로라면 식물의 사생활을 연구하기에는 터무니없이 작고 여리다. 가끔 전혀 어울리지 않은 손을 가지고도 완벽하게 일을 해내는 사람들이 있긴 하다. 그녀나 나처럼. 뭉툭하고 짧은 내 손가락.

"식물에게 꽃은 무슨 의미인 줄 알아요?"

그녀의 목소리가 갈라진다. 그제야 나는 그녀의 얼굴을 쳐다보았다.

"바로, 생식기관. 꽃 속에는 암술과 수술이 있어 바로 그 안에서 섹스를 하는 거죠. 그러니까 크고 아름답고 향기로운 꽃일수록 생식기관이 발달했다고 볼 수 있죠."

그녀의 눈이 더할 수 없이 깊다. 내게 할 말이 따로 있다.

"임신했어요, 7주래요."

순간 왜 그랬을까. 난 헛 하고 바람 빠지는 소리를 내고 말았다. 그리고 곧이어 드는 생각.

이런 아이러니가….

아이러니라니… 밑도 끝도 없다. 성처녀가 성령으로 임신한 것도 아니고, 명색이 의사인 내가 그동안 임신에 대한 걱정을 전혀 안 했던 게 아이러니라면 아이러니였다.

나는 헛바람을 내쉰 탓에 텅 빈 것 같은 내 안에 맥주를 들이부었다. 그때였다. 왜 하필이면 죽은 여자의 자궁 안에 들어 있던 태아의 모습이 떠오른 걸까? 그 틈에 꼬들꼬들 멸치처럼 마른 10주 된 태아가 맥주를 타고 안으로 주르륵 흘러 들어왔다. 야릇한 비린내가 훅 끼쳤다. 그 바람에 입안에 있던 맥주를 다 마시지 못하고 기침을 해버렸다. 미처 가릴 새도 없이 맥주가 구토처럼 쏟아져 나왔다. 식도를 타고 내려갔어야 할 맥주가 기도로 잘못 들어간 것이리라.

"괜찮아요?"

놀란 그녀에게 괜찮다는 표시로 손사래를 쳤다. 그녀가 움찔 놀랐다. 아마 지금 내 눈은 심한 기침 때문에 실핏줄이 터져 벌게졌을 것이다. 마치 실컷 운 사람처럼. 그런 나를 그녀가 바라보았다. 그 눈은… 말할 수 없이 복잡했다.

3

"어디서 실려 왔다고?"

"호텔이랍니다. 보나 마나 뻔하죠. 제가 보니까 그게 아직도 꼿꼿이 서 있더라고 요. 세상에서 제일 행복한 놈이죠."

그 말끝에 닥터 최가 웃음을 참느라 얼굴이 벌게졌다.

나는 닥터 최의 벌게진 얼굴을 무시했다. 물론 그도 알고 있다. 복상사는 아니란 걸. 하지만 그는 죽은 자를 두고 웃는다. 내가 그를 경멸하는 이유 중의 또 하나다.

흔히 남자가 성행위 도중 여자의 몸 위에서 사망하는 경우, 성기가 오므라들지 않고 발기해 있다고 알려져 있다. 하지만 사실이 아니다. 인간은 죽는 순간 신경계 의 모든 긴장이 풀리기 때문에 성기는 오므라들 수밖에 없다. 그런데도 그 남자의 성기가 발기해 있다면 신경계통의 과다한 약물 복용 때문일 확률이 높다. 그는 이 미 몸 따로 마음 따로의 상태가 돼버렸을 것이다.

"신고한 사람은 밑에 깔려 있던 여자랍니다. 그 여자도 참, 평생 재수 옴 붙었네."

사람들은 죽은 자를 보면 재수 없다고 생각한다. 머지않아 자신도 싸늘한 시체가 될 거면서. 어쩌면 죽음에 대한 공포를, 아니 삶에 대한 애착을 그렇게 표현하는지 도 모른다.

해부대에 누워 있는 남자를 보았다. 차가운 해부대에 누워서도 여전히 꼿꼿이 서 있는 남자의 그것은 너무도 추해 보였다. 죽어 있는 고목을 파먹고 자라는 버섯처 럼. 때로는 배설을 위해, 때로는 쾌락을 위해, 때로는 종족 보존을 위해⋯. 나 역시 똑같은 행위를 하는 남자다. 싫은 생각에 오소소 소름이 돋는다.

아직 사후강직조차 일어나지 않은, 불과 한 시간 전까지만 해도 살아 있었을 그의 벌거벗은 피부를 슬쩍 만져보니 아직도 따뜻하다. 이런 경우 나는 급해진다. 사실 따뜻한 체온을 가진 사람을 해부해보기란 기껏해야 1년에 한두 번 정도? 아직 미진한 온기가 남아 있는 남자의 피부에 날카로운 메스를 대면 깜짝 놀란 남자가 눈을 번쩍 뜨고 벌떡 일어나, 지금 뭐 하는 짓이냐고 멱살이라도 부여잡을 것 같았다. 나는 추한 남자의 피부에 여느 때보다도 강도 높게 메스를 밀어 넣었다.

"장 선생님, 그렇게 서두르는 이유가 뭡니까?"

강 형사가 담배를 피우며 들어섰다.

빌어먹을. 이곳에서 담배는 금물이라고 그렇게도 주의를 줬건만.

"아직 가족하고 연락도 안 됐는데…."

하다가 더 가까이 와 시신을 찬찬히 쳐다봤다.

"이 사람 정말 사망한 거 맞아요? 죽은 사람 같지 않네…."

그는 마치 내가 살아 있는 사람을 해부라도 한다는 듯한 표정으로 빤히 봤다. 나는 그의 의구심을 일말에 제거하듯 두개골 사이에 전기톱을 밀어 넣었다.

"오늘 닥터 장 팀의 그 남자 말이야, 상마풍 당한 남자."

"하마풍인데요"

닥터 최가 잽싸게 대답했다.

"그랬어? 말에서 내려왔는데도 그것이 여전하더란 말이지?"

역시 오는 게 아니었다. 이 술좌석도 분명히 저 느글느글한 웃음을 짓고 있는 박 과장이 만들었을 것이다. 그는 유난히도 복상사에 관심이 많다. 대만에선 복상사를 상마풍(上馬風)이라 한다며, 달리는 말 위에서 바람을 피운다, 얼마나 운치가 있느냐고 멋대로 해석하기도 했다.

"무슨 약물이야?"

그가 은근한 목소리로 물었다.

"무슨 약물이라뇨?"

물론 나는 그 말뜻이 무엇인지 안다. 하지만 선뜻 대답하기가 싫다. 내 목소리가 터무니없이 딱딱했을까? 박 과장이 나를 흘깃 쳐다보았다. 그리고 이내 그 눈이 차가워졌다.

나의 심기를 알아차린 것이다.

"일급비밀인가?"

목소리에 조소가 섞여 있다.

"아닙니다. 아직 정확한 약물 조사가 끝나지 않았을 뿐입니다."

"호오, 약물 조사가 끝나지 않았다? 그러니까 기다려달라, 보고서가 올라올 것이다, 그때 보면 되지 않겠느냐? 내가 너무 성급했군. 좋아, 맘에 들어. 이래서 난 닥터 장이 좋다니까. 자, 그런 의미에서 내 술 한잔 받게. 근데 그 손 스크럽은 충분히 했겠지?"

스크럽.

이 말이 나를 비아냥거리는 말이란 건 이 국과수 직원이라면 누구든지 안다. 내가 처음으로 해부하던 날, 수술실에 들어가기 전에 스크럽을 찾았던 것이다. 손을 소독하기 위해. 수술 환자가 병균에 감염되지 않도록 외과의사가 하는 그것을.

나는 관자놀이가 두근거리는 것을 어금니를 꽉 깨물어 진정시킨 후 양주를 입에

털어 넣었다.

찌르르르.

독한 술이 식도를 타고 내려가는 동안 언젠가 은우가 했던 말이 동시에 내려갔다.

세상에서 가장 맛있는 음식은, 살아 있는 거위의 식도를 통해 간에다 빨대를 꽂은 후 그것을 쭈욱 빨아먹는 거래요.

은우, 너는 그 말을 할 때 알고 있었니? 인간이 얼마나 잔인해질 수 있는가를?

4

이 길을 걸었던 때가 언제였던가? 가로등 아래 은행나무가 벌써 노랗다. 나는 은행잎을 하나 따 보았다. 쉽게 똑 따질 거라 생각했는데 의외로 이파리는 나무에 단단히 매달려 있었다.

무슨 미련이 아직도 남아서….

나는 새삼스럽게 이파리를 보았다. 부챗살 모양의 잎에 굳이 없어도 되는 골이 가운데 패어 있다.

하나이면서도 둘 같고, 둘이면서도 하나 같은… 마치 사랑처럼.

은행잎을 두고 괴테가 한 말이랬지.

오피스텔 문을 여는 은우에게 은행잎을 불쑥 내밀었다.

"들어와요."

울고 있었던가? 은행잎을 받고 돌아서는 그녀의 눈자위가 붉다.

"무슨 일… 있었니?"

뜻하지 않은 아이를 임신한 그녀에게 무슨 일 있었느냐고? 나는 지금 그녀에게 무슨 말을 듣고 싶어 하는가.

"무슨 일 있었느냐고요? 그래요. 그럴 줄 알았어요. 당신은 내가 왜 우는지 절대로 이해하지 못할 종류의 인간이에요."

돌아서 커피포트에 물을 받고 있는 그녀의 등이 유난히 피곤해 보인다.

젖은 그녀의 눈에서 눈물이 후드득, 커피 잔 안으로 떨어졌다.

눈물… 그래, 살아 있는 자만이 흘릴 수 있는 것이지.

"커피 다시 타줘요?"

난 조용히 고개를 흔들었다.

세상에, 다른 사람의 눈물이 섞인 커피를 마시다니….

이런 경험을 해본 사람은 그리 흔치 않을 것이다.

난 그녀의 눈물이 섞인 커피를 한 모금 마셨다. 그러자 어디선가 아련한 치자꽃 향기가 스며 나왔다. 내가 무언가 혼란을 느낄 때면 맡는 냄새다.

넌 지금 혼란스러운가?

다시 한 모금을 마셨다. 그러자 이번엔 치자꽃 향기가 밴, 참을 수 없는 슬픔의 맛이 온몸을 휘익 돌았다.

참을 수 없는 슬픔이라고 했나? 무엇 때문에….

"당신을 사랑했어요. 그리고 당신도 날 사랑한다고 생각했어요. 하지만 그 사랑이 조금 달랐던가 봐요."

"은우야…?"

"그러니까, 뭐랄까… 그래요, 이 은행잎 같은 거겠네요. 내가 사랑은 둘 같으면서도 하나라고 생각했다면, 당신은 하나 같으면서도 둘이라고 생각하는 그런 걸 거예요."

"그렇지만 말이다, 아무리 하나건 두 개건 어차피 끝이 조금 갈라졌다 뿐이지, 한 이파리 아니니?"

"그 이파리가 더 자란다고 상상해봐요. 처음엔 별거 아니었던 그 틈이 점점 더 벌어지겠죠. 그리고 끝내는 서로를 바라보기도 힘들 정도로 멀어질 거예요."

그녀는 지금 무슨 말을 하는가? 이건 순 억지다. 어차피 은행잎은 끝까지 자란 게 지금의 모양이다. 왜 일어나지도 않을 일을 가지고 두려워하는가? 여자란 정말 알다가도 모를 존재다.

"우리 헤어져요."

그녀가 벌떡 일어나 팔짱을 끼며 창문 쪽으로 성큼성큼 걸어갔다. 화가 머리끝까지 났다는 말이다.

"아이는 나 혼자 낳을 거예요. 그리고 힘들겠지만 혼자 기를 거예요. 당신은, 절대로 아빠가 될 수 없는 사람이에요."

아련한 치자꽃 향기…. 가닥을 잡을 수 없는 혼란스러움.

"죽은 사람 속이나 뒤지고 있는… 당신이 무서워요."

나는 그녀의 오피스텔을 나왔다.

죽은 사람 속이나 뒤지고 있다… 그런 내가 무섭다…. 그녀는 날 그렇게 생각하고 있었던가?

무슨 생각을 어떻게 해야 되는지, 아직도 코끝에선 치자꽃 향기만 아른거리는데… 인적 없는 적막한 가로등 아래 은행나무는 여전히 노랗게 서 있었다. 나는 그 나무에 잠시 기대어 서 보았다.

은행나무. 5억만 년 전, 어디선가 나타나 지금까지 살아 있는 그 질기고 질긴 생명력. 암나무와 수나무가 따로 있으면서도 오직 한 속, 한 종만을 유지하는 그 결벽증. 한 번도 생각해본 적이 없는 나의 유전자를 가진 아이가 태어난다니. 아이… 아! 지긋지긋한 삶에의 집착.

5

지금 해부대 위에는 다섯 살 사내아이가 누워 기다리고 있다. 아마 이 아이는 세상에서 가장 두렵고 무서운 죽음을 맞이했을 것이다. 자신이 왜 죽어야 하는지도 모른 채. 더군다나 이 아이는 유괴된 지 12일 만에 죽은 채 발견되었다고 한다.

해부실 안에는 빌어먹을 강 형사, 그리고 30대 중반의 남자가 망연히 서 있었다. 사건이 사건이니만큼 구타 여부나 살해 방법 등 몇 가지 확인 작업이 필요하기 때문이다.

제발 아이가 고통 없이 단숨에 죽었기를….

아이는 태아처럼 웅크린 자세로 굳어 있었다. 보통은 사람이 죽으면 온몸을 쫙

펴는데 아이는 작은 공간 속에 있었던 모양이다. 나는 우선 아이가 입고 있는 주황색 옷부터 잘라내기 시작했다. 가위 끝에 뭔가가 거치적거렸다. 꺼내어 보니 아주 작은 미니카다.

사내아이는 지금 왜 맞아야 하는지 알지 못한다.

억세고 두툼한 어른의 손.

처음엔 따귀를 때리다가 이젠 분에 못 이겨 닥치는 대로 사정없이 팬다.

아이는 너무 무섭고 겁이 나 무조건 잘못했다고 빈다.

그렇게 억센 손은 한참을 두들겨 패더니 아이를 질질 끌고 지하실로 데리고 간다.

제발, 제발, 어두운 곳에 가두지만 마세요….

그러나… 덜커덩! 두꺼운 문이 닫히고 칠흑 같은 어둠.

손에 잡히는 것은 주머니 속의 미니카뿐. 몇 날 며칠. 배가 고프다….

"직접적인 사인은 빈사 같습니다."

"빈사요?"

강 형사의 눈이 휘둥그레졌다.

사실 위를 열어보는 순간 알았다. 빈 주머니처럼 아무것도 없었기 때문이다. 그때부터였다. 한 아이의 숨찼던 소리가 점점 사그라지는 소리가 끈질기게 귓가에 들렸던 것은. 대장, 소장에도 아무것도 없다. 마지막 배설 후 일주일 이상 아무것도 못 먹었을 것이다.

"그러니까 거 뭐냐… 굶어 죽었다는 말인…."

강 형사는 그 말을 끝맺지 못했다. 지금까지 조용히 숨소리조차 내지 않고 있던 30대 중반의 그 남자가 벽을 쾅 하고 주먹으로 쳤기 때문이다.

그래, 저 남자가 있었지.

남자는 벽만을 사정없이 칠 뿐 끙 하는 소리조차 내지 않았다.

아이의 아버지일 게다.

해부에 들어가기 전 처음엔 그 남자가 걸렸었다. 통상적으로 가족은 훌쩍이기만 하다가 끝까지 보지 못하고 나가버린다. 그러나 해부가 진행되는 동안 나는 이 남자를 잊었었다. 어찌 보면 담담하다고 해도 좋을 만큼 아무런 표정도 없이 바라보고 있었기 때문이다. 아비라면 저럴 수 없다. 나는 막연히 아이의 아버지가 아닐 거라고 생각했었다.

"자식이 굶어 죽었다는데야, 어느 부모가… 에이, 이 죽일 놈, 내 잡기만 해봐라, 똑같이 굶겨 죽여버릴 테니… 안 그렇습니까. 장 선생님?"

강 형사가 나를 또 걸고넘어진다.

개자식.

밖으로 튀어나오려는 말을 이빨로 지그시 눌러버린다.

남자의 주먹에선 피가 스며 나왔다. 그러나 남자는 여전히 끙 소리 한번 내지 않고 벽만을 사정없이 두들겨 팼다. 마치 자기 자신을 때리듯.

소리 없는 아우성.

갑자기 남자가 스르르 주저앉았다. 그리고 뭔가를 울컥 토해냈다. 검붉은 핏덩이였다.

아들을 사랑하는 저 아버지는 나의 아버지와는 많이 다르다.

인간이 굶어 죽는다….

인간을 굶겨 죽인다….

주머니에 미니카를 넣고 다니던 아이는 바로 나다. 어렸을 적 나는 어두운 곳에 갇혀 죽을 뻔한 일이 있었다. 나를 가둔 사람은 아버지였다. 그는 날 어두운 곳에 가둬두고 낚시를 갔고, 어머니는 아버지가 날 데리고 간 줄 알았다고 변명했다. 나흘 동안. 그때 난 배고픈 것보다 더한 고통은 세상에 없다는 것을 알았다.

나는 인간을 굶겨 죽인 그 인간을 해부해보고 싶어졌다.

6

식물원이라기보다는 비닐하우스에 가까운 이 안은 늘 그렇듯이 비릿한 흙냄새가 여전했다. 나는 제법 넓은 하우스 안을 휘익 둘러보았다. 은우가 보이지 않는다. 그제야 그녀가 이곳에 있는지 없는지 전화조차 해보지 않고 왔다는 데 생각이 미쳤다.

벌써 퇴근했을 리는 없고 어디 묘목이라도 가지러 갔나?

일단 기다려보기로 하고 빈 의자에 걸터앉았다.

가을이 깊어 을씨년스러운 바깥 날씨와는 달리 하우스 안은 물주전자가 와글와글 끓고 있는 연탄난로 덕분에 훈훈했다. 나는 새삼스레 안을 둘러보았다. 솔직히 그녀를 만나기 위해 이곳에 몇 번이나 들락거렸으면서도 한 번도 이 안에 무엇이 자라고 있는지 관심조차 없었다. 그저 대학교에 딸린 식물원이라니까 식물이 자라고 있을 거란 막연한 생각만 했을 뿐. 그러나 이 안에 살고 있는 식물들은 내 생각처럼 그렇게 단순하게, 살고 있는 것만은 아닌 모양이다.

한쪽에선 넝쿨장미가 버팀목을 의지해 한껏 피어 있었다. 이 탐스럽고 붉은 꽃송이들을 어디선가 본 듯한데… 어디서였더라…? 아, 그래 그 검붉은 핏덩어리.

나는 이제야 알 것 같다. 내가 왜 무작정 이곳에 오고 싶었는지, 왜 그녀가 갑자기 보고 싶었는지. 자식을 잃은 아비가 토해낸 핏덩어리. 그게 아니었을까?

"웬일이세요? 다시는 못 볼 줄 알았는데."

언제부터 거기 서 있었을까? 은우가 불쑥 나타났다.

"은우야."

"손부터 씻고요."

그녀가 제법 튼실해 뵈는 나무에서 이파리를 하나 똑 땄다.

"무환자나무예요. 무환자, 환자가 없다는 뜻이죠. 이름 때문에 그런지 모르지만 어쨌든 이 씨로 염주를 만들기도 해요."

그녀가 양동이에 손을 담그고 그 잎을 문지르자 희한하게도 비누처럼 거품이 일었다.

"마음의 병을 없애주듯 육신의 때도 없애주는 고마운 나무지요."

"은우야."

"이유는 모르지만 이 나무는 다른 나무와 접목이 되지 않아요. 마치 당신처럼. 당신도 다른 사람과 접목이 되지 않은 종류의 인간이잖아요."

"밥 먹으러 가자."

그녀가 나를 빤히 쳐다보았다.

지금 저 남자 무슨 말을 하고 싶은 거지?

나를 바라보는 은우의 표정이 그랬다.

"가자, 굶어 죽지 않으려면."

그녀가 나더러 무어라 해도 상관없다. 나는 그저 그녀와 해물탕을 먹고 싶을 따름이다. 해물을 좋아하지 않는 나로선 마지막으로.

7

지금 나는 이제까지 해왔던 그 어느 해부보다도 특별한 해부를 준비하고 있다.

솜에다 알코올을 듬뿍 묻혀 반짝반짝 윤이 나도록 해부대도 닦아냈다. 그리고 가장 아끼는 메스. 그 옛날 어둠 속에 날 가두었던 아버지를 해부한 이래 한 번도 사용한 적이 없는 메스. 그때 해부대에 누워 날 쳐다보는 아버지의 겁먹은 눈을 보고 처음으로 내가 그를 닮았다는 것을 알았다. 그래 봤자 손톱만큼의 동요도 일어나지 않았지만.

나는 차 안에서 정신을 잃고 쓰러져 있는 은우를 조심스레 안아다 해부대 위에 눕혔다. 그녀에게선 아직도 포르말린 냄새가 난다. 너무나 익숙해 오히려 안심이 되는 냄새다.

가위로 옷을 찢어버리니 실오라기 하나 걸치지 않은 그녀의 창백한 나신이 매혹적이다.

은우.

그녀를 언제 어떻게 만났는지 정확히 기억이 나지 않아 유감이긴 하지만, 나는 그녀를 사랑했다. 그녀가 헤어지자고 하지만 않았어도, 아니 아이를 낳겠다고 하지만 않았어도… 이렇게까지 하지 않았을지도 모른다. 난 그저… 그녀의 표현대로 하자면 '다른 인간과 접목되지 않은' '아빠가 될 자격이 없는' 종류의 인간일 뿐이다. 그런 나를 '죽은 자의 속이나 뒤진다고' 무서워하긴 했지만.

지금 자신에게 무슨 일이 일어난 줄도 모르고 창백하게 누워 있는 그녀는 해물탕을 먹자고 했을 때, 처음엔 아주 의아해했다. 내가 해물을 먹지 않는다는 걸 알고 있기 때문이다.

팔팔 끓고 있는 해물탕 속에서 낙지를 듬뿍 골라 그녀에게 주며, 나는 얼마 전에 해부했던 여자의 위 속에서 낙지가 나왔다는 이야기를 해줬다. 그녀는 두 눈을 동그랗게 뜨고 쳐다보았다. 뭔가를 미심쩍어 하는 그녀에게 그 여자의 자궁 속에서 10주 된 태아가 나왔다는 얘기도 해주었다. 그녀는 숟가락질을 할 수 없을 정도로 덜덜 떨기 시작했다. 그리고 아닌 척하며 내게서 벗어날 방법을 열심히 생각하는 것 같았다. 나 몰래 어딘가로 전화를 거는 것 같았지만 그냥 모른 척해줬다. 왜냐면 상대방은 전화를 받지 않았고, 자신의 위치를 알릴 문자 메시지를 보낼 여유도 없었기 때문이다. 영리한 여자다. 하지만 거기까지다. 조금만 더 영리했더라면 내가 자신을 해부해보고 싶어 한다는 것을 진즉 눈치챘을 텐데.

나는 신중을 기해 천천히 해부용 장갑에 손을 들이밀었다. 뭉툭하고 짧은 내 손가락 사이사이를 꾹꾹 눌러 장갑에 밀착시켰다. 그러자 예외 없이 찌르르 발뒤꿈치에서부터 전류가 흘렀다.

스크럽만 할 수 있다면 완벽할 텐데….

쌍, 쥐뿔도 모르는 무식한 새끼들.

죽은 자에게 예의를 다하지 않은 이곳 국과수의 누구에게랄 것도 없이 욕을 날렸다.

나는 그녀의 배에 살며시 손을 얹어보았다. 이 안에 어둠 속에 갇혀 너무 배가 고파 차라리 빨리 죽어버렸으면 하고 바라던 아이의 자식이 들어 있다니. 겁먹은 눈동자로, 메스를 손에 든, 자신을 꼭 닮은 자식을 바라보던 아버지. 아아, 끈질긴 삶에의 집착은 이제 정말 지긋지긋하다.

너무도 손질을 잘해 갖다 대기만 해도 피가 배어나올 것 같은 메스를 조심스레 집어 들었다.

제일 먼저 그녀의 배에 메스를 갖다 대었다. 움찔. 아직 살아 있다. 하지만 무슨 상관이람.

어차피 잠시 후면 죽을 것을.

사르르. 피가 배어나온다.

은우야, 무서워하지 마라. 나는 너를 사랑한다. 나는 너를 알고 싶다. 사랑하는 사람을 해부해보고 싶다. 단지 그것뿐이란다.

어디선가 아련히 치자꽃 향기가 나는 것도 같은데….

"나는 당신이란 인간이 정말 싫었어. 왜 그런지 알아? 살인자를 쫓는 내 감각에 의하면 말이야, 해부하고 있는 당신을 보고 있노라면 마치 살인을 저지르고 있는 모습 같았거든."

나는 강 형사가 무슨 말을 하고 있는지 얼른 이해가 되지 않는다.

"당신은 그 어떤 살인자보다도 더 악질적이고 잔혹하고 악랄해."

나는 가끔 나보다 다른 사람이 나를 더 잘 알고 있는 것에 대해 놀랄 때가 종종 있다. 은우가 나에 대해 그랬던 것처럼. 강 형사도 나를 잔인한 살인자라고 단칼에 말한다.

"애인을 죽여놓고 해부해서 이리저리 나눠버리면, 완전범죄로 끝날 줄 알았어?"

완전범죄? 범죄라고? 나는 한 번도 은우를 해부하는 것이 범죄를 저지르는 일이라고 생각해본 적이 없다. 난 그저 그녀를 좀 더 알고 싶었을 뿐이다. 내 아이를 가진 그녀를 내 식대로 최대한 사랑하고 싶었을 뿐이다. 그것도 내가 가장 아끼는 메스를 사용해서.

사람은 누구나 좋아하는 음식이 다르듯, 사랑하는 방식도 다 다를 뿐이다. 그 점에 대해 그 누구도 나를 비난할 수 없다.

"얼마 전 내가 국과수 담당 형사라는 걸 알고 당신 애인, 김은우 씨가 날 찾아왔었어. 아무래도 당신이 무슨 일을 저지를 것 같다는 거야. 그래서 은우 씨와 난."

"강 형사님, 그다음부턴 제가 말할게요."

나는 은우를 해부할 수 없었다. 그날 막 그녀의 배에 메스를 댔을 때, 그놈의 강 형사가 사정없이 뛰어 들어와서 다짜고짜 내 턱에 주먹을 갈겼기 때문이다.

"…언젠가 당신에게 말한 적 있죠. 외과의사와 살인자의 아드레날린 분비량은 비슷하다고. 실제로 그런지는 잘 모르겠지만, 당신을 보고 있으면 인간을 해부하는 것을 마치 즐기는 것 같았어요. 그리고 임신한 이후 날 바라보는 당신의 눈은 항상 나의 속을 들여다보는 것만 같았어요. 그 눈이 너무나 무서웠어요. 상상하는 것조차 끔찍했지만 어쩌면 날 해부해보고 싶어 할지도 모른다는 생각을 했어요. 그래서 강 형사님께 도움을 청했죠. 형사님과 난 둘만의 암호를 정했어요. 위급한 상황이 되면 휴대전화로 문자 메시지를 보내기로. 가장 간단하게 숫자를 눌러 현재의 위치를 알려주자고요. 1번은 해부실, 2번은 식물원, 3번은 나의 집, 4번은 알 수 없는 장소…. 그날 당신이 해부한 여자의 자궁 안에 10주 된 태아가 있었다는 말을 했을 때, 직감했어요. 당신이 날 해부실로 끌고 가리란 걸…. 그래서 난 숫자 '1'을 눌렀어요. 당신은 아마 내가 누군가와 통화를 못했다고만 생각했을 거예요. 그날 형사님이 조금만 늦게 도착했더라면….”

이런, 이 여자는 생각했던 것보다 훨씬 영리했다. 사람들은 어떻게 해서 내가 하고자 하는 일을 나보다 먼저 알고 있는 걸까. 어떻게 그럴 수 있는지 그런 사람들을 해부해보고 싶다.

나는 날마다 죽은 자의 배를 가르고 두개골을 절단한다. 날마다 인간의 장기를 하나하나 적출해내 그 무게를 달고 상하지 않게 포르말린 속에 집어넣는다. 날마다 미로처럼 연결돼 있는 동맥과 정맥을 따라 인간의 속을 이리저리 헤집고 다닌다. 그러면서 인간은 겉모습만큼이나 속모습도 다르다는 것을 매번 느끼기도 한다. 그렇게 이 일은 처음부터 나에게 잘 맞았다. 그런데 이제는 이 일을 할 수 없을 것 같다. 다른 무엇보다도 나는 이 사실이 말할 수 없이 섭섭하다. 인간을 해부할 수 없다면 나는 이제 날마다 무엇을 해야 하나?

류성희

스포츠서울 신춘문예 추리소설 부문에 〈당신은 무죄〉가 당선되었고, MBC 베스트극장 극본 공모에 〈신촌에서 유턴하다〉로 최우수상을, SBS 미니시리즈 극본 공모에 〈진실게임〉으로 가작을 수상했다. 장편소설 《장미가 떨어지는 속도》, 《사건번호 113》, 단편집 《나는 사랑을 죽였다》를 발표했으며, 단편으로는 〈인간을 해부하다〉, 〈첫 섹스에 관한 보고서〉, 〈나는 악마를 죽였다〉, 〈튤립과 꽃삽, 접힌 우산〉 등이 있다.

미니 픽션

다섯 살

박향래

　엄마는 아이를 뒤로 끌어당기며 손을 꼭 쥐었다. 웅성거리며 모여든 사람들 틈으로 119 구급대원들이 밀고 나오는 들것이 보였다. 아주 작은 사람의 모양을 그대로 드러내는 흰 천이 덮여 있었다. 한 손에 노란 유치원 가방을 들고 실성한 듯 오열하는 여자가 들것을 따라가며 몸부림치고 있었다.

　엄마는 몸서리를 치며 뒤로 물러났다.

　"여그 빌라 사는 아그라네. 계단참에서 모가지가 졸려 죽었다는디."

　"아이구, 어린것이 불쌍해서 어떡해. 저 엄마는 또 어쩌고."

"아무리 쬐깐한 아그라도 모가지를 졸라 죽일라믄 솔찬히 힘쎈 머시맨갑구마 잉."

"요즘 할 일 없이 어슬렁거리는 놈들이 많다 싶더니만."

아이가 갑자기 꽉 잡은 엄마의 손을 흔든다.

"엄마, 저거 아까 개 가방이다!"

"응? 아니야…. 우리 환이 덥지? 얼른 집에 가서 시원한 주스 마시자."

엄마는 황급히 아이의 입을 막으며 뒤로 돌아섰다.

"엄마아, 나 아이스크림."

아이가 히죽 웃는다.

"아이스크림, 아이스크림!"

대답이 없자 아이가 칭얼거리며 목소리를 높인다.

"어어, 그래, 그래. 아이스크림 먹자, 아이스크림. 우리 환이 착하지. 자, 얼른."

등줄기로 또르르 구르는 땀에 한기가 든다. 엄마는 아이의 손을 잡고 뛰지 않으려고 애쓰면서 무리를 빠져나왔다.

엄마는 잠든 아이의 이마에 밴 땀을 닦아주었다. 낮의 일 때문에 아이가 또 경기를 하지 않을까 걱정이다. 엄마는 잠이 들지 못한다.

친정엄마 찬스를 쓰러 아이를 데리고 친정에 갔기 때문이다. 꼭 엄마랑 놀이터에 간다고 떼쓰는 아이를 데리고 놀이터에 나갔기 때문이다. 어젯밤, 소리를 지르고 팔다리를 휘저으며 경기를 하는 아이를 돌보느라 잠을 자지 못했기 때문이다. 아무도 없는 놀이터에서 아이가 혼자 잘 놀았기 때문이다…. 엄마가 벤치에 앉아 깜박

잠이 든 것은. 그래서 아이가 그 유치원 아이를 따라간 것을 알아채지 못한 것은.

엄마는 졸다 깨서 아이를 찾아다니다가 어느 빌라 입구에 아이의 모자가 떨어져 있는 것을 보았다. 엄마는 심장을 붙들고 빌라 계단을 뛰어 올라갔다. 아이가 씩씩거리며 2층 계단에 쭈그리고 앉아 있었다. 아이 옆에 노란 유치원 가방이 떨어져 있다.

"엄마, 얘가 나랑 같이 안 놀아줘."

"…."

멍하니 낮의 일을 생각하는데 친정엄마한테서 전화가 온다.

"야야, 환이 오줌 싼 바지 빨아놓은 거 빨랫줄에 널어놓고 그냥 갔네. 그… 낮에 목 졸려 죽었다는 애는 환이랑은 상관없는 거지? 설마 또… 아니다, 내가 괜한 소릴… 휴우, 그나저나 스무 살이나 먹은 것이 아직도 오줌을 못 가려 어쩐다냐."

'아니, 우리 환이는 아직 다섯 살이야. 다섯 살짜리가 무슨 잘못이 있어.'

엄마는 어느새 자기보다 훌쩍 커버린 아들의 머리를 가만히 쓸어내렸다.

박향래
추리소설이 주는 일순의 광명과도 같은 진실의 순간을 사랑한다.

빠른 살인

황정은

66년생 말띠 56세 동갑인 김과 박은 '라켓과 셔틀콕' 배드민턴 동호회 회원이다. 두 사람은 닮은 구석이 참으로 많았다. 덜떨어진 행동거지, 치졸한 경쟁심, 고만고만한 됨됨이까지. 어쩌면 그리도 같을까 싶었다. 사는 형편까지 비슷했는데, 둘은 같은 동네, 같은 평수의 아파트를 소유했고, 일찌감치 명퇴해 연금으로 생활하는 것까지 판박이처럼 똑같았다. 김과 박은 매일 아침 일찌거니 배드민턴 체육관으로 출근했다. 나이가 들어 아침잠이 없어진 탓이다. 삼식이 처지는 면해야 그나마 마누라에게 구박을 덜 받았다. 체육관이 세상의 전부였던 그들은 온종일 티격태격,

유치한 경쟁을 일삼으며 일희일비하기 일쑤였다. 배드민턴 실력도 도긴개긴, 도토리 키 재기에 안목까지 비슷했으니 50세 여성 회원 신재경에게 목을 매었다.

그런 두 사람에게 딱 하나 다른 점이 있었는데, 바로 외양이었다. 180센티미터의 키에 호리호리한 체형, 앞머리가 반은 벗어진 김에 반해, 박은 170센티미터가 안 되는 키, 딴딴한 체격, 숱 많고 뻣뻣한 반백의 머리칼을 지녔다.

"재경 씨, 오늘 나랑 파트너 합시다."

몸을 풀고 있는 신재경에게 김이 다가가 선수를 쳤다.

"그럴까요?"

신재경은 특유의 화사한 미소를 지으며 눈꼬리를 살짝 들어 올렸다. 단박에 기분이 고조된 김의 입꼬리가 헬렐레 풀어졌다. 남들보다 큰 키는 김의 자랑거리였다. 신재경이 땅딸한 박을 선택하진 않으리라 확신했기에 더더욱 당당했다.

"재경 씨, 나랑 파트너 하기로 약속했잖아요."

어디서 나타났는지 득달같이 달려온 박이 볼멘소리를 냈다.

"아 그랬었나? 그럼 김 선생님은 다음번에 파트너 해요."

재경이 박 쪽으로 눈길을 돌렸다. 신재경은 멈췄던 준비운동을 재개하며 몸을 크게 움직였다. 허리를 구부리고 상체를 아래로 깊게 내린 신재경의 탱탱한 엉덩이가 김의 눈에 들어왔다. 에잇, 저 박가 놈 때문에…. 김은 박을 향해 눈을 부라렸다. 그러든지 말든지 박은 김의 시선을 무시한 채, 신재경의 코밑으로 구지레한 상판을 들이밀었다.

"재경 씨, 우리 호흡 잘 맞춰봅시다."

박은 신재경에게 갖은 아양을 떨며 헤헤헤, 경박한 웃음소리를 냈다. 돌싱녀인 신재경은 배드민턴 실력도 좋았지만, 상냥하고 쾌활한 성격으로 남성 회원 누구에게나 친절했다. 최강 동안에 날씬한 몸매까지, 그녀의 인기는 체육관의 아이돌 급이었다. 눈앞에서 먹잇감을 놓친 사냥꾼 신세가 된 김의 앞이마가 벌겋게 달아올랐다. 해가 갈수록 후진하는 헤어라인 탓에 휑한 두피가 황량한 황무지마냥 처량해 보였다.

박, 신재경 조와 김, 이선미 조의 게임이 끝났다. 결과는 예상대로 박, 신재경 조의 승리. 몇 년을 단련한 신재경의 탄탄한 실력 덕분이었다. 팔짝팔짝 뛰며 기뻐하는 신재경이 박과 하이파이브를 했다. 이매 탈을 쓴 것처럼 바보스러운 표정의 박이 헤헤거리며 신재경에게 음료와 수건을 건넸다. 박은 찬미와 예찬의 멘트를 쏟아내며 그녀를 향한 변함없는 충성을 맹세했다. 여왕님이 보상을 내리듯 신재경이 박을 향해 손을 내밀며 까르르 웃음을 터트렸다. 신재경과 박은 두 손을 맞잡고 승리의 기쁨을 만끽했다. 질투와 시기심의 불꽃이 활활 타오르며 김의 온몸을 전소시켰다. 저 박가 놈을 그냥….

경기가 끝나자 동호회 회원들은 체육관 앞 식당으로 우르르 몰려갔다. 애인이라도 된 양 신재경 옆 자리를 떡하니 차지한 박이 맥주잔을 들며 건배를 외쳤다.

"재경 씨 덕분에 승리했습니다. 앞으로도 잘 부탁드립니다."

"무슨 말씀을요. 다 박 선생님 덕분이죠. 호호호."

박과 신재경은 주거니 받거니 술잔을 나누며 연신 하하 호호 웃음소리를 냈다. 천불이 나는 걸 참고 있으려니 김은 몸에서 경기가 날 지경이었다. 식사를 마친 신재경이 화장실에 가겠다면서 자리를 비웠다.

"김가야, 너는 내 상대가 안 돼. 아까 봤지? 재경 씨가 나하고 쭉 파트너 하기로 약속했다고. 재경 씨 말이 나하고 궁합이 잘 맞는다네. 흐흐흐흐."

퍽, 둔탁한 소리가 좌중을 집중시켰다. 분을 참지 못한 김이 벌떡 일어나 벽 선반에 진열된 크리스털 트로피를 움켜쥐고 박의 정수리를 정통으로 내려친 것이었다. 붉은 선혈이 박의 이마 위로 길게 흘러내렸다.

"김승철 씨, 대체 왜 죽인 겁니까? 박민수 씨에게 원한이 있었습니까?"

김은 경찰서로 연행됐다. 앞에 앉은 형사가 사무적인 표정으로 김에게 질문을 던졌다.

"나이도 어린 자식이 하도 건방을 떨기에 그만…."

"네? 두 사람 동갑 아니었습니까?"

형사는 피해자와 가해자의 신상을 조사한 서류를 들여다보았다.

"동갑이라뇨? 박가와 난 동갑 아니에요. 난 '빠른 66'이라고요!"

말도 안 되는 소리라는 듯 김은 격하게 반발했다.

황정은
본격 추리, 특히 외부와 고립된 곳에서 벌어지는 살인극, 아야츠지 유키토의 '관' 시리즈 풍의 작품이나 패트리샤 하이스미스의 심리 스릴러를 사랑한다.

인스턴트 메시지

최필원

iron_citizen_0725

김나리, 뭐 해?

햄복는 나리

어, 철민! 너 어떻게 된 거야?

iron_citizen_0725

나 철민이 아니야. 철민인 죽었어.
내가 죽였어.

햄볶는 나리

뭐?

iron_citizen_0725

내가 죽였다고. 이젠 널 죽이려고.

햄볶는 나리

장난치지 마. 무섭단 말이야.

iron_citizen_0725

요 며칠 동안 철민이 안 보였지?
전화도 안 받고, 학교도 안 나오고.
그럴 수밖에. 내 손에 죽었으니.

햄볶는 나리

너 정말 철민이 아니야?
장난이면 당장 그만둬!

iron_citizen_0725

못 믿겠으면 철민이 사는
사당동 원룸에 가봐. 꿈에서도 잊지 못할
끝내주는 광경을 보게 될걸.

햄볶는 나리

누군지 모르지만 이런 장난은
당신 여자친구에게나 쳐.

iron_citizen_0725

여자친구도 내가 죽였어. 나 몰래 철민이랑
바람을 피우다 걸렸거든.

햄볶는 나리

지금 경찰에 신고할 거야.
이거 다 캡처해놨어.

iron_citizen_0725

좋을 대로 해. 휴대전화 방에 두고 왔지?
여기 보이네. 기다려. 가져다줄 테니까.

최필원
번역가이자 기획자. 장르문학 전문 브랜드 '모중석 스릴러
클럽'과 '버티고'를 기획했다.

위스키 마시는 방법

조동신

그날 저녁, 나는 어느 낡은 원룸텔 복도에서 305호를 지켜보기 시작했다. 한 시간 정도 지났을 무렵, 한 남자가 그 방의 문을 열고 들어갔는데, 안에서 비명이 흘러나왔다.

"사, 사람이 죽었어! 살인이다! 살인!"

나는 그리로 달려갔다. 방금 들어갔던 남자는 헉헉거리며 뛰어나왔다.

"경찰 불러줘요!"

나는 놀라서 방 안을 보고는, 서둘러 경찰에 연락했다. 시체로 발견된 사람은 다름 아닌, 내가 미행하고 있던 사람이었다.

죽은 남자의 이름은 최영국이었다. 그의 아내가 우리 탐정 사무소에 와서 자기 남편이 외도하고 있는 것 같다며 조사를 부탁했기 때문에 나는 그를 쫓고 있었다. 이런 일은 조대현보다는 내가 맡곤 했다.

범인은 그의 머리를 위스키 병으로 때린 뒤 깨진 병으로 목을 찔러 확인사살까지 하고 떠났다. 테이블 위에는 위스키 잔 두 개와, 약간의 물기가 눈에 띄었다. 하지만 내가 지켜보는 동안, 시체 발견 전까지 그 방에서 나온 사람은 없었다. 범인은 어떻게 305호를 빠져나간 것일까?

답은 곧 나왔다. 범인은 창문을 통해 옆방 304호로 들어갔다가 유유히 빠져나간 것이다. 그 방에서는 누가 나오긴 했는데, 얼굴을 가리고 있어서 보지는 못했다.

304, 305호 모두 남자 두 명이 같이 살고 있었다. 그들은 잘 모르는 사람에게서 돈을 받고 그날 밤에 자기 방을 잠시 빌려줬으며, 자신들은 그 집에 가지도 않았다고 주장하고 있었다. 시신을 발견한 사람은 305호의 주민 중 한 명이었다.

"네 사람의 알리바이는 확실한가요?"

"공교롭게도 네 명 모두 불확실해."

정 반장은 고개를 저었다. 그때 조대현이 현장에 도착했다.

"아니, 이게 무슨 일이야? 미행 중이던 사람이 살해를 당해?"

"내가 전화로 대충 설명했잖아."

조대현은 내가 보내준 사진을 보고 안을 잠시 둘러본 뒤, 그들에게 물었다.

"위스키 좋아하십니까?"

네 사람은 눈이 휘둥그레졌다. 나도 좀 그랬다. 조대현은 술이라고는 한 방울도 먹지 못한다.

"위스키? 좋아는 하는데 그게 무슨 상관입니까?"

한태규가 말했다.

"보니까 여기 위스키 서적까지 갖고 계셔서, 그런 걸 좋아하시나 했죠. 어떻게 드시는지 말씀해주시면 좋을 것 같아서요."

"나야 뭐, 늘 온더락으로 먹죠."

"나는 스트레이트, 위스키 맛은 그게 최고죠."

"실온의 물이 최고지! 스트레이트는 너무 강해!"

"탄산수랑 먹어야 제맛 아닌가?"

최초 발견자와 다른 세 명의 주민들이 순서대로 말했다. 그들은 살인 사건도 잊었는지 위스키로 논쟁을 하기 시작했다.

"범인이 마셨음직한 위스키 잔은 지문이 깨끗하게 닦여서 싱크대에 놓여 있었어. 하지만 피해자가 마신 잔에는 선명하게 지문이 남았어."

"현장에 탄산수 병은 없고, 테이블 위에는 물기가 남았군요. 범인이 저 네 명 중에 있다면, 누구일 확률이 가장 높은지 알겠습니다."

조대현이 말했다.

"응?"

모두의 눈이 휘둥그레졌다.

"차가운 음료를 컵에 따르면 컵에 물기가 맺히고, 테이블에도 그 물기가 남게 되죠. 하지만 피해자가 차갑게 마셨다면 물방울이 컵에 서려서 지문이 뚜렷하게 나올 수 없습니다. 즉 차갑게 마신 사람이 범인이란 말이 됩니다. 탄산수 병이 없으니,

온더락으로 마신 사람이 범인이죠."

조대현은 한 남자를 가리켰다.

조동신
애거사 크리스티의 열렬한 팬이며, 언젠가 그녀처럼 긴 작
품 리스트를 채우는 것이 꿈이다.

연재

미스터리란 무엇인가 ②

―첩보와 방첩, 언제나 적은 내부에 있다

박인성

문학평론가. 2011년 경향신문 신춘문예로 등단하여 활동 중. 현재 부산가톨릭대학교 인성교양
학부 조교수로 재직.

외부화된 진실, 오락이 된 첩보 미스터리

첫 연재에서 강조했듯이 미스터리는 개인적인 미시적 범죄행위를 통해서 구조적인 차원의 사회적 증상으로 나아가는 일종의 연역적인 추론 과정에 있다. 따라서 필연적으로 이는 범죄자 개인에 대한 단죄를 사회 구조를 지탱하는 법의 존재의의로 발견하는 과정이다. 하지만 그 과정이 법과 범죄, 이성과 혼란 사이의 이항대립 구도를 가지는 것은 어디까지나 사회적 구조 안에서의 이야기일 뿐, 사회와 국가의 경계를 넘어서는 순간 미스터리는 다양한 정치적 알력과 국제정세에 노출된다. 이제 추리와 탐색이 추구하는 순수한 진실이란 없으며 본격 미스터리와 달리 범인 개인의 비밀을 드러내는 것이 아니라, 국가적 음모와 그에 대한 다양한 이해관계를 복합적으로 드러내기 시작한다.

　　흔히 이야기하는 첩보 미스터리는 냉전 시대에 구성된 이데올로기적인 '적'의 상상력과 미스터리 장르의 결합이다. 전통적인 미스터리가 사회를 위협하는 내부의 범죄와 혼돈에 대한 국가 내부의 관리에 가깝다면, 첩보물에서는 외부의 적과 그들이 초래하는 모종의 음모가 그 자리를 대신한다. 이러한 이야기의 구도는 2차 세계대전에서 중요시된 정보전의 연장선상에 있으며, 영국 중심의 첩보기관들이 전후에도 지속되는 전쟁의 연속선상에서 이데올로기적인 방어전을 수행하는 것이다. 따라서 첩보와 방첩은 기존 미스터리의 장르적 문법을 손쉽게 이어받으며, 자신만의 방식으로 갱신해나간다. 보수적 경향의 고전 첩보물은 기본적으로 요원들이 사회적 안전을 위해 싸운다는 암묵적 가정 속에 놓여 있다. 반대로 급진적 경향을 가진 첩보물은 그러한 국가주의적 권위에 비판적인 소설들로, 요원들이 오히려 음모를 부추기고 국민을 속이는 거짓 장벽을 직접 만들기도 한다는 주장을 내포하고 있다.

첩보 미스터리는 전통적인 본격 미스터리의 문법에 한정되지 않기에, 더욱 다양한 장르로 변주 가능하다. 액션을 포함하는 〈007〉 시리즈는 물론이고 〈미션 임파서블〉 같은 현대적 첩보물 시리즈로 이어지며 큰 스케일, 강한 액션과 대중적 친숙함으로 무장한 장르로 변화해 왔다. 특히 CIA나 KGB와 같은 냉전 시대부터 이어진 첩보기관에 대한 상상력이 점차 다양한 음모론과 연결되기도 하면서(〈X파일〉을 생각해 보라), 적을 막는 것이 아니라 오히려 내부의 적을 찾는 방향, 즉 방첩물로 향하기도 한다.

이언 플레밍의 원작 소설에 기반한 영화화가 전 세계적인 미디어믹스의 성공적 프랜차이즈가 된 이후로, 영화 〈007〉 시리즈는 지금도 대표적인 첩보물로서의 생명력을 이어가고 있다. 이 프랜차이즈는 전쟁 이후의 첩보물에서 스파이(에이전트)의 존재를 가장 선명하게 도상화(본드카, 잘빠진 슈트, 고급 스포츠 시계, 마티니, 난봉꾼)하는 데 성공했다. 기존의 첩보물이 정체를 감추기 위해 진지하고 무미건조한 첩보원들을 활용한 것과 달리 제임스 본드라는 전설적인 요원은 기본적으로 화려하고 신사적인 요원의 새로운 전형을 제시했다. 당연히 능력도 뛰어난 그는 본격 미스터리에서 탐정이 수행할 법한 모든 탐색과 추리 과정을 수행함과 더불어, 각종 강도 높은 위기를 모면하는 육체적인 능력과 함께 국익에 충실한 애국자로서의 면모까지 가지고 있다. 하지만 어찌 되었든지 간에 그는 군인으로서 국가 정보기관장의 직속 하수인이자, 국가가 보증하는 살인 면허(일종의 면책특권)를 가지고 있는 위협적인 인간이다.

제임스 본드의 이러한 면모는 주로 말과 논리를 통해서 사건을 해결하고 진실을 파헤치던 본격 미스터리의 탐정 캐릭터들에게 시대적 변화가 요구하는 압력을 대변하는 것처럼 보인다. 세계대전 이후로 세상은 변했으며, 이제 진실이란 논리와 이성적 탐색 속에 있다기보다는 의도적으로 그것을 감추고 세상을 위협하는 노골적인 적들 내부에 있다. 따라서 적진 한복판으로 침투하여 단순히 진실을 찾아내는 것만이 아니라 그와 같은 음모를 분쇄하기까지, 첩보물의 주인공에게 요구되는 더 많은 자질들을 외형적으로나 능력적으로나 갖추어야 한다는 다소 편의적인 요구들에 대한 응답이 제임스 본드인 셈이다.

이처럼 첩보원은 과거 진실을 파헤치고 범죄자를 단죄하기 위한 미스터리의 탐정들이 국가 기관의 하수인이 됨에 따라서 부여되는 여러 제한성과 특권들을 강조하는 것 같다. 본격 미스터리의 탐정이 법에 대한 무한한 신뢰 속에서 범죄자를 단죄하고자 한다면, 첩보원은 특권에 의해 보호받는다는 점에서 오히려 초법적이며 위법적인 임무를 수행한다. 그들은 영웅이지만 국가에 의해 보호받기에 거꾸로 정체를 감추고 모든 공로를 국가에 환원한다. 따라서 셜록 홈스식 탐정의 역할은 국가 간 경쟁이 치열해진 이데올로기의 자리에서는 등장하기 어렵다. 첩보와 방첩물은 주인공과 국가의 관계를 아주 밀접하게 엮을 뿐 아니라, 대부분은 더 많은 국가적 피해를 예방하기 위해 자기희생적인 면모를 보일 수 있어야 한다. 따라서 그들은 국가 공무원, 그러나 정체를 감추고 신분을 위장해야 하는 비밀 요원으로 유형화된다.

대중화된 첩보 미스터리는 본격적으로 멜로드라마적인 성격을 보이기도 한다. 미스터리의 종주국인 영국에서 수출되어 미국화된 첩보물이 그것이다. 〈미션 임파서블〉 시리즈는 〈007〉 시리즈를 기본으로 하는 첩보물이 단순히 냉전 이후 세계 초강대국으로 떠오른 미국으로 그 중심이 바뀌었다는 점에서만 중요한 것이 아니다. 이 영화는 흔한 첩보물의 구도를 빌리지만, 미국적인 영웅 서사의 마스터플롯을 정교하게 갱신하는 영화이기도 하다. 즉 주인공을 중심으로 하는 갈등과 고난, 그에 대한 극복을 수행하는 멜로드라마적 구도가 선명해진다. 이러한 변화는 전반적으로 이야기 주인공으로서의 첩보원의 성격을 국가 공무원이라기보다도 개인적 영웅으로서 강조하는 경향이 있다.

〈미션 임파서블〉 시리즈의 주인공 이단 헌트는 국가로부터 위임받은 첩보 임무를 수행하는 요원인 동시에 작전이 발각되거나 실패하면 국가로부터 버려질 위험성을 그대로 감수하는 애국자이기도 하다. 군인이기도 한 제임스 본드와 달리 이단 헌트는 기본적으로 훨씬 더 개인주의자이지만, 다른 한편으로는 자신에게 소중한 사람들을 지키기 위해서 기꺼이 위험을 감수하는 자경단으로서의 성격을 가지기 때문이다. 제임스 본드가 아내와 사별한 이후 여러 여성에게 이끌리지만, 새 가정을 꾸리지는 않는 데 비해, 이단 헌트는 훨씬 더 감정적이며 여러 형태의 유대감 때문에 실수를 저지르기도 한다. 대부분의 작전에서 이단 헌트는 제임스 본드보다 훨씬 더 열악한 상황에 놓이며(IMF라는 첩보기관에 소속되어 있음에도 이단 헌트는 반복적으로 조직으로부터 버림을 받거나 조직이 와해하는 위기를 극복해 상황을 정상화한다) 개인적인 삶에서도 불행하다. 이러한 주인공에 대한 묘사는 스파이라는 역할이 가진 양면성을 강조함과 동시에, 어디까지나 더 큰 재난을 막기 위해 국가의 명령보다도 자신이 먼저 총을 들고 일어서는 자경단이자 애국자로서 미국 프런티어 신화의 마스터플롯을 반복하고 있다.

따라서 이단 헌트는 단순히 명령 때문에 작전에 참여한다기보다도 전문가로서 국가와의 협력적 관계이거나, 그 능력을 인정받아 위임받은 측면에 가깝다. 그 유명한 살인 면허 혹은 적어도 영국 정부의 비공식적인 비호를 받는 제임스 본드에 비해 이단 헌트에게 작전의 실패는 곧 계약 해지 혹은 위임 종료를 의미하며 온전한 개인으로서 모든 위험을 짊어져야 한다. 이러한 구도의 전환, 보호와 예속의 관계라기보다도 위임과 협력의 관계로서 이단 헌트가 가진 요원으로서의 특징 때문에 〈미션 임파서블〉 시리즈는 〈007〉 시리즈와 달리 더욱 대중적이며 오락적인 형태의 첩보물로 거듭난다. 대부분의 음모는 테러 조직과의 대결이며, 초국가적 차원의 위협이라는 점에서 이단 헌트가 사용하는 다양한 초법적인 수단들 역시 정당화되며, 그는 늘 국가라는 울타리 안으로 복귀한다. 바야흐로 적의 음모라는 외부화된 미스터리의 대상을 추적하며 우리가 즐기는 과정이, 사회적 혼란을 미리 방지하는 전문화된 시도라는 점에서 현대화된 첩보물이 전통적 미스터리의 계보에 속한다는 사실은 새삼스럽지 않다.

적은 언제나 내부에 있다, 방첩 서사

첩보물이 외부화된 적에게서 위험을 미리 탐지하고 예방하기 위한 형태의 적극적인 미스터리의 해결 방식이라면, 방첩 서사는 외부의 적을 막아내는 첩보원의 이야기에서 벗어나 자국 내부에서 펼쳐지는 첩보전에 대한 방어적 서사로 발전하며, 냉전 시대의 가장 보수적인 첩보물의 형태를 띤다. 어떤 점에서 방첩 서사는 첩보물보다도 더 구체적인 미스터리의 장르적 문법을 따르는 것처럼 보인다. 주인공은 특정한 진실을 추적하고 있으며 이는 마치 범죄를 저지르는 범인을 찾아내듯이, 곧 조직 내부에 침투해 있는 스파이에 대한 색출 과정이 진행된다. 무엇보다도 이 장르는 냉전 시대의 긴장감에 잠식된 분위기를 고스란히 압축하고 있으며, 특히 1960년대의 매카시즘을 반영한다. 방첩의 주체로서 정보기관의 소속 주인공이 신분을 위장해 내부에 침투한 적을 색출해내기 위한 내사 과정을 수행할 뿐 아니라, 그 실체를 명확하게 드러내야 한다.

다만 방첩 서사는 전통 미스터리의 방법으로 스파이를 색출하기보다는 오히려 필름 느와르의 장르적 분위기로 향하기 쉽다. 주인공이 어떤 지위와 위치에 있는지 간에, 조직에 대한 내사 과정은 그 자체로 정당성을 확보하기 어려운 작업이며, 그 과정에서 심각한 내적 갈등에 휩싸이기 때문이다. 앞선 첩보 미스터리가 외부의 적과의 대결 구도 속에서 외부화된 갈등을 선명하게 표현하고 주인공과 라이벌 사이의 대결 구도 및 액션을 통한 해결을 주로 수행한다면, 방첩 서사의 갈등은 흥미롭게도 주인공의 내면으로 침투하기 시작하며, 이는 자신이 속해 있는 조직과의 갈등으로 표출되기도 한다. 주인공은 어쩌면 실체 없는 음모를 쫓고 있는지도 모른다는 불안과 그럼에도 적을 색출해야 한다는 강박 사이에 놓인다. 이러한 조직 내부의 갈등과 주인공의 내면으로의 위축은 누아르 장르가 표방하는 주된 구도와 분위기를 반복하기 쉽다. 마피아 조직은 정보 조직이 되며, 누아르의 주인공은 방첩 서사의 주인공과 겹쳐진다.

대표적인 현대적 방첩 영화라고 부를 수 있는 〈굿 쉐퍼드〉(2006)는 2차 세계대전 시기부터 CIA의 전신인 미국전략사무국(OSS)에 입문한 주인공 에드워드 윌슨이 냉전 시대에 이르러 본격적으로 CIA 방첩부장으로서 미국 내부의 적들을 색출하는 작업에 매달리게 되는 과정을 아주 메마른 시선으로 그리고 있다. 명문가 출신의 예일대 학생 윌슨이 방첩 업무에 입문하게 된 계기는 예일대 내부의 비밀 사교 조직인 '해골단(Skull and Bones Society)'에 가입하면서부터인데, 가입을 위해 과거 해군 조직에 속해 있었지만 조직 내부의 비난으로 자살을 선택했던 아버지에 관한 이야기를 고백한다. 이처럼 아버지에 대한 콤플렉스와 그에 따른 결핍을 조직에 대한 맹목적인 충성심으로 대체하고자 하는 경향이 그를 방첩 활동에 대한 강박적 집착으로 나아가게 만든다.

　　이 영화가 누아르 영화와 마찬가지로 일종의 오이디푸스 콤플렉스적 구도에 놓여 있는 남성의 내적 결핍과 조직에 대한 충성심을 다루고 있음은 분명하다. 조직은 시종일관 주인공의 충성심을 시험하는 것처럼 보이며, 여성은 이러한 남성의 내적 갈등 앞에서 노골적으로 소외된다. 윌슨은 애정 없는 결혼과 결혼 이후에 얻은 아들과의 관계에서도 만족감을 얻지 못하며, 스스로 자신을 고립시키는 것처럼 보이기도 한다. 현재 시점에서 1960년대 쿠바 사태를 중심으로 러시아 첩보원 '율리시즈'와 윌슨 사이에 벌어지는 첩보전 속에서 실제로 윌슨을 시험하는 것은 율리시즈의 속임수와 회유라기보다 국가와 가족을 저울에 올리게 되는 자기 자신이다. 윌슨은 소련 여성 스파이와 사랑에 빠져 기밀을 흘린 자기 아들까지 색출해내기에 이르며, 결국 아들과 결혼하기로 한 소련의 스파이를 직접 살해한다.

　　〈굿 셰퍼드〉의 주인공 에드워드 윌슨의 모티프가 된 인물은 실존 인물 제임스 앵글턴으로 그는 1973년까지 CIA에서 방첩부장을 역임하면서 소위 '몬스터 플롯'에 대한 굳은 확신을 가지고 있었다. 그는 KGB의 이중 스파이에 의해 계획된 거대한 음모가 서구 정보망에 침투하여 광범위한 손실을 미칠 것이라는 음모론을 바탕으로, KGB 망명자들을 가짜라고 주장했으며 소련으로 송환하기까지 한다. 그러나 놀랍

게도 그의 재직 기간 동안 밝혀진 스파이는 단 한 명도 없다. 같은 방첩부 소속 패티는 앵글턴이야말로 CIA를 마비시킨 거물 스파이라 주장하기에 이르는데, 이야기가 여기까지 이르면 앵글턴의 음모론은 결과적으로 맞았다고밖에 말할 수 없다. 내부의 적은 실재하며, 그것은 그 자신이었다. 따라서 이 방첩 서사는 이제 하나의 비극적 플롯으로 되돌아가는 것 같다. 자신의 아버지를 죽인 범인을 찾아가던 와중에 결국 범인으로서의 자기 자신을 발견하게 되는 오이디푸스 왕의 이야기처럼 말이다.

마찬가지로 〈굿 셰퍼드〉에서도 이러한 논법은 달성된다. 윌슨이 최종적으로 도달하는 음모의 진실이란 결국 KGB의 음모와 쿠바 사태를 막지 못했을 뿐 아니라, 자신의 가족도 제대로 지키지 못한 자신의 운명일 뿐이다. 윌슨은 KGB의 음모와 율리시즈의 속임수에 넘어가서 실패한 것이 아니다. 더 정확하게 말하자면 그는 애초에 자기 자신에게 속고 있었을 뿐 아니라, 진실을 판별하고 스파이를 색출해낼 수 있다는 자신의 믿음에 속아 넘어갔던 것에 불과하다. 그는 자신의 아버지와는 다른 삶을 살고 싶었으나 결국에는 아내와 아들과의 관계에 실패하는 또 다른 아버지에 불과하다. 예일대학 시절 윌슨에게 방첩 활동에 대해 조언했던 프레데릭스 교수의 말대로, 윌슨은 이 거대한 음모와 진실을 추적하는 역할이 "왕의 구두장이" 역할에 불과하다는 사실만을 거듭 확인할 뿐이다. 〈굿 셰퍼드〉는 보수적인 방첩 서사의 구도를 반복하면서 오히려 급진적인 방첩 서사의 의문을 향해 간다. 국가는 어떤 진실을 찾고 있는가? 그것이 존재하기는 하는가?

저물어가는 이데올로기 투쟁과, '나'라는 미궁

존 르 카레의 소설을 영화로 만든 〈팅커 테일러 솔저 스파이〉(2011)는 마찬가지로 방첩을 소재로 하고 있지만, 실제로는 이 모든 방첩에 대한 내사 과정이 개인의 망상이 아니라 영국 첩보기관의 자가당착으로 귀결되는 결말을 다룬다. '서커스'(영국 비밀정보국) 내부에 KGB와 내통하며 내부 정보를 흘리고 있는 스파이 '두더지'를 색출하는 과정을 다룬 이 텍스트는 단순히 스파이를 찾아내고 흔들리는 조직의 위상을 되살리는 이야기가 아니다. 이야기의 서두에서부터 실패한 '부다페스트 작전'의 책임을 지고 국장 '콘트롤'이 물러나면서 권력 구도의 재구성으로 인해 주인공 조지 스마일리 역시 함께 물러나게 된다. 하지만 이중 스파이에 대한 의심이 콘트롤의 편집증이라고 생각했던 레이콘 차관이 스마일리를 비밀리에 다시 접선하여 두더지를 색출하게 한다. 결과적으로 소련에 정보를 줄줄이 갖다 바치고 있던 서커스 간부들의 총체적인 비리가 밝혀지고 두더지를 색출함과 동시에 스마일리는 서커스 국장으로 복귀하게 되는 이야기다.

　　이렇게 줄거리만 요약한다면 성공적인 방첩 서사라고 말할 수 있을 법한 이 영화는 오히려 미스터리의 본고장이었던 영국이 더는 첩보 미스터리에 있어서 어떠한 주도권도 가지고 있지 않은 근본적인 소외 상황을 묘사하고 있다. 콘트롤을 몰아내고 미국과 소련 사이에서 영국이 주도권을 쥐고 본격적인 정보상 역할을 수행하고자 했던 퍼시의 '위치크래프트' 작전은 총체적인 망상에 불과했다는 사실만을 드러내기 때문이다. 소련에서 영국 첩보기관에 제공하는 '금싸라기'란 실제로는 미끼 정보였으며, 위치크래프트 작전 자체가 영국을 움직여 미국과 교섭하고자 소련이 구성한 연극무대였기 때문이다. 따라서 이 영화에서 요원이란 범용한 인간의 한계와 약점을 크게 넘어서지 못한다. 전쟁 이후로 국제무대의 주도권을 차츰 잃어가는 영국이라는 과거의 제국에서, 실제로 국가의 권위와 이념은 허상일 뿐 모든 첩보 활동이란 자기 이익에 눈먼 자들의 복마전에 불과하다. 요원들의 말쑥함과 교양 역시 타인에 대한 기만이나 배신을 감추는 가면에 불과한 셈이다.

　　이 텍스트는 이제 완연히 미스터리의 위상을 상실해가는 첩보와 방첩 서사의 현재 위치와 새롭게 갱신될 수밖에 없는 성격을 반영하고 있다. 주인공 조지 스마일리의 최대 약점은 아내가 관련될 경우 냉정함을 상실한다는 점이다. 이는 첩보원으로서는 반드시 배제해야

만 하는 인간적인 약점이다. 스마일리의 맞수인 KGB의 '카를라'로부터 그의 약점을 알게 된 두더지(빌 헤이든)는 스마일리가 자신을 객관적으로 바라볼 수 없도록 스마일리의 아내 앤을 유혹한다. 스마일리나 빌 헤이든만이 아니다. 콘트롤에게 '두더쥐'의 존재에 대해 미리 귀띔을 받았음에도 짐 프리도는 부다페스트 작전이 실패할 때까지 빌 헤이든을 제대로 고발하지 않는다. 진정한 미스터리의 대상은 국가의 비밀이 아니라 짐작하기 어려운 인간의 심리이며, 인간적인 약점이야말로 첩보원들에게는 감출 수 없는 자기 진실의 발견으로 연결된다.

이것은 단순히 영국이 첩보 미스터리의 중심 무대에서 퇴장하게 되었다는 사실만을 전달하지 않는다. 오히려 미국과 소련 사이의 정보전 줄다리기가 실제로는 하나의 상징적인 커뮤니케이션에 불과하며 첩보 행위라는 과장된 행위들이야말로 그 본래의 의미를 잃어가고 있다는 메시지를 포함하고 있다. 첩보와 방첩의 장르 내부에서 이미 그 행위의 중추가 되는 이데올로기적 의미가 퇴색하고 있으며, 장르 자체의 근간이 흔들리고 있다. 따라서 일련의 이야기가 의심하고 탐색하는 자로서 요원의 자기 발견 서사가 되는 것은 조금도 어색하지 않다.

게다가 냉전이 끝나고 미국이 세계의 헤게모니를 잡은 이후 첩보와 방첩이란 사실상 미국의 자국 안보 이야기에 불과하다는 사실을 사람들은 이미 알고 있다. 근본적으로 국가와 정보에 대한 통제와 탐색의 서사란 오히려 모든 정보를 감추고 진실을 신비화하는 마술적인 통제 수단에 지나지 않는다. 진보적인 현대의 첩보물은 정보라는 알 수 없는 가치의 대상을 부풀리고, 보이지 않는 손이 음모를 움켜쥐고 있는 음모론의 판본이야말로 방첩과 첩보 이야기의 현대적 버전이라는 사실을, 그리고 그와 같은 음모론이 과장되면 과장될수록 역설적으로 많은 사람들이 그 과장된 주술적 쇼에 열광한다는 사실을 강조한다. 과장된 정보의 가치가 거대하면 거대할수록, 오히려 국가 시스템과 정보기관이라는 허울 좋은 통제 기관의 폭력성은 감춰지기 때문이다. 따라서 찾아야 하는 것은 과장된 정보가 아니라 오히려 그러한 시스템 속에서 자기 자신을 잃어버린 사람의 자아와 정체성이다. 〈본〉 시리즈가 액션 중심의 메마른 첩보 미스터리를 보여준다고 할 때, 그 메마름에는 자기정체성을 찾아가는 자로서의 절박함이 있다.

　3부작에 이르는 영화의 서사적 전개에 있어서 본이 찾아야 하는 것은 미국의 첩보기관이 감추고 있는 거대한 음모가 아니다. 오히려 국가 기관에 의해 상실한 자기 자신의 정체성이다. 냉전은 이미 끝났으며, 사실상 미국의 적이 될 수 있는 거대한 외부의 위협은 존재하지 않는다. 오히려 정보기관의 작동 방식은 철저하게 자국 내부의 위협으로 되돌아온다. 심지어 그 위협이나 잠재적 위협은 민간인의 삶을 포괄하는 자국민에 대한 통제와 초국가적이며 초법적인 암살의 정당화로 이루어진다. 진보적인 첩보 미스터리는 결과적으로 모든 첩보와 내사의 과정이 과장된 국가적 시스템에 불과하며, 첩보원들은 그 모든 과정에 휘둘리는 꼭두각시에 지나지 않는다는 사실을 폭로한다. 과거 전쟁으로부터 국민을 지키거나, 냉전 시대 이데올로기의 방어를 위한 모든 수단이 이제는 과잉 통치의 수단이자 자국민을 통제하는 강력한 권력적 도구가 되었다는 사실 말이다. 첩보원은 그러한 의미에서 비극의 주인공처럼 국가가 만들어낸 정보의 휘장을 걷어내고, 그 안에서 착취당하고 있는 자기정체성의 부정적인 실체만을 발견하게 된다.

　이처럼 진보적인 첩보 방첩 서사가 암시하듯, 냉전의 종식과 함께 세기말의 분위기와 포스트모던의 자유로움이 전 세계적으로 휘몰아치며 이데올로기를 중심으로 하는 미스터리의 시대는 끝이 난 것처럼 보인다. 어떤 의미에서 이러한 미스터리의 탐색 대상이기도 한 음모의 실체는 여전히 수많은 미디어와 음모론 추종자들에 의해 암약하고 있지만, 이제 우리를 곤란하게 하는 것은 알 수 없는 음모를 밝혀내기 위한 그런 퍼즐 조각들이 아니다. 오히려 우리는 지나치게 많은 정보 과잉 속에서 가치 있는 그 어떤 퍼즐을 찾기 위해서는 '나'라는 미궁, 나 자신도 아직 모르는 내면의 지도부터 발견해야 한다는 사실만이 중요하다. 미스터리 장르가 하드보일드와 누아르, 심리적 군상물을 향해 가는 이유 역시 여기에 있을 것이다.

추리소설적 완성,
최고의 단편에 수상하는 '황금펜상'

한국추리문학상
황금펜상 수상작품집
2007-2020 특별판

신화인류학자가 말하는
이야기의 힘 ②

—K 작가님께-장미의 이름으로

공원국

《춘추전국이야기》(전 11권)를 비롯해, 《유라시아 신화 기행》, 《여행하는 인문학자》, 《가문비 탁자》(소설) 등을 쓰고, 《중국의 서진》, 《말, 바퀴, 언어》, 《조로아스터교의 역사》, 《하버드- C. H.베크 세계사 1350~1750》(공역), 《리그베다》(전 3권, 근간) 등을 옮겼다. 역사인류학의 시각으로 대안적 세계사를 제시하겠다는 포부를 품고, 유라시아 초원 지대에서 현지 조사를 수행하며 《세계사의 절반 유목인류사》(전 7권)를 집필하고 있다.

작가님, 늦가을입니다. 길 잃은 낙엽들이 차도로 굴러가 해골처럼 부서지는 날들입니다. 작년에 떨어진 어버이들과 어제 떨어진 형제들 위로 내려앉는 운 좋은 낙엽이 여전히 더 많겠지요. 축축한 온기 있는 땅 위에 떨어져 더불어 축축하게 젖어들면서, 다시 잘게 부서져 저 나무 안으로 들어갈 그런 운 좋은 낙엽들. 나는 우리말이 복수(複數)를 정확히 가리키지 않는 것을 조금 아쉽게 생각합니다. 모든 단수(單數), 급기야 고유명사가 될 그 단수는, 복수들 사이에 있을 때 고유해질 텐데 말입니다.

출판사에서 어엿한 지면을 주었는데, 뜬금없이 편지를 쓰는 게 좀 우스꽝스럽지요? 그저 저를 길 잃은 낙엽 하나라고 생각해주시면 고맙겠습니다. 도시의 가을은 잔인합니다. 밟혀 바스러지는 것은 아무것도 아닙니다만, 타이어 아래 깔리고 쓰레기봉투 안으로 들어가는 것은 끔찍해요. 이중으로 질식당하는 느낌이랄까요. 종이에 쓰는 편지란 것도 이제 도시의 낙엽처럼 바스러질 장르겠죠? 하긴 요즈음은 모든 퇴보를 진보로 부르는 시기니까, 잊힐 것은 차라리 빨리 잊혀야지요. 종이 위에 편지를 쓰고 그것을 구기고 또 쓰면서 소년에서 청년으로 한 발 나아가던, 그렇게 진보하던 날은 이미 과거입니다. 어쩌면 이름만 남았을 수 있죠. 하지만, 고아 소녀 주디가 '키다리 아저씨'에게 편지를 쓰지 않았다면, 어쩌면 그런 숙녀로 우뚝 서기 전에 길을 잃지 않았을까요? 그러고 보니 《키다리 아저씨》도 범죄가 등장하지 않는 추리소설이네요. 아닙니다, 범죄가 등장해요. 고아원에 모인 아이 하나하나를 모아서 고아들이라고 복수로 부른 죄 말이죠. 그러고 보니 그런 하얀 범죄들이 더 무서운 듯도 하네요. 한데 모아 '그들'로 통칭하는 것.

새로 장편을 쓰는 일은 어떻게 진행되고 있는지요? 편지로 묻고 싶은 게 바로 그겁니다. 지금쯤 그 이야기를 끌고 갈 캐릭터에 공들이고 있겠죠. 언젠가는 저도 추리소설을 쓰고 싶지만, 물론 알고 있죠, 그건 특수한 거인들의 작업이라는 것을. 그렇지만 거인의 어깨 위에 올라탄 꼬마라고 해서 나쁠 것은 없죠. 거인과 친해지기만 한다면, 거인이 우정의 표시로 언제나 어깨를 허락한다면 최소한 거인이 보는 것을 볼 수 있을 테니까요.* 하긴, 왓슨의 우정 어린 눈길이 아니었다면 홈스의 천재성은 너무 차가워지지 않았을까요? 홈스보다 늦게 태어났지만 나이는 수백 살이나 많은, 우연인지 또 그 '바스커빌' 출신 윌리엄(네, 바로 《장미의 이름》의 그 탐정 수도사입니다)은 또 어떤가요? 아드소가 그의 사부를 보는 눈길이 아닌 다른 눈길로 그의 뜨거움이 드러날 수 있었을까요? 나는 진심으로 작가님이 거인이 되길 원합니다.

나는 요 며칠 《장미의 이름》을 다시 읽고, 진부하지만 여전히 살아 있는 질문, '장미의 이름은 무엇일까'를 다른 방식으로 묻고 있습니다.** 그것은 우리처럼 쓰는 사람을 위한 물음입니다. '누가, 어떻게, 왜 쓰는가?'

작가님과 나를 우리라고 불러도 좋겠죠? 에코가 '유동성 사회' 속의 특이한 개인을 보며 슬퍼하는 것을 본 적이 있어요. '결코 타인의 동반자가 될 수 없는 개인, 오직 타인과 경쟁하며 자신을 지켜내기에 급급한 개인' 말입니다. 우리마저 동반자가 될 수 없으면 무엇이 되겠어요. 작가님도 나도 어김없이 날아드는 고지서에 놀라는 이 나라의 보통 작가죠. 그러고 보니 에코도 우리와 같은 작가였죠. 물론 우리는 그처럼 낙양의 지가(紙價)를 올린 적은 없지만 다행히 아직 살아 있죠. 그가 지난날의 장미라면 작가님은 아직 물기가 있는 장미 아닐까요?

---

* 유리 세공사 니콜라가 자신의 재주를 탓하며 "거인의 시대는 가버렸다"고 탄식하자 윌리엄은 이렇게 대답한다. "그래요, 우리는 난쟁이들입니다. 그러나 실망하지 마세요. 우리는 난쟁이는 난쟁이이되, 거인의 무등을 탄 난쟁이랍니다. 우리는 작지만, 그래도 때로는 거인들보다 더 먼 곳을 내다보기도 한답니다."(《장미의 이름》, 이윤기 옮김, 열린책들, 2010, 167쪽. 이하 인용문은 모두 이 판본에서 온 것이다.)

** 소설의 마지막 문장은 이것이다. "stat rosa pristina nomine, nomina nuda tenemus (지난날의 장미는 이제 그 이름뿐, 우리에게 남은 것은 그 덧없는 이름뿐)."

그런데 허다한 사물을 두고 왜 하필 '장미', 또 하필 '이름'이죠? 장미의 이름은 바로 '장미' 아닌가요? 박학다식한 기호학자가 재미로 남긴 수수께끼일까요? 그러고 보니, 언어와 그림으로 된 기호 더미에 불과한 책이 그 '마의 산' 정상에 선 인공 구조물(그 수도원을 그렇게 불러도 될 겁니다. 어디서 읽었는지는 잊었지만, 에코는 청소년 시절에 토마스 만에 심취했다고 해요)의 꼭대기를 차지하고 있네요. 그 종점에는 약간 허무하게도 웃음을 주제로 한 아리스토텔레스의 《시학》 제2권이 놓여 있고요. 그런 책이 실제로 있었는지는 모르지만, 없었다고 해도 그런 책을 만들어낼 수는 있겠죠. 장미는 지금은 기호로 남아 있다죠. 좋습니다, 장미가 예컨대 'X'라는 기호로 남았다면 우리는 그 기호에 수많은 구체적인 것들을 대입해볼 수 있어요. 아드소의 여자, 아리스토텔레스의 《시학》 2권, 이제는 빛바랜 제국 로마, 수도원에 갇힌 신, 남은 인간의 미덕, 그 중에도 지성 등등.

내 생각을 전하기 전에 작가님께 당부합니다. 장미가 무엇이든, 그것이 여럿이라는 바로 그 이유 때문에 작가님이 써야 한다고 믿어요. 이번에 영화를 다시 보았어요. 무려 장-자크 아노가 연출을 맡았지만 영화는 책이 가진 것을 반의반도 드러내지 못했어요. 표현의 부족이 아니라 과잉 때문이죠. 영상은 언제나 상상력을 고갈시켜요. 영상에서는 벌거벗지 않은 사람의 속살을 볼 수 없지요. 영상의 사과는 매끈한 표면으로 존재합니다. 그러나 그 껍질 아래 속살이 있고, 그 속살을 먹다 보면 결국은 씨가 있죠. 그것을 드러내는 것은 영상이 할 수 없는 일이죠. 막바지에 몰린 영상은 포르노그래피에 집착하지만, 거기서 상상력은 무(無)로 추락하지요.

현실에서 장미의 속살을 보는 방식은 두 가지입니다. 장미를 꺾어 꽃잎을 하나씩 떼어내 속을 보든지, 아니면 우리 기억 속에 새겨진 장미의 꽃술을 매번 재현하는 겁니다. 두 번째 방식을 택한다면 우리 개개인의 장미는 시공간 안에서 모두 다를 겁니다. 오늘 나의 장미가 비 오는 여름날 어느 누항의 베란다를 뚫고 나온 노란 장미라면, 작가님의 장미는 늦가을 철망 뒤에서 어렵게 한두 송이 핀 붉은 것일 수 있죠. 물론 나의 장미도 끊임없이 바뀌고, 우리는 기호를 통해, 즉 장미의 이름을 통해 이야기하지만, 그 장미는 우리의 기억 안에서 끊임없이 피고 지고 있겠지요. 책은 그런 장미를 재현할 수 있습니다. 비록 기호의 무덤에 불과하지만 수십억 송이 장미가 같은 이름 안에서 수십억의 모양으로 수십억의 개별 시간을 가지며 피고 지도록 하는 일을요. 그러니 작가가 어떻게 쓰지 않을 수 있겠어요? 이야기가 바깥으로 흘렀네요.

이야기를 돌려 1327년 장미의 시간으로 돌아가 보지요. 그 이야기가 말하는 바를 보면, 추리(推理)는 우연처럼 보이는 것에서 필연을 찾아내는 장르인지, 아니면 필연을 가정하고 우연을 확인하는 것인지 모르겠어요. 하지만 우리 인간은 언제부터인지 모르지만 필연에 목말라 하면서도 필연이 마법처럼 실현되는 지름길을 더 선호한 건 확실해요. 답을 훔쳐보는 학생처럼, 혹은 정신없이 스크롤바를 내리는 인터넷의 아이들처럼. 〈요한 묵시록〉의 저변에 깔려 있는 필연을 위한 마법의 심리일 수도 있겠군요. 필연을 위한 마법의 종점은 예정된 종말일 겁니다. 그곳에서 마법사는 믿음의 갑옷을 입고 정해진 길을 걸으며 마구잡이로 칼을 휘두르겠지요.

작가는 무서운 사람입니다. 필연이 조작될 수도 있다는 것을 보여주니까요(아마도 수도원의 두꺼운 벽과 높은 종탑, 어둠 속에 꼭꼭 숨겨진 장서각이라는 장치가 없다면 묵시록은 애초에 원초적 두려움을 불러일으키는 힘을 얻지 못했을지도 모르겠습니다). 에코는 에둘러가며 결국 묵시록의 예언을 우연의 자리로 돌려주었어요. 반대로 이 재기 넘치는 작가는 비극을 희극으로 바꾸는 희한한 재주가 있어요. 아마겟돈(하르마겟돈)이 사실 교회의 벽 안에 있었다니!

다시 물어봅니다. 1327년 이탈리아 북부의 어느 들판에도 장미는 피고 졌겠지만, 그해는 무슨 특별한 의미가 있을까요? 최후의 심판 날인가요? 그건 아닌가 봅니다, 우리가 여기 이렇게 살아 있으니까요. 극중 누군가의 말처럼 기독교를 공인한 콘스탄티누스 1세 지배 후 천 년째 되는 날인가요? 아니면 작가는 묵시록을 우연으로 돌리기 위해 장난을 치는 것일까요? 나는 차라리 1327년은 단테 알레기에리 사후 십몇 년 된 어느 해, 그러므로 단테의 '코메디아'('희곡', 이하《신곡》)가 이탈리아 전역으로 퍼졌으리라고 짐작되는 어느 해라고 말하고 싶습니다.《장미의 이름》은 책에 대한 오마주 자체입니다. 〈요한 묵시록〉이 아니라《신곡》의 오마주입니다. 기계적으로 짚어보자면 '일곱 날' 동안 진행되는 사건, 철저히 기하학적으로 재구성된 수도원(아! 연옥과 어찌 그리 유사하게 그려졌는지), 환상을 통한 각성, 지루한 듯 흥미진진한 신학 논쟁까지. 묵시록은 속임수였어요. 말하고 싶었던 것은 아리스토텔레스의 이름을 빌린 단테였겠죠. 신곡 제19곡의 경천동지할 사건을 혹시 기억하나요? 단테라는 (한때 정치에 몸담았던) 일개 평신도가 교황 니콜라우스 3세를 지옥에 내던져 거꾸로 매달아버렸다는 이야기 말입니다. 교황 보니파키우스 8세와 클레멘스 5세도 아마 지옥으로 떨어졌을 겁니다. 그들이 그곳에 떨어진 것은 세속의 재물과 권력욕에 빠져 전쟁을 일으켰기 때문이지요. 단테는 제국 로마(맞아요, 이름만 남은 장미 같은 그 로마입니다)에 의한 평화를 바라는 사람이었고,《장미의 이름》의 윌리엄도 황제를 좋아하지 않으면서도 황제 편에 섰습니다. 둘은 교회가 지상의 권력을 탐하지 않기를 바랐죠.*

단테가 분노에 차 "그대들은 금과 은을 하느님으로 삼는데 우상 숭배자들과 뭐가 다르오? 그들은 하나를, 그대들은 백을 숭배하지 않소? 아, 콘스탄티누스여, 그대의 개종보다 그대가 첫 부자 아버지에게 준 지참금이 얼마나 많은 악의 어머니가 되었던가?"**라고 외칠 때, 그 옆에서 스승 베르길리우스는 만족스러운 웃음을 짓고 그를 안아주었지요. 그렇게 제자를 인도하는 이는 이교도였습니다. 확실해요,《장미

---

*   《장미의 이름》은 신성로마제국의 황제와 교황 사이에서 줄타기를 하던 베네딕트회 수도원장이 (친황제파인) 프란체스코회와 교황을 중재하기를 자임하는 것에서 시작한다. 황제 측과 교황 측 신학자들이 일종의 중립 지대인 이 수도원에 모여 프란체스코회 수장과 교황의 만남을 사전에 조율하기로 한다. 이를 위해 황제 측에서 파견한 사람이 바로 바스커빌의 윌리엄이다. 단테 역시 윌리엄과 같은 역할을 맡은 적이 있다. 단테가 피렌체의 정치에 참여하던 시기 피렌체는 교황파와 황제파가 서로 다툼을 벌이고 있었고, 단테는 피렌체의 자율권을 우선시하며 황제의 편에 서 있었다. 교황 보니파키우스 8세는 프랑스 왕을 끌어들여 피렌체를 공격하려 하고, 단테는 피렌체를 구하고자 교황을 만나기 위해 로마로 파견된다(1301년). 물론 그는 윌리엄처럼 실패한다.

213

의 이름》은 사도 요한도 심지어 성 프란체스코도 아닌 피렌체 사람 단테를 따라가고 있어요.

그렇다면 천국의 여인 베아트리체는 어디에 있습니까? 주방에서 어쩌다 아드소와 사랑을 나누고, 마녀로 매도당해 화형 기둥에 묶이기 위해 떠나간 그 어린 '매춘부'가 베아트리체일까요? 나는 그녀가 아드소의 베아트리체였다고 생각합니다. 하긴 그녀는 나의 장미이기도 하지요. 콘스탄티누스가 교황에게 선물한 것은 단순한 황금이 아니었어요. 움직이는 황금, 즉 자신의 피와 살을 녹여 교회와 영주를 위해 황금을 바치는 농노였죠. 사하촌 어떤 농노의 딸이었을 그 소녀는 아드소에게 말을 할 수 없었어요. 그녀는 라틴어가 아닌 방언을 쓰고 있었죠.

"여자는 도살장으로 끌려 들어가는 짐승처럼 울부짖으며 발버둥 치며 끌려 나갔다. 그러나 여자가 외마디 소리로 뱉어내는 사투리는 하나도 알아들을 수 없었다. (…) 말하자면 소리를 질러대고 있는데도 아무 말도 하지 않고 있는 것이나 마찬가지였다. 말에는 권능을 베푸는 말이 있고, 무리를 비속의 수준으로 떨어뜨리는 말이 있다. 평범한 대중의 속된 언어가 바로 후자의 범주에 속하는데, 하느님께서는 마땅히 이들에게 지혜의 세계와 권능의 세계에서 두루 통용될 자기표현의 능력을 선물로 주셔야 했을 터인데 어째서 그 반대로 하셨는지 나는 모르겠다."(595쪽)

단테의 오마주로 글을 쓰는 이탈리아 사람 에코가 제 나라 말을 비하할 리 있겠습니까? 이 독백은 철저하게 단테 식의 반어(反語)입니다. 이교도 베르길리우스와 아리스토텔레스를 스승으로 삼고 신학 논쟁 중간 중간에 자신이 아는 자연과학 지식을 자랑처럼 풀어놓는 그 피렌체 사람은 바로 라틴어가 아닌 토스카나 방언으로 글을 썼지요. 라

** 《신곡》, 김운찬 옮김, 열린책들, 2007. 《장미의 이름》의 정치적인 태도는 비교적 선명하다. "때는 주후(主後) 1327년 말, 루트비히 황제가 전능하신 분의 뜻에 따라, 아비뇽에 진치고 앉아 사악한 왕위 찬탈과 성직 매매를 일삼으며 사도를 욕되게 한 저 사교의 우두머리를 척결하고 신성로마제국의 권위를 지키기 위해 이탈리아로 온 해이다(죄 많은 사교의 우두머리가 누구던가? 믿음이 없는 자들이 교황 요한 22세라고 부른 카오르의 자크 바로 그 사람이다)." (아드소의 회고, 《장미의 이름》, 30~31쪽.)

틴어가 아닌 글로 신에 대해 쓴 사람은 그전에는 없었을 겁니다. 그리고 그 토스카나 방언이 오늘날 이탈리아어의 모체입니다. 외국인인 아드소는 그 방언으로 쓰인 《신곡》을 읽을 수 없다고 고백했지요. 하느님은 어찌하여 그녀가 라틴어를 모르도록 기획하셨습니까? 그분 자신의 이름으로 그녀가 불에 타들어갈 때도 말입니다. 그 피렌체 사람은 이렇게 대답할 겁니다. '당신 수도사들은 왜 살아 있는 인민의 말을 알아듣지 못합니까?' 나 역시 모골이 송연합니다. 역사가 기어이 동방 천조국의 글이 우리네 글을 이기도록 장난을 쳤다면, 나는 한글이 아닌 한자로 글을 쓰고 있겠지요? 정확한 의미도 모른 채.

장편을 쓰려는 작가님, 오늘은 어떤 등장인물을 만들고 있나요? 그들이 모두 살아 있으면 좋겠어요. 하지만 하나하나가 가시 돋친 기호였으면 해요. 《장미의 이름》에서 죽은 이들을 불러볼까요? 호기심의 인도를 받았지만 두려움의 희생양이 된 허약한 영혼 아델모, 거래하지 않을 것을 거래한 야바위꾼 베렝가리오, 재능과 열정을 가지고 있지만 비밀을 감추고 요절한 가여운 베난티오, 조심하며 살았건만 날벼락을 맞은 순정한 실험실의 장인 세베리노, 갈망과 무지로 조종당하는 허수아비 영혼 말라키아, 살아내기 위해 가면 아래 살아야 했던 무지렁이 살바토레와 레미지오, 그리고 화염 속에서 사라지고 말았을 아드소의 베아트리체. 그들 모두가 구체적인 개인인 동시에 중의적인 상징입니다. 당신은 야차 같은 이단 판결자 베르나르 드 귀를 만드느라 애를 먹고 있겠지요? 명색이 악당이라면 꼭 그처럼 강하게 만들어주셨으면 해요. 현실의 악은 강하고 언제나 쉽게 현장을 빠져나가니까요.

작가님, 처절하게 불타는 수도원에서 탈출한 것이 무엇일까요? 철학이 탈출하고, 과학이 탈출하고, 역사가 이 둘의 탈출을 도왔어요(직업병처럼 다시 역사를 들먹이네요. 윌리엄이 장서각 사서의 계보를 다시 더듬지 않았다면, 스스로 눈 감고 자신을 기만하는 자 호르헤의 정체가 명확해질 수 없었을 겁니다). 에코는 이렇게 말한 적이 있어요. "나는 철학이 범죄 소설보다 먼저 생겼는지 알지 못한다. 근본적으로 보면 《오이디푸스 왕》도 결국 범죄를 조사하는 이야기이기 때문이다. (…) 범죄물은 '그걸 누가 했을까?'의 철학적 버전이다."* 철학이 갇히면 추리는 묶인 꼴이 되죠. 나는 작가님이 에코가 말한 바의 "선한 마법", 즉 과학의 옷을 지었으면 해요. 과학은 철학의 이면이니까요. 하지만 이야기가 정말 웃겼으면 좋겠어요. 철학과 과학을 갑옷으로 가진 웃음은 시공을 초월할 수도 있죠. 어쩌면 그것이 태양처럼 피어난 장미의 본질일지도 모르겠습니다. 불타는 장서각에서 윌리엄과 호르헤가 펼치는 대결은 바로 철학적·과학적 웃음을 건 싸움이었어요. 윌리엄이 묻습니다.

"희극을 논하고 웃음을 찬양한 서책은 얼마든지 있소. 왜 하필이면 이 서책이 유포되는 것을 그렇게 두려워하게 되었던가요?"

호르헤가 답하죠.

"그것은 아리스토텔레스에 의한 것이기 때문이요. 아리스토텔레스의 서책은 하나같이 기독교가 수 세기에 걸쳐 축적했던 지식의 일부를 먹어 들어갔소. (…) 〈창세기〉가 우주 창조의 역사를 모자람 없이 설명하고 있는데도 불구하고 아리스토텔레스는 《자연학》에서 이 우주를 무디고 끈적끈적한 질료로 재구하였고 (…) 한 도미니크회 수도사 (토마스 아퀴나스)는 아리스토텔레스의 꾐에 빠져 하느님을 자연의 이치라는 허울 좋은 이름으로 불렀소."(841쪽)

호르헤는 말하죠. "웃음은 범부를 악마의 두려움에서 해방시킨다." 그 노인이 보기에 악마 없이는 믿음 또한 가질 수 없습니다. 철학과 과학, 웃음은 악마의 두려움을 몰아냅니다. 그러자 윌리엄은 반박합니다. "당신은 속았어. 악마라고 하는 것은 물질로 되어 있는 권능이 아니야. 악마라고 하는 것은 영혼의 교만, 미소를 모르는 신앙, 의혹의 여지가 없다고 믿는 진리… 이런 게 바로 악마야!"(848쪽) 그리고 윌리엄은 "철학에 대한 증오로 일그러진 그의 얼굴에서 나는 처음으로 가짜 그리

---

*   에코(《미친 세상을 이해하는 척하는 방법》, 박종대 옮김, 열린책들, 2021)가 '범죄소설과 철학' 부분에서 한 말이다. 그는 조반놀리의 《비트겐슈타인, 기본은 말이야》(Medusa, 2007)라는 책을 소개하며, "조반놀리는 (…) 소설에 나오는 탐정들의 방법이 철학자나 과학자의 방법과 비슷하다는 것을 전제로 삼는다"고 한다. 그다음에 나오는 문장이 본문의 인용문이다.

스도의 얼굴을 보았다"(871쪽)고 고백합니다. 철학과 그 파생물인 자연과학을 경멸하는 웃음 없는 사내, 그가 바로 그리스도의 얼굴을 한 악마였습니다.

작가님이 만드는 이야기 속에서 얼마나 많은 피가 튀든 상관없습니다. 상처가 이미 생겼다면 내뿜는 피를 외면하는 것은 과학도 용기도 아니니까요. 피를 훔쳐내고 희미한 검광을 쫓아 살인자를 찾아가는 것이 추리죠. 하지만 작가님, 이야기 속에서도 장미를 부를 땐 꼭 '그가(혹은 그것이) 행복하기를 바라는 마음'으로 그랬으면 좋겠어요. 나는 에코가 자신이 열한 살 때 전차와 마차의 충돌 사고를 떠올릴 때 그런 마음을 보았어요. (마차가 전차와 부딪히면 누가 부서지겠습니까?) 죽은 아내를 껴안고 절규하는 남편을 보고 에코는 두려움을 고백합니다.

"만일 그때 내가 오늘날의 청소년들처럼 카메라가 장착된 핸드폰을 가지고 있었다면 친구들에게 보여주려고 찍었을지도 모른다. 타인의 고통을 자신의 행복으로 아는 이들을 위해 유튜브에 올렸을지도 모른다. 그래서 결국 타인의 고통에 대해 무덤덤한 인간으로 변해갔을지도 모른다."

그는 이어 말합니다.

"그 대신 나는 모든 것을 내 기억 속에 저장했다. 70년이 지난 뒤에도 이 기억 속의 영상은 나를 따라다니면서 타인의 고통에 냉담한 인간이 되지 말라고 가르치고 있다. 사실 요즘 아이들에게 그런 어른이 될 가능성이 아직 남아 있는지는 모르겠다. 지금도 핸드폰에서 눈을 떼지 못하는 어른들은 영원히 구제할 길이 없다."(《미친 세상을 이해하는 척하는 방법》, 86~87쪽)

정의(定義)상 타인의 고통에 냉담한 작가는 존재할 수 없습니다. 작가는 철학과 과학과 역사와 웃음, 그러니까 장미 다발을 다루는 사람이죠. 그러나 가끔 타인의 고통에 대해 무덤덤한 작가들을 봅니다. 타인의 고통을 자신의 행복으로 아는 독자들에게 영합하는 작가, 혹은 장미가 없는 책을 무턱대고 쓰는 작가. 나는 작가님이 그렇지 않다는 것을 압니다.

이제 편지를 마무리할 시간입니다. 장난삼아 우리도 숫자놀이를 한번 해볼까요? 2021년은 어떤 해입니까? 알렉산드리아 도서관의 사서 아리스타르코스가 지동설을 주창한 지 2300년이 되는 해입니다. 지동설은 다시 1800년을 기다려 코페르니쿠스에 의해 되살아났던가요? 가여운 아리스타르코스, 겨울에 핀 장미.

먼 곳으로 일하러 간 아내가 올 날은 한참 남았는데 그 사람이 병에 꽂아놓은 백합은 반이 졌네요. 주방 배수구 위에서 시든 꽃대를 솎아내는데 갈색 꽃술이 인조 대리석판을 노랗게 바꿔놓았어요. 나는 이제야 백합의 꽃가루는 노란색이 응축되어 갈색으로 보인다는 걸 알았죠. 그런데 아무리 닦아도 이 노란색이 지워지지 않아요. 꽃가루는 금강석 칼날처럼 침투하는 질료로 된 거였어요. 장미의 꽃가루도 그런 것이겠죠?

사랑이라는 이름의 미스터리 엮음 편

여름의 시간

사랑이라는 이름의 미스터리 엮음 편

얼음으로 만든 칼로 심장을 찌르는 것 같다
— 정미옥 작가

여름의 시간

한새마·김재희·류성희·홍선주·사마란·황세연·홍성호

창작의 방

조동신

2010년 단편 〈칼송곳〉으로 '제12회 여수 해양문학상' 소설 부문에서 대상을 수상했으며, 2012년 '제1회 아라홍련 단편소설 공모전'에서 가작. 2017년 '제2회 테이스티 문학상 공모전'에서 우수상. 2017년 '제3회 부산 음식 이야기 공모전'에서 동상. 2018년 '제4회 사하구 모래톱 문학상'에서 최우수상. 2019년 '제주 신화콘텐츠 공모전'에서 우수상을 수상했다. 장편 《까마귀 우는 밤에》, 《내시귀》, 《금화도감》, 《필론의 7》, 《세 개의 칼날》, 《아귀도》, 《수사반장》, 인문서 《초중학생을 위한 동양화 읽는 법》, 《청소년을 위한 서양화 읽는 법》 외 다수의 단편을 발표하였다.

장소(場所)

'방'의 사전적 의미는 '사람이 살거나 일을 하기 위하여 벽 따위로 막아 만든 칸'이다. 뭐, 사실 방의 뜻을 굳이 사전까지 참고해가며 알 필요는 없을 것이다. 사람들은 대부분 방에서 먹고 자고, 일도 한다. 그러려면 프라이버시가 필요하고 자연히 혼자만의 공간을 감출 벽, 그러면서도 드나들 수 있는 문이 필요한 법이다.

그렇다면, 작가로서 내 방은 어떤가? 내가 글 쓰는 장소를 생각해보면, 먼저 도서관이 떠오른다. 예전에 나는 노트북을 들고 도서관이나 카페에 가서 작업을 했다. 도서관은 조용하고 참고용 서적도 많이 있었으며, 그 외에도 좋은 점이 많았다. 카페는 도서관에 비하면 비용이 많이 들긴 했지만 자리가 편안하고, 늦게까지 일할 수도 있었다. 그 때문에 카페나 도서관에 가면 가장 작업하기 좋은 자리까지 봐두고 글쓰기를 반복하기도 했다. 물론 그 자리에 다른 사람이 앉아 있는 경우도 많았지만.

집이 불편하냐고? 그렇지 않다. 집도 글쓰기에는 충분히 좋은 장소다. 내 방도 있고 그 안에는 어렸을 적부터 모아온 책이 많이 있기 때문이다. 하지만 작업을 방해하는 큰 장애물이 하나 있다. 바로 침대다.

어렸을 때 본 한 동시에서 시간은 놀 때는 같이 신나서 빨리 가고, 혼자일 때는 자기도 심심해서 늦게 간다는 구절이 있었는데, 솔직히 나는 그 말에 동의하지 않는다. 피곤할 경우 침대의 유혹을 이겨내기 어렵다. 그리고 누워서 쉬면 잠들지는 않는다고 해도, 아무것도 하지 않았는데 30~40분이 금방 지나가버린다. 더욱이 조금만 피곤하면 그리로 눈이 가고, 얼마 가지 않아 몸도 가기 때문이다.

그러다가 별수 없이 침대의 유혹을 이겨내야만 하는 순간이 오고 말았다. 바로 2020년부터 아직까지 전 세계를 휩쓸고 있는, 코로나19 때문이다. 그해 상반기에는 사회가 완전히 정지되었고 한때는 카페 안에서 앉는 것도 금지되고 도서관은 책 대출만 할 수 있었다. 밖에서는 아예 작업을 할 수 없게 되었다.

그 와중에 이사를 했다. 새로 꾸민 방은 마음에 들긴 했지만 그동안 모은 책이나 자료를 몇 가지 정리해야 했다. 그 때문에 꼭 필요한 자료들만 추리는 데도 고민을 많이 했다. 이사한 다음에는 내 방에서 거의 나가지 않는 생활을 계속하게 되었다. 집에서 혼자 있는 시간이 많으니 다행히 방해하는 요소는 특별히 없다고 봐도 좋을 것 같다.

이유(理由)

물론 방해하는 요소가 없다고 해도 슬럼프, 일명 라이터스 블록(writer's block, 원고지나 모니터를 앞에 놓기만 하고 글을 쓰지 못하는 것)을 겪지 않는 건 아니다. 특히 요즘처럼 사회가 급변할 때 어떤 식으로 글을 쓸지, 글로 먹고살 수 있을지 하는 고민은 늘 하고 있고 앞으로도 계속될 것 같다.

그러다 보니 내가 어떻게 하다가 추리작가의 길을 가게 되었는지 생각하기도 한다. 어렸을 적, 파블로 네루다의 시처럼 어느 날 갑자기 추리소설이 내게 찾아온 것 같다. 한국 추리소설의 원조인 아인 김내성(金來成, 1907~1958)은 추리소설이란 "'엉?' 하고 놀랐다가 '헉!' 하고 사건에 경악하고, '음!' 하면서 만족하는 것이다"라고 정의했는데, 나 역시 그런 면이 좋았다.

한 번 보기만 해도 그 사람이나 장소에 대한 정보를 순식간에 알아내고, 도저히 설명이 불가능한 불가사의한 사건도 충분히 이해할 수 있도록 풀어내는, 추리소설 속 탐정에게 큰 매력을 느꼈다. 또한 추리소설을 통해 그 당시 사회상을 볼 수 있고 오늘날과 비교해볼 수 있다는 점도 큰 매력이었다.

리히텐베르크라는 인물이 이렇게 말했다. 독서는 빚을 지는 일이고, 창작은 빚을 갚는 일이라고. 어려서부터 나는 추리소설 읽기를 무엇보다 좋아했으니 빚을 많이 진 셈이다. 한 권 쓰면 과연 몇 권 분의 빚을 갚게 될까 궁금하기도 하다. 책 한 권을 쓰는 데 참고해야 할 자료가 얼마나 되는지는 그 작가, 그 작품에 따라 천차만별이니 정답은 없다고 봐야 할 것이다. 여전한 추리소설에 대한 애정과 부채의식이 종종 찾아오는 라이터스 블록에도 불구하고 내가 계속 글을 쓰는 이유다.

탐정(探偵)

애거사 크리스티로 대표되는 황금기의 작가들을 좋아하기 때문에 탐정 캐릭터도 많이 창조하고 싶었다. 캐릭터는 어느 시대를 배경으로 하느냐에 따라 달라지게 마련이다.

어릴 때부터 역사를 좋아해서 사극을 쓰는 데 힘을 기울였다. 데뷔작이자 공모전 수상을 안겨준 작품 〈칼송곳〉도 사극이었다. 지금 다시 읽어보면 오류나 아쉬운 점이 많지만, 이순신 장군이 전라좌수영에 부임한 때는 1591년이고 임진왜란은 그다음 해에 일어났으니, 그가 그 1년 동안 어떤 방식으로 좌수영 내의 문제들을 해결하고 군사 훈련을 시켰을지 상상하면서 썼다. 그때 젊은 군관의 눈에 비친 이순신은 어땠을까 하는 아이디어로, 전라좌수영 내에서 감찰 및 첩보 담당 군관이라는 가상 캐릭터인 '장만호 군관'을 창조했는데, 이후에도 캐릭터를 살려 임진왜란을 배경으로 한 작품을 몇 편 더 썼다. 외전으로 같은 시대 활약하는 관비(官婢)의 활약을 그리기도 했다. 장만호 외에도 조선 후기에 활약하는 탐정 캐릭터를 두어 명 더 기획한 게 있다.

현대를 배경으로 만든 캐릭터도 있다. 먼저 대학의 추리 동아리인 클루스(CLUES) 멤버 다섯 사람이다. 이들은 사건이 일어나면 단서만 가지고 각자 의견을 내서 진상을 추론해내는, 일종의 추리 콘테스트 형식을 취하고 있다. 대학 동아리인 만큼 중범죄를 다루기보다는 일상 미스터리에 가깝다.

평범한 문방구 주인이지만 가끔 형사들이 와서 사건 이야기를 들려주기만 하면 곧바로 진상을 알아내는, 안락의자 형 탐정인 김난희도 있다.

특히 공을 들인 캐릭터는 가장 먼저 만들었고 다수의 작품에서 활약한 탐정 조대현이다. 장편은 비록 전자책으로만 있지만, 잡지나 단편집 등에 그가 주인공으로 나오는 작품을 가장 많이 발표했다.

조대현은《계간 미스터리》2012년 겨울호에 실린 단편 〈철다방〉에서 처음 등장했다. 중간에 설정을 몇 번이나 바꾸다가, 이 캐릭터를 이용해 한국판 셜록 홈스와 왓슨 시리즈를 만들어보기로 했다. 콜롬보 형사를 좋아하기도 했고 독특한 캐릭터를 만들어보고 싶었기 때문에, 일부러 아주 못난 외모의 탐정을 만들었다. 조대현은 20대 후반이지만 상당한 노안이고, 키는 150센티미터에 몸무게는 35킬로그램밖에 되지 않는다. 몸에 비해 머리는 너무 크고, 얼굴도 추남인 데다 온몸이 화상 자국으로 덮여 있어 늘 바바리코트 비슷한 긴 옷을 입고 다니며, 챙이 짧은 헌팅캡을 쓰고 있다. 뿐만 아니라 차갑고 괴팍한 성격이라 애인은 물론 친구도 거의 없다. 그가 불편한 몸으로 탐정의 길을 걷게 된 이유는, 그가 어릴 때 교통사고로 위장한 살인 사건으로 세상을 떠난 부모의 복수를 하기 위해서다. 시리즈가 진행되어감에 따라 범인들의 정체가 점점 밝혀지게 된다.

왓슨처럼 조수 겸 화자인 윤경식은 집안이 몰락하고 삼촌 때문에 큰 빚을 지게 된 인물인데, 조대현이 채무를 해결해주는 대신 자기 조수로 삼았다. 절대 배신하지 않을 동료가 필요했기 때문이다. 윤경식은 억지로 탐정 자격증까지 따고 명의상 사무소 소장이 되었다.

둘은 홈스와 왓슨처럼 친한 사이는 아니고 오히려 항상 티격태격한다. 윤경식은 조대현과는 대조적으로 키가 훤칠하고 상당한 미남인 데다 외국어도 여러 개 구사할 줄 아는 능력자다. 두 사람은 고등학교 때 어느 산장에서 일어난 살인 사건에 휘말리면서 만나게 되었다. 그들은 그 사건을 해결하기 위해 서로 경쟁하기도 한다. 윤경식이 고등학생 신분으로 직접 사건을 해결하는 에피소드도 있다.《한국추리문학상 황금펜상 수상작품집》에 실린 〈일각수의 뿔〉이라는 단편이다.

고초(苦楚)

픽션이 논픽션을 따라잡지 못하는 현재 상황에서 세상의 변화에 민감한 편도 아닌 나로서는, 어떤 소설을 어떻게 쓸 것인가를 늘 고민하지 않을 수 없다. 하지만 최근 들어 한국의 게임, 가요, 드라마, 영화, 웹툰 등이 해외에서 좋은 반응을 얻고 있어 문화 산업 종사자로서는 매우 고무적이지 않을 수 없다. 한국 문학 작품이 외국에서 상을 받았다는 소식도 심심치 않게 들린다.

이럴 때일수록 다른 작가들에게 뒤지지 않는 수준의 미스터리를 내놓아야겠지만, 역시 글쓰기에는 어려움이 많다. 더욱이 오늘날에는 추리소설, 특히 본격 미스터리는 더욱 쓰기 어려워졌다. CCTV와 블랙박스가 도처에 있고 누구나 들고 다니는 휴대전화는 추적 장치나 마찬가지이기 때문이다. 사람들은 그만큼 안전해졌을지 몰라도 추리소설가는 위험해진(?) 셈이다.

하우미스터리(howmystery.com) 운영자이자 최근에《미스터리 가이드북》을 출간한 윤영천 씨로부터 그런 어려움을 극복할 수 있는 세 가지 방법에 대해 들은 적이 있다. 첫 번째는 폐쇄된 장소를 배경으로 사건을 일으키기, 두 번째는 위의 장치를 최대한 이용하기, 세 번째는 배경을 과거로 삼는 것이다. 물론 방법을 안다고 해서 창작에 활용하는 것이 쉽지는 않다. 그러니 작가는 끊임없는 연구와 수련이 필요한 직업이라 할 수 있다.

내가 가장 좋아하는 작가들은 20세기 영미권 3대 본격 작가라 불리는 애거사 크리스티, 엘러리 퀸, 존 딕슨 카다. 물론 오늘날 본격 미스터리는 영상화한다고 해도 상업적으로 인기를 얻기가 어려워졌다. 빠른 액선과 화려한 컴퓨터 그래픽에 익숙해진 사람들이 보기에 수수께끼 풀이는 골치 아플지도 모른다. 하지만 기묘한 수수께끼와 이를 논리적으로 풀어나가는 과정을 즐기는 마니아들이 있고(나도 마찬가지지만), 얼마 전 본격 미스터리의 성격을 띤 영화 〈나이브스 아웃〉이 세계적인 인기를 끌기도 했으니, 여전히 가능성은 남아 있다.

일본 신본격 추리소설의 대표적인 작가인 아리스가와 아리스는 《말레이 철도의 비밀》의 후기에서 이 '크리스티+퀸+카'에 자신을 더해서 나눴을 때 그 값이 4에 가까워지길 바란다고 할 정도로, 이들에 대한 존경을 나타내기도 했다. 나 역시 마찬가지다. 나도 이들처럼 질과 양에서 인정받고, 세계 어디에 내놓아도 손색없는 본격 미스터리 작품을 써내기를 바라며 오늘도 정진하고 있다.

대상/윤자영
《교통사고 전문 삼비 탐정》

황금펜상/한이
〈긴 하루〉

신예상/김세화
《기억의 저편》

호기심으로 죽은 고양이들이 살아나는 곳
—최고령 스릴러 문학 커뮤니티 '러니의 스릴러 월드'

김소망(나비클럽 마케터)

평생 영화와 책 사이를 오가고 있다. 대학에서 영화 연출을 전공했고 현재 직업은 출판 마케터. 마케터란 한 우물을 깊게 파는 것보다 100개의 물웅덩이를 돌아다니며 노는 사람과 비슷하다는 생각을 한다. 운 좋게 코로나 전에 다녀온 세계 여행 그 후의 삶을 기록한 여행 에세이 외전,《세계 여행은 끝났다》를 썼다.

문학 커뮤니티마다 완벽하게 다른 개성을 가지기란 쉽지 않다. 책을 좋아하는 사람들에겐 기본적으로 지적 호기심과 책에 대한 애정을 표출하고픈 열정이 탑재해 있는 경우가 많다. 그래서 어떤 커뮤니티에 들어가든 결국 비슷한 결론에 이른다. '재밌어 보이네. 북마크 추가해야지.'

이런저런 작은 디테일의 차이 때문에 현재 내 웹브라우저 북마크에는 꽤 많은 장르문학 커뮤니티들이 저장되어 있다. 그중 마지막 연재 글을 통해 탐방할 커뮤니티는 미스터리 문학과 한끝 차이로 쌍둥이

형제가 된 스릴러 문학 커뮤니티, '러니의 스릴러 월드'다. 커뮤니티 멤버들은 주로 '러스월'이라 줄여서 부른다.

러니는 네이버에 러스월 카페를 개설한 분의 닉네임이다. 러스월은 2004년 9월에 개설되어 최고령 스릴러 문학 커뮤니티라는 별명을 갖고 있고, 전체 회원 수는 원고 작성 시점에 7551명, 이곳을 즐겨 찾는 멤버만 천 명 가까이 된다. 워낙 만 명대, 10만 명대 팔로워를 지닌 인플루언서가 많은 세상이라 7천 명이라는 숫자가 소소해 보일 수도 있지만, 출판계에서 7천 명 독자란 (가슴을 부여잡으며) 얼마나 든든한 숫자인가. 거의 3~4쇄 분량의 책을 구매할 수 있는 천군만마와 같다.

본격적으로 카페 글들을 탐방하기 전, 커뮤니티 매니저 프로필 사진 하단의 '카페 소개'를 클릭했다. 출판사의 모든 SNS 채널, 홈페이지를 관리하다 보면 웹 공간의 소개 글을 허투루 읽지 않게 되는데, 이런 글에서도 커뮤니티의 개성을 뚜렷하게 담아내는 곳들을 종종 경험했기 때문이다. 러스월의 소개 글은 그 어떤 곳보다 뜨거웠다. 긴 글 중 이런 구절이 눈에 띄었다.

"본격 추리문학 좋아하시는 분들을 위한 커뮤니티는 많지만 스릴러 문학 마니아들을 위한 공간은 찾아보기 힘들더군요. 그래서 하나 만들어보았습니다. 스릴러 문학을 메인으로 다루는 커뮤니티는, 적어도 제가 알기엔 〈러니의 스릴러 월드〉가 최초인 것 같아 자부심이 큽니다."

이제까진 커뮤니티를 어떻게 이용하면 좋을지 생각하며 탐방하는 것에 초점을 맞췄는데 이 글을 읽고 처음으로 '사람들은 왜 커뮤니티를 만들고 운영하기로 한 걸까?'라는 생각을 하게 됐다. 기본적으로 인터넷에서 정보를 얻기만 하고 쌍방향 소통은 많지 않은 나로선 커뮤니티 운영이 쉽게 도전할 만한 일로 느껴지지 않는다. 일로서 회사 SNS를 운영하는 것과는 차원이 다르다.

자부심이 크다는 말에 자세를 고쳐 앉았다. 마치 이곳을 사랑하게 된 지 10여 년 된 멤버인 양 러스월을 둘러보았다. 어디에도 광고 글, 비방 글이 보이지 않았다. 대부분의 미스터리 커뮤니티들이 그렇듯

이곳 역시 하루에 수십 개의 글들이 빠르게 올라오는 곳은 아니라서 차분하게 즐기기 좋아 보였다. 어떤 글부터 읽을까 제목을 훑다가 가볍게 '〈러니의 스릴러 월드〉가 선정한 2020년 10대 스릴러'를 클릭했다. 장르문학 커뮤니티라면 반드시 메인 공지로 떠 있는 글. 그러나 10대 스릴러 중에 내가 읽은 책은 단 한 권도 없다는 사실에 충격을 받고 '10대 스릴러에 이 책이 포함되지 않았더라고요?' 글로 넘어갔다. 그 글에 소개된 책, C. J. 튜더의 《디 아더 피플》 역시 읽지 않았기에 왠지 모를 부끄러움을 느끼며 빠르게 스크롤을 내렸다. 댓글에 흥미로운 대화가 보였다.

> [몽쁘띠] 사실 이런 것보다 작년에 몰빵 하셨다던 주식의 결과가 궁금하네요. ㅎㅎ
> [식빵맨] 제가 잘했다기보단 운이 좋아(…). 그건 그렇고 통촉드리옵니다. 올해의 스릴러 소설 탑 10 좀 적어주시면 안 될까요.
> [몽쁘띠] 전 있는 대로 닥치는 대로 읽는 스타일이라 내공이 깊지가 않아요.
> [식빵맨] 책 많이 읽는 카페에서는 거의 탑급이라 생각합니다.
> [몽쁘띠] 이런 거 잘 안 하는데 말이죠.

커뮤니티 멤버도 인정하는 이의 글을 안 읽을 수 있나 싶어 몽쁘띠 님의 게시물을 찾아봤다. 일주일에 많게는 네 편의 서평을 올리는 성실파 멤버였다. 몽쁘띠 님의 '킹덤-끝장나게 재미난 책'이라는 글은 이렇게 시작한다. "너무 좋으면 오히려 뭘 써야 할지, 뭐라고 해야 할지 모르는 경험을 해봤을 것이다." 그건 너무 귀한 경험이지. 정독하지 않을 수 없는 첫 문장에 끝까지 읽었다. "엄청난 몰입감으로 700쪽이 넘는 동안 끝까지 긴장감을 놓을 수 없었다. 끝장나게 재미난 책"이라는 표현과 딱 재미있게 요약해놓은 줄거리 덕분에 바로 《킹덤》을 온라인 서점 장바구니에 담았다. 또 요 네스뵈의 책 중에 어떤 게 좋을까 카페에서 검색하다가 "시리즈 부심이 없으시면 대표작 먼저 읽고 결정하셔도 되지만 해리 홀레는 순서대로 읽으시길 추천합니다. 1, 2편 재미없다 하시는 분들 많지만 그 1, 2편의 해리가 없다면 그 이후의 해리도 없습니다"라는 멋진 문장에 살짝 감동받았다. '마이리' 님, 알려주신 대로 《스노우맨》과 《레오파드》, 《팬텀》, 《레드 브레스트》, 《네메시스》, 《데빌스 스타》 순으로 장바구니에 담았습니다. 책 표지에 1, 2, 3 시리즈 넘버가 표기되어 있지 않은 이상 이렇게 순서를 정해 장바구니에 담아두면 어떤 책부터 읽어야 되는지 기억나지 않을 때 참고하기 좋다.

오래된 커뮤니티답게 러스월에는 멤버들 간의 끈끈함이 느껴지는 글, 서로를 믿고 장난치는 글이 많았다. 'ㄴㅈㄱ'이라는 분은 이런 글을 올렸다. 제목은 '러스월을 탐험하는 뉴비를 위한 안내서'.

"매니저 러니 님은 속초에 거주하는 20대 청년이라고 자신을 소개하고 있지만 그 말을 믿는 회원은 아무도 없습니다. 러니 님의 진면목과 관련된 미스터리를 푸는 것이 러스월의 첫 번째 관문입니다."

이것은 흡사 "최후의 동맹 군대가 사우론의 절대반지를 빼앗으며 제2시대는 종결되고 중간 세계가 평화로워졌다는 걸 알고는 있지만 그 평화가 영원할 것이라 믿는 종족은 아무도 없었습니다" 아닌가. 그러고 보니 카페 곳곳에 러니 님의 정체를 두고 멤버들이 노는(?) 글이 심심찮게 보였다. 속초에 사는 20대 청년이라더라, 아니라더라, 중년 남자라더라. 어떤 글에서는 아예 클래식한 매력을 풍기는 미남 작가 흑백 사진과 함께 "이 사진 속 섹시가이가 러니 님이라는 풍문이 있다"라는 글도 있었다. 사실 카페 매니저가 누구인지, 외국 거주자인지, 작가인지, 타자를 칠 줄 아는 고양이인지 그런 게 뭐 그리 중요하겠는가. 하지만 러스월이라는 스릴러 문학 덕질 공간에서는 모든 것이 추적 놀이이자 단서다.

뉴비를 위한 안내서는 "러스월의 근간을 이루고 있는 데이터베이스의 일부를 소개해드리죠"라는 문장과 함께 러스월에서 활발히 활동하는 멤버 몇 명의 글들을 모아놓은 url 링크로 이어졌다.

'엄청난 속도로 다량의 독서를 하시고 객관적인 서평을 남기기 위해 불철주야 노력 중이신 하나비 님의 게시물', '요즘은 작가로서 창작에 몰두하시느라 조금 뜸하지만 엽기부족 님의 방대한 리뷰', '바로 옆에서 조곤조곤 애기를 들려주는 듯 친숙함이 느껴지는 러스월의 다독왕 몽쁘띠 님의 리뷰' 등. 그저 몇 명의 멤버를 선정해 닉네임만 적은 게 아니라 그분들의 개성을 파악해 일일이 소개를 덧붙여 애정이 느껴지는 글이었다. 나 같은 뉴비뿐 아니라 러스월의 오랜 멤버들에게도 의미 있지 않을까 했다. '진심 놀랐다', 《은하수를 여행하는 히치하이커를 위한 안내서》가 떠오른다', '나조차도 몰랐던 내용이 많다!(by 카페 매니저)' 등의 댓글들이 주렁주렁 달렸고 모든 댓글마다 대댓글과 대대댓글들로 가득했다. 다른 유명 커뮤니티들도 마찬가지지만 러스월은 댓글 문화가 정말 활발한 곳 같다. 거의 실시간으로 대화를 나누는 느낌이랄까.

ㄴㄨㄱ 님이 소개한 아홉 명의 리뷰 모음 중 '소설 형식에 함의되어 있는 작가의 의식세계를 심도 있게 평론하는 크레이지뮤즈 님의 게시글'을 클릭했다. 기본적으로 댓글이 30~40개, 가장 최신 글에는 142개나 달려 있었다. 크레이지뮤즈 님의 글 중에 '[서평] 유령의 해부-앤드루 테일러'를 보면 18세기 케임브리지 예루살렘 칼리지가 배경인 소설 《유령의 해부》 이야기가 나오는데 이 글은 꼭 한번 읽어보시길. 기독교 세계관 대신 계몽주의가 확산되었던 18세기 유럽에 어떻게 유령이라는 비현실적인 소재가 등장하는 《유령의 해부》가 사람들의 이목을 끌 수 있었는지 설명하며 18세기 유럽의 역사, 경제, 정치 상황을 풀어주시는데 거의 '알쓸신잡'이다. 마음이 홀랑 넘어가 큰절을 한번 올리게 된다. 아, 그렇구나. 18세기 유럽은 이성과 미신이 혼재하는 곳이었고 그 시기를 배경으로 한, 혹은 그 시기에 집필된 책들은 복합성을 띤 매력적인 책일 수밖에 없구나.

당연히 장바구니에 책을 추가했다. 또 주렁주렁 달린 댓글들을 읽어보니 이 책과 움베르토 에코의 《장미의 이름》이 짝꿍이더라. 예루

살렘 칼리지 살인 사건 vs 폐쇄적인 수도원 살인 사건, 칼리지 도서관 vs 수도원 도서관, 두 작품 모두 이성을 무기 삼은 자들이 활약하고 있었고. 장바구니에 진즉《장미의 이름》이 들어가 있었지만 삭제하고《유령의 해부》바로 다음으로 이어지게 다시 한번 장바구니에 넣었다. 피곤하게 살아야 훗날에 더 즐거울 수 있다.

　　스릴러 소설을 좋아하는 분들은 미스터리를 좋아하는 분들과 많이 겹치는 것 같다. 한 작품 내에서 스릴러와 미스터리 요소가 모두 등장하는 경우가 많기도 하지만 기본적으로 이 장르들이 호기심 많은 사람들을 훅 끌어당기는 장르이기 때문이 아닐까. 무슨 일이 벌어진 거지, 앞으로 무슨 일이 생기는 거지, 누가 죽였지, 왜 죽였지, 저 모퉁이를 돌면 어떤 일이 벌어지는 거지 등등. 미스터리·스릴러 문학 커뮤니티 멤버들은 절대 들어가면 안 되는 지하실 문을 기어이 열어서 그 안에 뭐가 있는지 확인해야 하는 사람들이다. 무엇이 있는지 어렴풋이 알기에 호기심이 동한 게 아니라 뭐가 있든지 상관없이 그 지하실 문을 절대 열지 말라는 이유가 궁금해서.
　　'호기심이 고양이를 죽인다'라는 영어 속담이 있다. 이것과 쌍을 이루는 '하지만 만족감에 고양이가 살아난다'라는 표현도 있더라. 전자가 불필요한 조사나 실험의 위험성을 경고하는 것이라면, 후자는 그 조사와 실험 이후 느끼는 만족감 때문에 다시 부활하게 된다는 내용이다 (위키피디아 'Curiosity killed the cat' 참조).
　　미스터리·스릴러 문학 커뮤니티에 어울리는 문장은 '호기심으로 죽은 고양이들이 호기심 때문에 살아난다'가 아닐까. 호기심 때문에 지하실에 들어갔다가 결국 죽은 뒤 '나는 왜 죽은 거야?' 궁금해서 급기야 부활해버린 고양이들로 가득한 곳. 허겁지겁 다음 페이지를 넘겼던 책들을 이야기하며 다른 이들에게 호기심을 불러일으키는 고양이들로 가득한 곳. 커뮤니티란 죽어 있던 호기심도 살려주는 곳 같다. '독태기'에 빠진 분들이 있다면 커뮤니티에서 10분만 놀라는 처방전을 드리고 싶다. 안 읽어본 책도 읽은 느낌이 들고, 이미 읽은 책이라면 내 방

책장에 잘 꽂혀 있는지 괜히 확인해보고 뿌듯해할 수 있다. '이 책이 그렇게 재미있는 책이었어?' 새삼 자랑스러워하면서. 요새는 북스타그램이며, 도서 인플루언서들이 자신만의 공간에서 사람들과 소통하는 세상이기도 하지만 동시에 이렇게 커뮤니티에 모여 활약(?)하고들 계시다(쓰고 보니 영화 〈어벤져스〉를 말하는 중인가 싶다). 누구보다 빠르게 신간 도서를 읽고 누구보다 가장 적극적으로 구간 도서의 매력을 알리는 분들. 조용히 묻혀 있던 책들을 다시 세상에 선보이는 분들. 모두가 출판 마케터이고 모두가 출판 기획자들이다. 모든 문학 커뮤니티의 멤버들에게 아무래도 큰절을 한 번 더 올려야겠다.

추가.

그래서 러니 님은 누구라는 건가. 미스터리·스릴러 문학 커뮤니티에는 온갖 전문가(작가, 영화감독, 출판인 등)가 이름을 숨기고 활동하고 계신다. 러스월에 러니 님의 정체가 밝혀졌는지 어쨌는지 너무 궁금해서 찾아본 결과, 로버트 러들럼의 《본 아이덴티티》, 데니스 루헤인의 《미스틱 리버》 등을 번역하고 장르문학 브랜드 '모중석 스릴러 클럽'을 기획한 최필원 번역가라는 걸 알아냈다. 하지만 우리는 그 사실을 지하실에 숨기고 문을 닫기로 하자. 지하실 문을 절대 열어선 안 된다.

한국 근대추리소설 특별전을 가다

편집부

지하철 1호선의 종착지인 인천역에서 차이나타운 입구를 지나, 고풍스럽고 묘하게 현대적인 건물들을 구경하며 500미터 남짓 걸으면 인천문화재단에서 운영하는 한국근대문학관이 나온다. 이곳에서 2021년 11월 5일부터 2022년 상반기까지 '한국의 탐정들: 한국 근대추리소설 특별전'이 열리고 있다. 전시 1년 전부터 한국추리작가협회와 학계의 전문가들이 자문위원으로 참가한 특별전을 위해《계간 미스터리》편집부는 개막식 당일 전시실 구석구석을 살펴보았다.

한국근대문학관 1층과 2층에서 열리는 이 전시는, 시대의 흐름에 따라 여섯 개의 섹션과 특별 코너로 구성되어 있다. 바닥에는 징검다리처럼 시대별로 주요한 사건을 소개하며,《신주무원록(新註無冤錄)》의 검시 모형을 지나면 첫 번째 섹션을 만나게 된다.

첫 번째, '정탐의 출현'에서는 고을의 사또가 사건을 해결하는 공안소설(公案小說)《신단공안》(1906)부터 민간 탐정이 활약하기 시작하는《쌍옥적》(1908),《구의산》(1911)에 이르는 과정을 소개하고 있다. 특히《쌍옥적》은 표제에 정탐소설(偵探小說)이라고 표방할 정도로 한국 근대 추리소설의 성격을 명확히 한 작품이다. 사건의 주요 무대인 경인선(京仁線) 객실을 모형으로 만들고 '정탐 정 순검과 범인 쌍옥적의 행로'를 지도로 표시해놓고 있어, 객실에 앉아 범인을 쫓는 자신의 모습을 그려봄직하다.

두 번째, '소년탐정'에서는 열 살 전후의 어린이가 탐정 역할을 하는 소설들이 전시되어 있다. 소파 방정환과 아인 김내성의 작품을 볼 수 있는데, 특히 방정환이 북극성(北極星)이란 필명으로 잡지《어린이》에 연재한《동생을 차즈려》(1925)는 청나라 사람들에게 납치된 여동생을 구

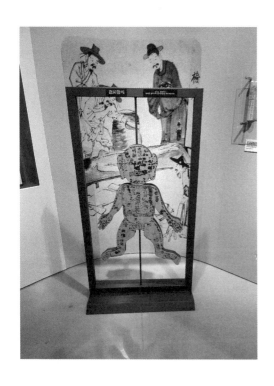

하려는 오빠의 용감한 추적 활동을 그리고 있다. 비슷한 시기에 외국에서 출간된 에리히 캐스트너의 《에밀과 탐정들》, 에도가와 란포의 《소년탐정단》(1936), 아스트리드 린드그렌의 《소년탐정 칼레》(1946) 등과 비교해도 시기나 내용 면에서 손색이 없는 작품이다.

세 번째, '탐정의 탄생, 프로 탐정의 출현'에서는 본격적으로 탐정이 등장하는 작품들을 보여준다. 남산 공원에서 벌어진 연쇄살인 사건을 민간인 탐정이 해결하는 박병호의 《혈가사》(1920)는, 피 묻은 가사(袈裟)와 함께 《취산보림》의 최초 수록본을 전시하고 있어 흥미롭다. 또한 채만식이 서동산이란 필명으로 발표한 《염마》(1934), 상해 임시정부의 요원인 주인공과 국제 범죄조직의 대결을 다룬 김동인의 《수평선 넘어로》(1934) 등이 전시되어 있다. 특히 《혈가사》는 2003년 《계간 미스터리》 겨울호에서 국립중앙도서관에서 잠자고 있던 것을 발굴한 작품으로 남다른 의미가 있다. 2020년에 인천문화재단 한국근대문학관이 기획한 '한국근대대중문학 총서 틈' 시리즈로 재출간되었으니, 원한다면 손쉽게 찾아 읽을 수 있다.

네 번째 섹션에서 비로소 한국 추리소설의 비조 아인 김내성을 만날 수 있다. '한국을 대표하는 명탐정-유불란(劉不亂)'에서는 유불란이 최초로 등장한 《탐정소설가의 살인》(1935), 아동 탐정소설 《백가면》(1937), 근대 추리소설의 걸작 《마인》(1939) 등이 전시되어 있다. 《탐정소설가의 살인》은 김내성이 일본 유학 당시 《프로필》 현상 공모에 당선되어 게재되었던 일본어 판본과, 귀국한 후 조선일보에 〈가상범인(假想犯人)〉으로 증편 수록한 판본을 직접 볼 수 있어 사료적인 측면에서도 만족스럽다. 《마인》 역시 조선일보에 연재되었던 판본과 삽화를 관람할 수 있고, 작품에 등장하는 살인 무기인 엔필드 리볼버의 모형도 전시되어 흥미를 더한다.

다섯 번째, '변질된 탐정들'에서는 일제강점기 말에 일본의 침략전쟁에 충성스럽게 이바지하는 식민지 지식인들의 모습을 볼 수 있다. 탐정들의 수사 대상이 도난이나 살인이 아니라, 당시 일본의 적국인 영국과 미국의 스파이들로 바뀐 점이 흥미롭다. 김내성도 당대의 억압적인 분

스토리 카드뉴스

마인 (1939)

칠칠단의 비밀(1926)

우리는 줄을 타는 외로운 남매
우리는 노래하는 외로운 남매

위기를 피해갈 수 없었다.《태풍》(1942)에서 탐정을 폐업하고 프랑스 마르세유 항구에 나타난 유불란은 파괴 광선 설계도를 손에 넣으려는 매국노 고준모의 시도를 막고 스파이를 일망타진하며, 이는 1943년에 발표한 《매국노》에서도 노골적으로 이어진다. 특히 이번 전시에서는 그동안 연구자들에게도 전혀 알려지지 않았던 문세영의 《사선을 넘어서》(1944)가 최초로 공개되었다. 이 작품은 일본과 중국을 무대로 일제의 침략 논리인 '대동아공영권' 완수를 위해 스파이들이 각축을 벌이는 내용인데, 한국 근대문학에서 처음으로 보트 추격전과 전투기 공중전이 등장한다. 침략전쟁 당시 일본 추리소설의 비조 에도가와 란포 역시 고초를 겪었다는 사실이, 살아남기 위해 작풍을 바꿔야 했던 근대 추리소설가들에 대한 씁쓸함을 더한다.

여섯 번째, '해방기 탐정, 애국탐정-장비호'에서는 춘해 방인근이 창조한 탐정 캐릭터인 장비호가 등장하는 작품들을 볼 수 있다. 특히《나체미인》(1946),《국보와 괴적》(1948) 등의 작품 원본이 최초로 공개되었다. 장비호는 해방 이후의 애국적인 분위기가 그대로 투영된 인물인데,《국보와 괴적》에서는 도난당한 국보를 찾기 위해 일본과 중국을 누비고,《대도와 보물》(1950)에서는 국제적인 도둑으로부터 일제강점기 당시 일본인이 소유했던 적산(敵産)을 국가 재산으로 환수하고자 한다. 1949년 작품인《원한의 복수》의 범인은 삼일운동에 가담했다가 옥사한 아버지의 복수를 하겠다는 동기를 갖고 있어, 당시의 시대상을 엿보게 한다.

특별 코너에서는 일제강점기에 소개된 외국의 작품들을 전시하고 있다. 셜록 홈스 시리즈의 최초 번역인〈충복〉(1918)과, 처음으로 일본어 중역이 아닌 영어 원본(《진홍색 습작Study in Scarlet》)을 직역한《붉은실》(1921), 모리스 르블랑의《호랑이 이빨(The Teeth of the Tiger)》을 번안한《이억만 원의 사랑》(1941) 등의 희귀 원본을 볼 수 있다. 또한 한국 최초의 추리소설 앤솔러지인《세계걸작탐정소설전집》의 원본도 만나볼 수 있다.

2층의 특별 전시실에서는 근대 이후 출간된 한국 추리소설 작품들을

한국의
탐정들

한국 근대추리소설 특별전

SPECIAL EXHIBITION
KOREAN MODERN DETECTIVE NOVELS

2021.11.5.-
한국근대문학관 기획전시관

인천문화재단   한국근대문학관

볼 수 있는데, 이제는 희귀본이 된《계간 미스터리》2002년 창간호도 만날 수 있어 기쁨을 더했다. 이곳에서는 한국추리작가협회 공동 주관으로 매달 한국 작가들의 북콘서트도 열리고 있는데, 11월에《경성 탐정 이상》시리즈의 김재희 작가가 성공리에 독자들과 만남을 가졌고, 12월에는《뒤틀린 집》의 전건우 작가가 기다리고 있다.

'한국의 탐정들: 한국 근대추리소설 특별전'은 성실한 자료 조사와 감각적인 전시 공간의 만남을 접할 수 있는 흥미로운 경험이었다. 다만 한국 추리소설의 태동기인 일제강점기와 해방 직후를 다루었기 때문에, 그 이후 등장한 김성종을 비롯한 많은 훌륭한 작가들과 작품들을 만나지 못한 것은 아쉬움으로 남았다. 이는 '근대문학관'이라는 특성이 지닌 어쩔 수 없는 한계였을 것이다. 가까운 시일 안에 한국 추리소설 전체를 조망하는 전시가 생겼으면 하는 바람을 가져본다.

개막식을 마치고 차이나타운에서 풍기는 고소한 짜장면 냄새를 뒤로하고 인천역으로 향했다. 돌아가는 길, 인천역은 종착지가 아니라, 출발지였다. 발차를 기다리는 객차 안에서 한국 추리소설의 전성기는 이제부터 시작이라는 생각이 들었다.

신간 리뷰
《계간 미스터리》편집위원들의 한줄평

《쓰고 싶은 사람을 위한 미스터리 입문》

아라이 히사유키 지음 | 구수영 옮김 | 내친구의서재

박상민   이 책을 일찍 만나지 못한 것이 후회된다.
한새마   본격 미스터리를 쓰고자 한다면 입문이 아니라 필수!

《기억서점》

정명섭 지음 | 시공사

박상민   책에 대한 탐욕과 집착이 불러일으킨 비극. 뭐든지 적당히가 좋다!
조동신   우리가 갖고 있는 독립서점에 대한 이미지를 완전히 지운, 그래서 더 매력
          적인 작품.

《미스터리를 읽은 남자》

윌리엄 브리튼 지음 | 배지은 옮김 | 현대문학

조동신   미스터리 마니아라면 반드시 소장해야 할 종합선물세트.

《피가 흐르는 곳에》

스티븐 킹 지음 | 이은선 옮김 | 황금가지

한이　　노련한 장인이 준비한 느긋한 애프터눈 티. 대가의 필력은 여전히 현재진
　　　　행형이다.

《사건은 식후에 벌어진다》

김노랑·김태민·한켠·박하루·범유진·유사빈·전효원 지음 | 황금가지

한새마　　달고 짜고 시고 쌉싸름한 맛의 소설들! 여기가 맛집이었다.

《위층집》

박성신 윤자영 양수련 김재희 지음 | 북오션

한수옥　　층간소음으로 인해 벌어지는 끔찍한 사건들. 그 배후에는 상상도 하지 못
　　　　했던 사연들이 있다.
박상민　　윗집에 누가 사는지 모르는 내가 행운아로 느껴진다.

《마술피리》

찬호께이 지음 | 문현선 옮김 | 검은숲

조동신　　동화를 찬호께이 버전으로 재해석했다는 점만으로도 읽을 가치가 충분
　　　　하다.
박상민　　고전 동화의 맛깔난 재해석. 추리도 하고 동심도 회복하고 일석이조.

《소문》

오기와라 히로시 | 권일영 옮김 | 모모

한새마   의외로 성실하게 그려낸 경찰 소설. 마지막 반전이 없더라도 충분히 재밌다.

《완전한 행복》

정유정 지음 | 은행나무

박상민   과정과 결과를 알고 읽는데도 밀려오는 섬뜩함.

《미스터리 가이드북》

윤영천 지음 | 한스미디어

박상민   페이지를 넘길수록 무거워지는 장바구니.
한이   미스터리를 여행하는 히치하이커를 위한 안내서.

《아름답다 추하다 당신의 친구》

사와무라 이치 지음 | 오민혜 옮김 | 한스미디어

한새마   흔한 학교괴담이 아니다. 범인을 쫓다 보면 어느새 소설이 끝나 있다.

《백조와 박쥐》

히가시노 게이고 | 양윤옥 옮김 | 현대문학

박상민　제목만큼이나 안 어울리는 기묘한 콤비의 활약.

《히나구치 요리코의 최악의 낙하와 자포자기 캐논볼》

오승호 지음 | 이연승 옮김 | 블루홀식스

한새마　지옥으로 떨어진 소녀가 쏘아올린 복수의 캐논볼.

《파괴자들》

정혁용 지음 | 다산책방

박상민　마동석과 케이가 붙으면 누가 이길지 궁금하다.

《샘 호손 박사의 두 번째 불가능 사건집》

에드워드 D. 호크 지음 | 김예진 옮김 | GC북스

조동신　독서 중간에 외쳤다. 세 번째 사건집은 언제 나오는 겁니까!

《하멜른의 유괴마》

나카야마 시치리 지음 | 문지원 옮김 | 블루홀식스

박상민 유괴의 목적이 드러나는 순간 범인을 응원하게 된다.

《레시피》

최정원 지음 | 아프로스미디어

한새마 한국의 아키요시 리카코! 뜨거운 다크 초콜릿에 데었다.
박상민 하나하나가 이야미스의 끝을 달린다. 심신 미약자는 보지 말 것.

《살인귀》

아야츠지 유키토 지음 | 김진환 옮김 | 홍익출판

한새마 슬래셔와 본격의 컬래버. 각오한 자들만 살육의 현장으로 오라.

《달콤한 숨결》

유즈키 유코 | 민경욱 옮김 | 비채

한새마 이야미스인 줄 알았는데 정통 수사물이었다. 이번에도 작가는 우직하게 경
        찰 세계를 그려냈다.

토요일의 예고 살인

황세연

장기 기증 시 관계기관에서는 장기 기증자와 장기 기증을 받는 사람의 정보를 상대에게 알려주지 않는다. 하지만 9개월 전쯤 혜연은 우연히 딸의 심장을 이식받은 사람이 누구인지 알게 되었다. 그 순간 혜연은 딸이 살아 돌아오기라도 한 것처럼 울음을 터트렸다.

딸의 심장으로 새 생명을 얻은 사람은 딸과 비슷한 또래인 서른 살의 잘생긴 남자였다. 명문대를 졸업한 약사이고 재산도 많은 편이어서 딸이 살아 있었다면 사윗감으로 탐냈을 만했다.

이후 혜연은 딸의 심장을 가진 젊은 남자의 주변을 맴돌기 시작했다. 남자가 눈치를 챌까 봐 가까이 다가가지는 않았지만 스토커라고 해도 과언이 아닐 정도로 온종일 멀리서 그 남자의 약국을 살폈고, 남자가 퇴근한 이후에도 적당한 거리를 두고 뒤따르며 일거수일투족을 살피곤 했다. 또 남자의 페이스북도 빠지지 않고 봤고 남자와 SNS로 연결되어 있는 사람들까지도 꼼꼼히 살폈다.

그런데 어느 날 혜연은 언짢은 것을 보았다.

남자는 외모가 준수한 만큼 여러 여자를 만났는데 그와 술을 마신 여자는 거의 예외 없이 남자의 등에 업혀 술집을 나왔다.

"술도 약한 것 같은데 좀 작작 마시지, 이 꼴이 뭐야."

남자는 늘 그렇게 투덜거리며 술에 취해 인사불성이 된 여자를 택시에 태우고 어딘가로 갔다.

처음에 혜연은 여자들이 하나같이 술이 약한 모양이라고 생각했다. 남자가 여자들을 집까지 잘 데려다줬을 거라 믿었다. 그런데 같은 일이 반복되자 점점 남자를 의심하지 않을 수 없었다.

어느 날 또다시 남자가 정신을 잃은 여자를 술집에서 업고 나와 택시에 태웠다. 혜연은 미리 대기시켜놓은 택시를 타고 남자가 탄 택시를 미행했다. 남자가 여자를 데려간 곳은 집이 아닌 여관이었다.

충격적인 일이었다.

며칠 뒤 혜연은 남자에게 가까이 다가가지 않는다는 철칙을 깨고, 남자가 앳된 여자와 술을 마시고 있는 술집 안으로 들어가 남자를 살폈다. 역시 남자는 같이 술을 마시던 여자가 화장실에 가자 술잔에 약을 타고 있었다.

엄청난 충격이었다.

저런 쓰레기의 목숨을 살리려고 뇌사에 빠진 딸의 입에서 호흡기를 떼어내고 장기를 기증한 것이 아니었다. 그녀는 심지어 죄책감까지 일었다. 자신이 딸의 장기를 기증한 탓에 수많은 여자들이 불행을 겪고 있는 것만 같았다.

경찰에 신고할까?

경찰에 신고하면 남자는 꽤 오래 교도소에서 썩어야 할 것이다.

고뇌하던 혜연은 잠시 뒤 고개를 옆으로 저었다. 남자를 교도소에 보내는 것은 자신의 목숨보다 더 소중한 딸의 심장을 교도소에 보내는 셈이었다.

어머니의 간절한 심정으로 딸의 심장을 가진 남자에게 한 번 더 기회를 주고 싶었다.

혜연은 공중전화를 이용해 남자의 휴대전화로 전화를 걸었다.

첫 번째 전화는 받지 않았고 두 번째로 전화를 걸었을 때 남자가 전화를 받았다.

"여보세요?"

혜연은 말을 하지 못하고 잠시 망설였다.

"여보세요? 누구시죠?"

남자의 목소리에 의심이 가득했다.

"당장 그만두지 않으면 내 손에 죽는다."

혜연은 그렇게 딱 한마디 하고 전화를 끊었다. 그 정도면 알아들었을 것이다.

역시 효과가 있었다. 잠시 뒤 남자가 여느 때와 달리 멀쩡한 여자애를 데리고 술집에서 나왔다. 혜연은 정말 다행이라고 생각했다.

그런데 남자는 여자와 헤어지지 않고 여자를 데리고 어딘가로 향했다. 남자는 연신 주변을 살피며 걸었다. 곧 남자는 앳된 여자를 데리고 으슥한 골목에 있는 어느 술집으로 들어갔다.

혜연은 멀리서 술집을 지켜보며 제발 그 일이 다시 일어나지 않기를 간절히 빌었다. 그러나 한 시간쯤 뒤 남자는 정신을 잃은 앳된 여자를 술집에서 업고 나와 호출을 받고 온 택시에 태웠다.

일말의 기대가 무너지자 화가 솟구쳤다.

어떻게 하지?

일단 여자애를 구해야 했다. 전화를 걸어 경찰에 신고했다. 자신이 남자를 미행했다고 사실대로 말할 수는 없었다. 어떤 남자가 술에 취한 어떤 여자를 납치해가는 것 같아서 신고한다고 둘러댔다.

경찰차가 택시를 멈춰 세웠고 경찰의 검문으로 앳된 여자는 성폭행을 면했다. 그런데 남자는 경찰에 체포되지 않았다. 남자는 같이 술을 마시던 여자가 정신을 잃어 어쩔 수 없이 자기 집으로 데려가던 중이라고 둘러댔고, 겨우 정신을 차린 여자도 자신이 술을 많이 마셔 정신을 잃은 모양이라고 말했다.

자신이 딸의 심장을 저런 놈에게 기증하는 바람에 수많은 여자들이 고통 속에서 살게 되었다는 죄책감이 더욱 고개를 쳐들었다.

그래, 죽일 수밖에 없었다. 이런 인간은 교도소에 보낸다고 교화가 될 인간이 아니었다. 교도소에서 나오면 딸의 심장을 달고 또다시 온갖 나쁜 짓을 할 게 틀림없었다. 놈을 죽여서 딸의 심장을 회수하는 게 그나마 최선이었다.

어떻게 죽이지? 칼을 들고 집으로 찾아갈까?

좋은 방법이 아니었다. 놈은 건장한 남자였고 자신은 뼈만 남은 나이 든 여자였다.

차를 몰고 뒤따라가 받아버릴까?

누군가의 뒤를 따라가다가 차로 치어 죽이는 일은 현실적으로 쉬운 일이 아니었다. 놈이 달려오는 차를 피할 수도 있었고, 차에 치여도 죽지 않고 상처만 입을 수도 있었다. 게다가 딸이 뇌사에 빠진 이유가 교통사고였기에 그 방법만은 피하고 싶었다.

어떤 방법이든 한번 실수하면 두 번의 기회는 없었다.

녀석을 감시하느라 놈의 집 앞을 서성이며 죽일 수단을 연구하던 혜연은 곧 좋은 방법을 생각해냈다. 그녀는 딸이 죽기 전까지는 지방 국립대학의 화학과 교수였었다. 놈을 화학 지식으로 살해하는 것이 가장 확실한 방법이었다.

그런데 죽여야겠다고 생각하니 다시 미련이 생겼다. 녀석을 죽이는 것은 곧 딸의 심장을 멈추게 하는 것이었다.

'그래, 마지막으로 한 번만 더 기회를 주자.'

이번에는 자신의 휴대전화를 이용해 녀석에게 문자를 보냈다. 녀석을 죽이게 된다면 곧장 경찰에 자수할 생각이니 신분을 감출 이유가 없었다.

—마지막으로 경고한다. 당장 나쁜 짓을 그만두지 않으면 너는 다음 토요일에 내 손에 죽게 될 것이다.

***

며칠 전에 안면을 튼 여대생을 만나기 위해 조금 일찍 퇴근해 집에 왔다가 아파트를 나서던 남자는 문 앞에 택배 상자가 놓여 있는 것을 보았다. 한 달 전쯤 중국 인터넷 쇼핑몰에서 산 신형 VR 기기가 도착 예정일보다 일주일 늦게 배달된 것이다.

남자는 택배 상자를 들고 다시 집 안으로 들어갔다. 즐거운 마음으로 택배 상자를 뜯으려던 남자는 손을 멈칫했다. 택배 상자에 테이프가 두 겹으로 붙어 있었다. 자세히 살폈다. 누군가가 원래 붙어 있던 테이프를 칼로 그어 상자를 개봉한 뒤 다시 새 테이프를 붙인 흔적이 있었다. 택배를 보낸 사람이 포장이 끝난 뒤 무슨 이유로 다시 상자를 개봉했다가 재포장한 것일 수도 있었고, 세관 통관 과정에서 어떤 이유로 개봉한 것일 수도 있었지만, 그게 아닐 수도 있었다.

다른 때 같았으면 무심히 넘어갈 일이었지만 그는 일주일쯤 전에 죽이겠다는 협박 문자를 받았다. 그랬음에도 그는 그다음 날 이미 약속이 잡혀 있던 여대생에게 예정대로 약을 먹였다. 그리고 오늘 또다시 새로운 여자를 만나러 나가던 참이었기에 민감하지 않을 수 없었다.

택배 상자 속에 사제폭탄 같은 게 들어 있을 수도 있었다. 현관 거울을 통해 잔뜩 겁을 먹은 자기 모습을 발견한 남자는 협박범의 농간에 놀아나고 있는 것 같아 화가 솟구쳤다.

하지만 조심해야 했다.

그는 택배 상자를 들고 경비실로 내려갔다.

"아저씨, 칼 좀 빌릴 수 있어요?"

경비원이 책상 서랍에서 칼을 꺼냈다.

"이 택배 좀 열어주시겠어요. 갑자기 화장실이 급해서….”

그는 정말 사제폭탄이라도 들어 있을까 봐 경비실 구석의 화장실 안으로 들어가 경비원이 칼로 테이프를 잘라 택배 상자를 열 때까지 기다렸다. 화장실에서 나오면서 살펴보니 택배 상자가 열려 있었는데 아무 일도 일어나지 않았다.

커다란 택배 상자 안에는 에어매트처럼 생긴 에어캡이 가득 들어 있었다. 에어캡을 헤집어 보니 안에 작은 VR 기기 상자가 들어 있었다. VR 기기 상자에는 찢지 않고는 개봉할 수 없는 홀로그램 은박지 봉인이 그대로 잘 붙어 있었다. 이곳저곳을 살펴보았지만 누군가가 연 흔적은 없었다.

VR 기기를 반품할 일이 있을지도 몰라 개봉한 택배 상자를 그대로 집으로 가져왔다. 에어캡이 가득한 택배 상자를 현관에 내려놓고 봉인 딱지가 잘 붙어 있는 VR 기기 상자를 거실로 들고 가 살살 흔들어보았다. 이상한 점은 없었다.

VR 기기 상자의 은박지 봉인을 찢고 조심스럽게 뚜껑을 개봉했다. 사제폭탄이 아닌 신형 VR 기기가 모습을 드러냈다.

VR 기기를 집어 들고 이리저리 들여다보던 그는 갑자기 화가 난 얼굴로 주머니에서 휴대전화를 꺼내 만나기로 한 여대생에게 전화를 걸어 급한 일이 생겼다며 약속을 미뤘다.

여대생을 만나기 전에 먼저 처리할 일이 있었다. 택배 상자 하나 개봉하는 데도 이 난리를 쳤다. 이렇게 불안에 떨며 살 수는 없었다. 지금 같은 불안한 심리면 약을 먹고 쓰러져 있는 풋풋한 알몸의 여대생을 앞에 두고도 성기가 서지 않을 것만 같았다.

***

예상대로 검은 마스크를 쓴 바싹 마른 60대 여자가 거리를 두고 뒤따라오고 있었다. 그는 계획대로 인적이 드문 골목으로 여자를 유인했다. 주변에는 CCTV 하나 없었다.

골목에 숨었다가 등 뒤로 다가가자 검은 마스크를 쓴 여자가 고개를 뒤로 돌려 망치를 치켜들고 있는 그를 쳐다봤다. 여자는 그리 놀라는 것 같지 않았다. 마스크 때문에 유일하게 감정을 읽을 수 있는 눈에 애정과 슬픔이 가득할 뿐이었다.

여자가 뭐라고 말하려는 순간 그는 여자의 머리를 향해 망치를 휘둘렀다. 픽!

그는 쓰러진 여자의 관자놀이에 다시 망치를 내리꽂았다. 픽!

그의 가슴속 여자의 심장이 금방 멈추기라도 할 것처럼 격하게 쿵쾅거렸다. 자신의 어머니가 살해된 것을 눈치챈 것 같았다. 얼른 집에 가서 약을 먹어야 할 것 같았다.

남자는 처음 협박을 받았을 때 협박범은 틀림없이 자신에게 성폭행당하고 섹스 동영상이 찍힌 여자 중 한 명일 것으로 단정했다. 꽤 신경이 쓰이긴 했으나 경찰에 신고하지 않고 협박하는 것을 보면 심각한 상황은 아닌 듯했다.

두 번째 문자 협박 때 그는 자신에게 문자를 보낸 전화번호를 조사했다. 그런데 범인은 젊은 여자가 아닌 60대 여자였다. 어디선 본 듯한 얼굴이긴 했지만, 안면이 전혀 없는 여자였다. 얼마 전에 1년쯤 전 그에게 여관으로 끌려가 피해를 본 뒤 우울증이 생긴 여자 한 명이 아파트 옥상에서 뛰어내려 자살했다. 그 피해자의 어머니가 아닐까 싶었다. 하지만 범인은 피해자의 가족 역시 아니었다. 아이러니하게도 자신에게 심장을 준 여자의 어머니였다.

협박범은 그와 같은 아파트 단지 옆 동에 살고 있었다. 대전에서 어느 대학 화학과 교수를 하던 여자인데 외동딸이 교통사고로 뇌사상태에 빠지자 사표를 내고 몇 달 동안 밤낮으로 딸의 옆을 지켰다.

그녀는 반년쯤 전에 그와 같은 아파트로 이사 왔다. 연고가 없는 도시로 이사한 이유는 딸의 심장을 가진 사람이 누군지 알게 되자 가까이에서 살며 딸을 보듯 그를 지켜보기 위해서였던 것 같았다. 이후 그녀는 줄곧 그를 스토킹해온 것이었다.

죽은 딸에 대한 집착이 이토록 강한 여자가 스토킹하고 있는 한 그는 자유로운 삶을 살 수 없었다. 자유로워지려면 그녀를 죽일 수밖에 없었다.

그는 자유로운 삶 때문이 아니더라도 그녀를 그대로 놔둘 수는 없었다. 이미 그를 죽이겠다고 두 번이나 협박했다. 어머니가 딸의 심장을 가진 사람을 죽일 수 있을까 싶기는 했지만 모르는 일이었다. 먼저 죽이지 않으면 정말 자신이 죽을 수도 있었다. 죽어가며 후회해봤자 소용없을 터였다.

어쨌든 이제 끝났다. 스토커이자 협박범은 이미 그의 손에 죽었다. 이제 그는 누군가에게 죽을 걱정만큼은 하지 않아도 되었다.

***

시체는 사망한 지 일주일쯤 뒤에 발견되었다.

옆집에서 지독한 악취가 풍긴다는 아파트 주민의 신고를 받고 경찰 두 명이 출동했는데 그중 한 명이 과거 시체 냄새를 맡아본 경험이 있었다.

경찰의 의뢰를 받은 119 구조대가 잠겨 있는 아파트 현관문을 강제로 열었다.

집주인인 듯한 젊은 남자가 손에 커터칼을 쥔 채 현관에 쓰러져 죽어 있었다. 상황으로 봐서 남자는 현관문을 급히 열거나 닫으려다가 쓰러져 죽은 것 같았다.

시체 옆에는 에어캡이 가득 든 커다란 택배 상자, 그리고 비닐과 종이 등이 든 재활용품 바구니가 놓여 있었다. 남자는 재활용품을 배출하러 나가기 직전 사망한 것 같았다.

거실에 신형 VR 기기와 상자가 놓여 있었고, 창문을 통해 누군가가 침입한 흔적은 없었다.

현장에 출동한 과학수사팀원들은 남자가 지난 토요일쯤 사망한 것으로 추측했다. 시체의 부패 정도와 재활용품 바구니가 현관에 나와 있는 것을 보고 추측한 것이었다. 이 아파트는 토요일이 재활용품 수거일이었다.

남자의 몸에 별다른 외상이 없고, 남자의 심장 이식 이력 때문에 경찰은 처음에는 살인 사건이라고 생각하지 않았다. 하지만 살인 사건이었다. 남자는 또다시 나쁜 짓을 하면 죽이겠다고 여자가 살인 예고했던 그 토요일에 누군가에게 살해당한 것이었다.

문제: 남자는 누구에게 어떻게 살해당한 것일까?

답과 설명:
나비클럽 홈페이지(www.nabiclub.net)의 〈계간 미스터리〉 카테고리에서 확인할 수 있습니다.

2021 가을호 독자 리뷰

'한국 미스터리 리부트'. 《계간 미스터리 2021 가을호》의 야심 찬 구호다. 초기화라고도 불리는 리부트는 "최소한의 설정만 남겨둔 채 완전히 새로 만드는 것"(3쪽)이라는 의미다. 한국 미스터리의 부흥을 바라며 리부트한 이번 호에는 특별히 영국 추리작가협회상 번역 추리소설상을 수상한 윤고은 작가의 인터뷰가 실렸다. 윤고은 작가의 수상은 장르와 비장르를 떠나 문학계 내의 큰 이슈였다. 《계간 미스터리 2021 가을호》에서는 윤고은 작가의 인터뷰에 이어 박광규 평론가의 글 "영국 추리문학상 '대거(Dagger)'의 세계"를 읽을 수 있다. 추리소설 마니아라면 놓칠 수 없는 구성이다.

윤고은 작가의 수상 소식을 처음 접했을 때, 다시 한번 무슨 상을 받았는지 곱씹어보았다. (무슨 상을 받았다고? 추리소설상?) 번역 추리소설상 수상작 《밤의 여행자들》은 흔히 '순문학', 또는 '본격문학'(되도록 쓰지 않으려는 말이지만)의 젊은 작가들을 소개하는 민음사 '오늘의 젊은 작가' 시리즈 중 하나다. '오늘의 젊은 작가' 시리즈가 최근 조예은 등의 장르 작가를 섭외했고 해당 시리즈의 기출간 작가인 구병모, 박서련 작가가 장르계에서도 환영받고 있는 지금 생각하면 그리 이상한 일은 아니다. 그러나 '오늘의 젊은 작가'의 기획 초반에 순문학계의 젊은 작가를 소개하려는 움직임이 강하게 보였다는 점은 부정할 수 없다.

《밤의 여행자들》은 위 시리즈의 세 번째 출간 도서였다. 앞뒤로 조해진, 이장욱, 박솔뫼 등의 작가가 배치된 순번이었던 만큼, 민음사에서도 윤고은 작가를 이들과 같은 궤에서 본 것임은 분명하다. 실은 윤고은 작가가 장르 작가로 소개된 적은 거의 없다. 계간 미스터리의 표현을 빌리자면 윤고은 작가는 "추리문학계에서는 한 번도 장르 소설가로 알려지지 않은 작가"(258쪽)였다. 하지만 영어로 번역되었을 때, 이 책에 붙은 장르는 "에코 스릴러"(258쪽). 국내 독자와 해외 독자가 처음부터 작품을 보는 눈이 같을 순 없었다. 민음사 '오늘의 젊은 작가' 시리즈를 보는 국내 독자의 기대와 '에코 스릴러' 장르의 소설을 집어 드는 해외 독자의 기대는 다르기 때문이다.

인터뷰를 통해 전후 사정을 알고 나니 《밤의 여행자들》의 '해외' 추리문학상 수상이 당연하게 받아들여진다. 이 인터뷰에는 윤고은 작가의 수상 소감과 소설을 다루는 개인적인 시선, 그리고 특별히 '장르문학'을 포함한 문학 전반을 바라보는 감각이 드러나 있다. "장르 문법에 충실한 추리소설"을 쓸 계획을 묻는 다소 지엽적인 질문에 "인물이 움직이는 소설"을 쓰고 싶다(266쪽)는 작가의 답은 속을 시원하게 한다. "멋진 장르의 기준으로 이 이야기를 바라보는 몸짓"이 흥미롭다(260쪽)는 답변 또한 인상적으로 남았다. 윤고은 작가의 작품을 읽을 때마다 와닿는 감상이 그대로 답변에 녹아 있는 듯하다. 어디에도 매이지 않은 채 글을 쓰는 작가의 인터뷰를 읽는 건 언제나 즐거운 일이다.

윤고은 작가의 인터뷰 이외에도 계간 미스터리에는 '한국 미스터리 리부트'라는 강렬한 주제로 실린 대담과 신인상 수상작, 그리고 단편소설과 미니픽션, 연재 평론과 에세이, 인터뷰, 리뷰 등이 실려 있다. 책의 말미에서는 '트릭의 재구성'이라는 이름으로 실린 소설 형식의 추리 퀴즈를 풀 수 있다.

대담에서는 현재 한국 미스터리에 왜 리부트가 필요한지를 동시대적인 수평선과 역사적인 수직성을 토대로 살핀다. 한국 추리, 미스터리 상드의 촉발부터 꼼꼼히 훑어 내려와 현새의 장·단편과 앤솔러지의 경향 안에서 작가들이 어떤 태도로 창작에 임하는지 논하는 대담은 신선하고 과감하다. 이 대담은 독특하게도 현시대 SF 장르의 창작 환경과 추리 장르의 창작 환경, 창작물이 놓인 위치 등을 잠시 비교한다. 장르 소설 안에서도 작품 특성에 따라 서로 다른 환경이 조성될 수 있다는 사실과 정보를 살펴 읽으면 창작자와 독자로서 모두 깨닫는 바가 있다.

신인상 수상작은 단편 〈꽃산담〉과 〈졸린 여자의 쇼크〉였다. 〈꽃산담〉은 산에서 벌어진 살인 사건의 진상을 밝히는 과정을 헬스클럽이라는 공간과 VIP라는 어감이 주는 이미지를 잘 활용한 작품이었다. '고급' 회원을 따로 관리하는 헬스클럽의 방식이 신선하게 다가왔다. 단순한 원한 관계의 살인이 아닌 좀 더 다층적인 구조의 인간관계에서 발생하는 내외적 갈등을 조명했다는 점에서 가산점을 받은 게 아닌가 싶다. 〈졸린 여자의 쇼크〉는 '첼로'라는 소재를 활용한 살인의 루프를 그린다. 피해자와 가해자가 뒤섞이고 시간과 장면의 인과가 모호해지는 구성이 흥미로웠다. 범인(凡人)이 범인(犯人)이 되는 순간을 포착한 첫 번째 반전, '나'가 '너'로 변하는 두 번째 반전에 주목할 만하다.

신인상 수상작 다음의 단편들도 각각 장점이 있었다. 장우석 작가의 〈공짜는 없다〉는 결말이 주는 반전이 좋다. 제목처럼 소설 전체가 하나의 인과 안에 얽혀 있다. 하나를 주면 반드시 하나가 돌아온다. 그것이 도움에 대한 보답인지, 원한의 복수인지를 교묘히 비트는 작가의 기술이 예사롭지 않다. 〈버추얼 러브〉는 가상 현실 안에서 네 명의 남자와 연애를 하는 주인공의 시점으로 진행된다. 강렬한 이미지로 시작하는 초반부와 가상 현실이라는 독특한 공간성, 가상이기에 가능한 버그와 살인을 엮은 접점이 기발하다.

〈임시보호되었습니다〉는 추리보다는 미스터리에 가깝다. 마스크도 쓰지 않은 채 반려견과 산책하는 한 사내의 정체를 밝히는 데에 초점을 둔 작품이기에 해당 인물을 찬찬히 뜯어보며 상상하는 재미가 있다. 특히 강아지와 반려인이 공유하는 마음에 집중한 다소 감성적인 소설이다. 마지막으로 〈무속인 살인 사건〉은 광기가 깃든 물건인 '쓰쿠모가미'를 소재로 활용했다는 점에 주목했다. 특정 책을 소지함으로써 알 수 없는 일을 마주하고 무속인을 찾아간 주인공이 살인범으로 몰린다. 무속인의 집에서 벌어진 밀실 살인을 소재로 했다는 점에서 신비한 분위기와 긴장감을 동시에 조성해 몰입감을 준다.

미니픽션 일곱 편은 모두 '결말의 반전'이 있다. 짧은 이야기임에도 '진짜' 또는 '진실', 사건의 내막을 강조하는 방점이 억지스럽지 않다. 긴 추리소설에서만 맛볼 수 있는 것이 트릭과 얽히고설킨 사건의 끈질긴 진행이라면, 미니픽션은 특정 이미지를 순식간에 뒤집는 재미가 있다. 현실의 극단에서 신비로움을 거쳐 완전한 가상을 오가는 넓은 스펙트럼의 스토리텔링 조각들이 독자를 뒤흔든다.

박인성 작가와 공원국 작가의 연재는 각각 거시적인 미스터리와 미시적인 추리 장르의 특징을 다룬다. 비평을 좋아하는 독자로서 이런 연재는 대환영이다. 〈미스터리란 무엇인가①〉은 장르의 관습과 도상, 문법을 중심으로 미스터리의 범주를 크게 논하는 글이다. 연재의 도입이자 서문이 독자에게 기대감을 준다. '미스터리'라는 장르를 어떻게 범주화할 수 있는지, 그리고 그것이 사회적으로 어떤 기능을 하는지 넓은 시각으로 톺아볼 수 있겠다. 〈신화인류학자가 말하는 이야기의 힘①〉은 작가 개인의 경험에서 출발해 물리학(學)적인 추리의 특징과 추리 장르 안에서의 납치와 강간 서사를 다룬다. 스케치를 하는 듯 문학을 자연과학과 연결하는 시도가 새롭다.

평론의 뒤에는 한새마 작가의 에세이 〈세 개의 방〉과 '일본 미스터리 즐기기'('일미즐') 커뮤니티의 운영자 인터뷰가 실렸다. 〈세 개의 방〉은 작가가 소설을 쓰게 된 계기, 여성 작가로서 글 쓰는 과정에서 마주하는 어려움과 '방'이라는 공간을 연결했다는 점에서 버지니아 울프의 《자기만의 방》이 연상되는 글이었다. 한새마 작가는 자신의 경험을 통해 여성에게 창작과 공간이 서로 뗄 수 없는 관계라는 것을 진솔하게 강조한다.

'일본 미스터리 즐기기' 운영자인 권일영 번역가의 인터뷰는 "최다 회원 수 미스터리 커뮤니티"(302쪽)라는 소개에 이끌려 읽었다. 최근 히가시노 게이고의 소설에 입문했기에 일본 미스터리 '입문자'의 시선으로 쓴 마케터의 글을 보니 공감되는 바가 있었다. 애니메이션 강국이라는 일본 특유의 환경 때문인지 일본 소설에서는 늘 특유의 자유로움이 느껴진다. 어떤 창작도 용인된다는 양면의 감상도 지울 수는 없지만, 우선 창작자에게 자유롭다는 분위기는 일본의 어떤 소설에서든 드러난다.

미나토 가나에, 히가시노 게이고, 요네자와 호노부, 고바야시 야스미 등은 우리나라에서도 매우 인기 있는 작가다. '일미즐'은 이런 작가들의 유명한 소설 외에도 아직 한국어로 번역되지 않은 작품까지 두루 감상한다는 이들이 오랜 시간 꾸려온 공간이다. 일본 미스터리에 한동안 심취해 있어서인지 해당 사이트에 있는 방대한 자료에 뛰어들어보고 싶다는 생각이 든다. 내가 알지 못하는 수많은 일본의 작가와 그보다 더 많은 수의 추리 작품 안에서 무엇을 찾을 수 있을까. 독특한 기획의 인터뷰였다.

신간 리뷰에서는 다양하게 출간된 추리, 미스터리 장르 소설에 대한 편집위원들의 한 줄 평을 읽을 수 있다. 얼마나 많은 책이 새로 나왔는지, 그리고 그 안에서 내가 읽을 책은 무엇인지 잘 정리된 추천 도서 목록을 선물 받은 느낌이다. 아르드날뒤르 인드리다손의 소설 《무덤의 침묵》처럼 이미 읽은 좋은 소설을 편집위원들은 어떻게 보았는지 살피기도 했다.

〈코로나 블루 살인 사건〉이라는 제목의 추리 퀴즈는 홈페이지에서 직접 답을 확인할 수 있는 독자 참여형 콘텐츠라는 점에서 한번쯤 도전해볼 만하다.

《계간 미스터리》 2021년 가을호는 '작정'이라는 말로 요약할 수 있다. 작정하고 추리와 미스터리를 좋아하는 사람들이 모여 작정하고 만든 책이다. 리부트라는 전환점을 제시하는 시기가 '가을'임이 생뚱맞지만, 실상 초기화가 필요하다면 빠를수록 좋다. 전통부터 최신을 아우르는 추리와 미스터리 장르의 리부트를 기대한다. 분명히 한국 추리와 미스터리가 조금씩 나아가리라는 기대가 있다. 전환이 빠르다면 신선할 테고 늦는다면 안전할 테니, 섣부르게 판단하지 않으려는 애독자들의 배에 함께 몸을 싣는다.

사람에게는 근본적인 호기심이 있다. 그 호기심을 극단으로 몰고 가는 창작품들이 오늘 우리 앞에 놓여 있다. '한국'의 정체성을 살린 국내 추리, 미스터리의 성장을 독자와 창작자로서 바란다. 아무도 의문을 품지 않을 장르로 견고하게 자리 잡는 날까지 끊임없이 등장할 신선함을 기다린다. 추리와 미스터리의 폭발적인 성장을 위해 계간 미스터리가 당긴 불씨가 폭발적으로 커지리라 믿는다.

— 제야의 책소리(ijeya.com)

이제 막 소설을 쓰기 시작했으나 별로 유용한 조언을 구하지 못하고 있던 내게 친구이자 소설가인 수재나 무어가 대단히 훌륭한 한마디를 해주었다. "거의 모든 소설은, 미스터리 소설이지."

　　—커트 앤더슨《그럼에도 작가로 살겠다면》, 존 위너커 엮음

계간 미스터리 신인상 공모

전통의 추리문학 전문지 《계간 미스터리》에서
새로운 시대를 함께 열어갈 신인상 작품을 공모합니다.

▪ **모집 부문**
단편 추리소설, 중편 추리소설, 추리소설 평론

▪ **작품 분량(200자 원고지 기준)**
단편 추리소설: 80매 안팎 / 중편 추리소설: 250~300매 안팎 / 추리소설 평론: 80매 안팎
※ 분량 기준을 준수하지 않은 응모작은 심사 대상에서 제외됩니다.
※ 평론은 우리나라 추리소설을 텍스트로 삼아야 합니다.

▪ **응모 방법**
– 이메일을 통해 수시로 접수합니다. mysteryhouse@hanmail.net
– 우편 접수는 받지 않습니다.
– 파일명은 '신인상 공모_제목_작가명'을 순서대로 기입해야 합니다.
– 이름(필명일 경우 본명도 함께 기입), 주소, 연락 가능한 전화번호, 이메일을 원고 맨 앞장에 별
도 기입해야 합니다. 부실하게 기입하거나 틀린 정보를 기재했을 경우 당선 취소 등 불이익
을 받을 수 있습니다.

▪ **유의 사항**
– 어떤 매체에도 발표되지 않은 작품이어야 합니다.
– 당선된 작품이라도 표절 등의 이유로 타인의 지식재산권을 침해한 사실이 밝혀지거나, 동일
작품이 다른 매체 등에 중복 투고되어 동시 당선된 경우 당선을 취소합니다. 이 경우 원고료
를 환수 조치합니다.
– 미성년자의 출품은 가능하나 수상 시 법정대리인의 동의서, 가족관계증명서 등을 제출해야
합니다.

▪ **작품 심사 및 발표**
– 《계간 미스터리》 편집위원들이 매 호 심사합니다.
– 당선자는 개별 통보하고, 《계간 미스터리》 지면을 통해 발표합니다.

▪ **고료 및 저작권**
– 당선된 작품은 《계간 미스터리》에 게재합니다. 작가에게는 상패와 소정의 고료를 드립니다.
– 원고료에 대한 제세공과금을 공제합니다.
– 신인상에 당선된 작가는 기성 작가로서 대우하며, 한국추리작가협회 정회원으로서 작품 활동
을 지원합니다.

▪ **문의**
한국추리작가협회 02-3142-3221 / 이메일: mysteryhouse@hanmail.net

※바로잡습니다.
지난 《계간 미스터리》 2021년 가을호 미니픽션에서 〈주거니 받거니〉의 저자명 '조정하'가 '정학'으로 잘못 표기된 점을 정정합니다. 저자분과 독자 여러분에게 깊은 사과를 드리며, 더 나은 《계간 미스터리》가 되도록 노력하겠습니다.